やり直しの運命を背負う文官の青年
ロア
第10騎士団 副団長
『王の眼』
レイズ
タイン

そこには、馬にしがみつきながらも必死に叫ぶロアの姿があった。
「説明は後！　後ろについて来てください！
このまま脱出します！　遅れたら死にますよ!!」

「なぜ、貴殿らが!?」

第10騎士団
『レイズの剣』『戦姫』
ラピリア＝ゾディアック
第10騎士団
『レイズの盾』
グランツ＝サーヴェイ
cter

サルシャ人の少女
ルファ
第六騎士団長『蒼弓』
ウィックハルト＝ホグベック
Chara

状況を掴めぬウィックハルトの前に飛び出してきた数名の味方。
その姿を見てウィックハルトは驚愕の声を上げる。

Second Chance to Save My Fallen Nation
滅亡国家のやり直し
今日から始める軍師生活
I
volume one
YODAKA HIROSHITA
著 ひろしたよだか
HARUYUKI MORISAWA
イラスト 森沢晴行

Contents

Second Chance to Save My Fallen Nation

序章——生き残り、過去へ。

ああ、夢だな。

僕はすぐに気がついた。何度も、何度も繰り返し見た夢。

「おい、ロア、またそんな古臭い本を読み漁《あさ》ってんのかよ」

宿舎の同室だったデリクが、いつものように僕を揶揄《からか》う。

仕事はいいかげんで女遊びの好きなデリクだけど、人付き合いが上手く、交渉ごととなれば凄く頼りになるやつだ。

「そろそろ寝るからね。ロア、デリク、お休み」

欠伸《あくび》をしながらのんびりと口にするのは、もう一人の同僚、ヨルド。

ヨルドはコツコツと仕事をするしっかり者。内向的な性格で、のんびりしている。

僕らは3人で良い組み合わせだった。どこにでもいる文官として、波風の立たない穏やかな毎日。

仕事が終わればたまに酒を飲んで、あとは趣味に没頭する。


ずっと続くと思っていた、平穏な日々。


けれどもう、叶わぬ夢だ。繰り返し聞いた2人の会話を、僕はただ聞く事しかできない。僕の声が彼らに届く事はない。叫びたくても、言葉が喉に張り付いて出てこない。

これから彼らに何が起こるのか、僕には分かっているのに……。

デリクもヨルドも、昔と同じ姿のままだ。

僕だけが歳をとってゆく。

あれから40年。あっという間であった気もするし、たった40年か、という思いもある。行くあてもなく大陸を放浪し、漫然と生きてゆくだけの日々。

様々な体験をした。多くの人々に助けられた。中には、僕を仲間として受け入れようとしてくれる人達もいた。けれど結局僕は、祖国への思いに囚《とら》われたまま、出会いと別れを繰り返した。

もう、祖国はどこにも存在しないのに。

僕らの国、ルデク王国は40年前に滅んだ。城にいた仲間達、同僚も、上司も、あの日全て死んでしまった。

僕だけを残して。

僕は、何度この夢を見れば救われるのだろう。或いはこれは、生き残った罰なのか。ならば……いっそ……。

◇◇◇

「おい！　ロア！　いつまで寝てるつもりだ？　遅刻するぞ」

いつもの夢とは違う懐かしい声に、ぼんやりしていた頭が覚醒してゆく。ゆっくりと目を開けた僕の布団をデリクが乱暴に剝ぎ取り、両手を腰に置いてこちらを見下ろしている。

「あれ？　デリク？　なんで君がこの宿屋にいるんだい？　僕はついに死んだのか？」

そう口走る僕に、デリクが不審者でも見るように眉根を寄せた。

「……あれか、ロア、お前ついに本を読みすぎておかしくなったのか？」

「え？　だって君はもう……あ、もしかしてこれも夢？」

混乱する僕。さらにデリクの背後から、ヨルドがのんびりと喋りかける声も。

「ねえデリク、ロアまだ寝ぼけてるんじゃないの？」

今までの夢とは全く異なる状況。僕は慌てて飛び起き、2人の顔をまじまじと見た。そこにいたのは、間違いなく僕の知るデリクとヨルドだ。

「ヨルド……君まで……」

思わず涙が溢《あふ》れ出す。そんな僕の様子を見たヨルドは心配そうに、

「本当に大丈夫かい？　熱でもあるんじゃないの？　趣味も程々にしないと……」

と困惑の表情を浮かべ、僕とヨルドのやり取りを眺めていたデリクが、大きく首を振りながらため息をつく。

「きっとロアは戦場の記録を読みすぎて、現実と物語の区別がつかなくなってんだ。ヨルド、一度ロアの頭を叩いてみたら治るんじゃないか？」

「それは可哀想だよ」

かつては当たり前のように繰り広げられた2人のやり取り。だからこそやっぱり何かがおかしい。夢の中でこんな会話、聞いた事がない。

でも、夢でも構わない。

彼らと再び会話できる事に、流れる涙が止まらない。

涙を拭う事もなく泣き続ける僕を見て、先程まで揶揄い気味だったデリクも心配そうに僕を覗き込んでくる。

「なんだ、やっぱりどこか痛いのか？　今日は休んでおくか？」

そんなデリクに対して僕は思わず、

「ねえ、君達を抱きしめてもいいかい？」と口にしてみた。

「急に何を言っているんだ？　馬鹿な事言ってないで、準備しろよ」

デリクが顔を顰《しか》め、そんな当たり前の反応が嬉しく、僕はようやく涙を拭う。ふと、拭ったばかりの自分の手のひらに違和感を覚えて視線を向けて初めて、自分の身体の異常に気づく。

ハリがあるのだ。

とても60代の肌ではない。恐る恐るつねってみると、きちんと感触がある。もう少し力を入れれば、ちゃんと痛みが伝わってきた。自分のものではないような身体に混乱しながら、それでも考えられる可能性を確認するため、僕は2人に尋ねる。

「今日は……何年の何日？」

その言葉に、2人はいよいよ僕の異変に本気で顔を曇らせ始めた。

「おい、本当に大丈夫か？　やっぱり今日は仕事を休んで……」

「いや、デリク、大丈夫だよ。僕は、大丈夫だ。でも教えて欲しい。今日はいつなんだ？」

「――ウレオ紀138年、黄土《おうど》の月の1日だ」

デリクが教えてくれたのは、祖国、ルデク王国が滅ぶちょうど2年前の日付だった。

第一章——ロアと騎士団

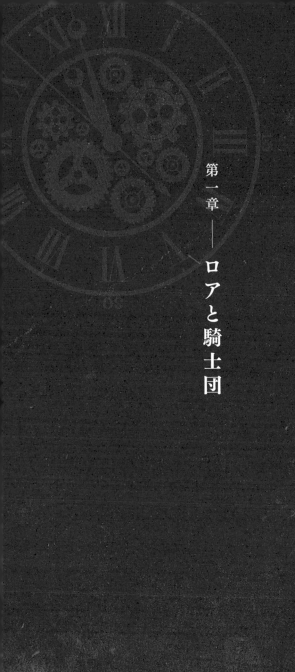

自分の体の変化と、42年前の日付。

まだ俄《にわ》かには信じられないけれど、僕は過去に戻ってきたのではないのか？　それも、祖国が滅ぶ直前の時代に。

普通に考えればあり得ない。けれど、自分自身の変化、それにデリク達の言葉は、他に説明がつかない。まさか、本当に？

2人は少し落ち着きを取り戻した僕を見て、僕がまた夜遅くまで書物を読み漁って寝ぼけただけ、そう判じたのだろう。大丈夫そうだと分かると、それ以上の詮索はせず、職場へ急ごうと準備をせかし始める。

「朝食をとっている時間はないぞ」

デリクが着替えたばかりの僕に鞄を投げてよこす。それを受け取った僕は半信半疑のまま、デリク達と連れ立って、職場へ向かって歩き出した。

「ねえ、ロア、本当に無理してない？」

城内にある宿舎から職場まで長々と続く通路を歩きながら、改めてヨルドが気遣ってくれる。

「うん。寝不足が原因かな？」

僕は曖昧な返事を返すにとどめた。けれど決して、寝ぼけていたのではない。今日この日から42年先まで、僕にははっきりとした記憶があるのだ。この記憶が一夜の夢であるわけがない。

理由は分からない。けれど僕は、42年前に帰ってきた。もしかしたらまだ夢の中なのかもしれない。けれど、とても夢とは思えない。

いや、仮にこれが夢だったとしても、或いは死に際の妄想だったとしてもかまいはしない。過去へ戻ってきたのなら、それが妄想の中の自己満足だったとしても、滅びの運命を変える事ができはしないだろうか。あの悪夢を、死にゆく仲間を救えるのなら——

僕程度の力ではどうにもならないかもしれない。自分に力がない事は、自身が一番よく分かっている。それならせめて、親しい人間だけでも逃す事ができたら……。

僕がひたすら思考の海を漂っていると、デリクが呆れたように声をかけてきた。

「また呆《ほう》けてる。全く、昨日はどれだけ書物を読み漁っていたんだ？　そろそろ出陣の準備で俺達裏方も忙しくなるってのに」

デリクの言う通り、僕の趣味は古今東西の戦いの記録を集める事だ。古い記録を紐解《ひもと》き、新しい戦いがあれば、文官仲間に聞いて回る。だから僕の名前は文官の中では少し有名だった。奇人としてだけど。

『そんなに戦いが好きなら、従軍すればいいのに』

かつてからそう言われた事はあるけれど、僕にはとてもそんな勇気はない。人の血を見るのも苦手だ。安全な場所で物語として楽しむのが一番なのだ。

それはともかく、デリクは今、出陣の準備と言ったな。この年に大きな戦なんてあったろうか？

「……出陣？　どこに？」

「あれだけ戦好きの人間が、三日後の出陣を忘れるなんて……やっぱりお前大丈夫か？　ほら、北部の廃坑の村で盗賊騒ぎがあったろ？　それの討伐隊が出るんじゃないか」

北部の村の盗賊の討伐…………ああ、エレンの村の一件か。確かに当時そんな戦いがあった。そうだ、あの戦闘は……。

「野盗の殲滅《せんめつ》なんて、多分一方的な討伐になるだろうから、ロアの興味の対象外なんじゃない？」

そんな風に言うヨルドの言葉を、僕はかぶりを振りながら否定する。

「いや、この戦い、そう簡単には終わらないんだ。何せ、村の領主が裏で糸を引いているから」

僕の説明を聞いていたのは、デリクとヨルドだけではなかった。背後に人がいる事に、僕は全く気づいていなかった。


僕はきっと、この時のやりとりを忘れない。僕が不用意に溢《こぼ》したこの一言。それがこの国の運命を、大きく変える事になる。


「おい、そこの文官」

背後から投げかけられた、刺さるような鋭い声。明らかに高位の人物の物言いに僕らは背筋を凍り付かせる。

「真ん中のお前だ、今、なんと言った？」

恐る恐る声の方を振り向けば、黒い衣を纏《まと》った壮年の男が立っていた。両側にはその人物を守るように2人の軽鎧《けいがい》姿の騎士が。そのうちの一人は小柄な若い女性だ。

この国の人々が、目の前の黒衣の人物を見間違う事はない。

『王の眼』『ルデク王国の双頭』その他にも通称には事欠かない、第10騎士団、副騎士団長、レイズ＝シュタインその人。

両隣にいるのはレイズ様の剣と盾。レイズ様の側近中の側近、ラピリア＝ゾディアック、グランツ＝サーヴェイの2人。

いずれも、見かけるだけでも恐れ多いと言われるほどの名将達。

ルデク王国には10の騎士団があるけれど、特にレイズ＝シュタインと、そのレイズ様が率いる第10騎士団は特別中の特別だ。

騎士団の数字は実力とは関係ない。単純に設立された順だ。けれど第10騎士団だけは少し特殊な存在だった。通常の騎士団はそれぞれの騎士団長がまとめているけれど、第10騎士団の騎士団長は、我が国の王なのである。

一から九の騎士団には、それぞれに役割が割り振られて各地に駐屯している。例えば、第一騎士団は王の親衛隊として王都を守るのが仕事だ。しかし、第10騎士団だけは特定の役割を持たず、臨機応変に自由に動く事が許されている。

そんな第10騎士団の全権を、王の代わりに任されているのが、副団長のレイズ様である。これだけでも王の信頼がどれだけ厚いか分かるだろう。

「おい、聞いていなかったのか？　そこの黒髪のお前、今なんと言ったのかと聞いている」

レイズ様に再度指名されて、僕は初めてまずい事を口にしてしまったと思い当たった。

僕の記憶のままであれば、この盗賊の討伐戦は当初、失敗する。原因は最初に討伐を請け負った第四騎士団が盗賊の人数を見誤り、十分な戦力を向かわせなかった事にある。

その後、任務失敗の原因究明を行ったレイズ様が、村を出入りする物資の量に違和感を覚えて、そこから背後関係を調べさせた。情報の精査の末に、村の領主が盗賊を支援していた事実を見抜き、逆手にとって罠に嵌《は》め、領主ともども盗賊を制圧したのだった。

つまりこの段階では、領主と盗賊が繋がっている事を知る者はいないはずなのだ。当事者以外は。デリクとヨルドの2人なら「ふーん」と聞き流して終わりだったろう。けれど、あのレイズ様ではそうはいかない。最悪の相手に聞かれた。

領主と盗賊の関係が暴かれれば、事前に知っていた僕は、領主と繋がっていた反逆者と見做《みな》される恐れがある。いや、その可能性が高い。まず間違いなく投獄は免れないし、最悪処刑もあり得る。

そうなったら滅亡回避どころの話ではない。なんとか言い訳を考えないと……早急に！


「レイズ様の問いかけに答えないつもりなの？」

ラピリア様が不快そうに一歩前に出る。その手が剣の柄へと伸びた。

「……物資の出入り表に……違和感があったんです！」

僕が咄嗟《とっさ》に口にした言葉は、本来はレイズ様が看破する未来の真実だ。他に何も思いつかなかったのだから仕方がない。

僕は必死で己の記憶をまさぐった。確かレイズ様の発見した最初の違和感は、王都で管理する商人の売買記録がきっかけだったはず。

当時の商人の申告によると、問題のエレンの村は他の同じ規模の村に比べて、買い入れが多かった。にもかかわらず村からの報告は以前と変わらぬ量のままだった。

これが3年ほど毎月続いていた。突然数字が変われば違和感があるが、3年間ずっと少しずつ水増しをしていたので監査の目を逃れていたのだ。

「物資の出入り表？　続けろ」

レイズ様に促され、僕は続ける。

「はい。商人の納税申告では、あの村は他の村に比べていつも少し買い入れが多いんです。けれど、村からの買い入れ量の申告は普通。これっておかしいと思いませんか？　税の事を考えれば仕入れをかさ増しして、村の維持費がかかったと嘘をつくなら分かります。減税のための虚偽報告なので。けれど、逆に村には損しかないはずの過少申告は変だな、と。その書類をたまたま見かけて、もしかして裏で何かやっているんじゃないかと……」

「そのような事を一介の文官が気づいたと？」

涼しげを通り越して冷たさすら感じるレイズ様の視線。居《い》た堪《たま》れず、思わず生唾を飲んだ。そんな僕に助け舟を出してくれたのはデリクだ。

「恐れながら申し上げます！　この男、ロアは異常に記憶力が良いのです！　仲間内では人間辞書として重宝されております！　多分、たまたま見かけた書類を覚えていて、気になったのではないかと……」

レイズ様はデリクには目もくれず、僕を見つめたまま「事実か？」と短く聞いた。

「……はい。一応、記憶力には自信があります」

僕の返答にレイズ様は少し考える仕草をすると、不意に問題を出してきた。

「……では、昨年の5の月の10日、何があったか答えられるか？」

それは、僕にとってはものすごく簡単な質問。

「はい。帝国兵が夜陰に乗じてヨーロース回廊突破を企《たくら》み、それに気づいた我が国からも、急きょ多くの騎士団を国境へ向かわせようとした日ですね。第二、五、七騎士団と第10騎士団の出陣が予定されていましたが、帝国が戦わずして兵を引いたため、結局、第五騎士団のみの対処で解決したはずです」

僕の答えを聞いたレイズ様は少しだけ口角を上げ、

「ほお。詳しいな」と感心する。

よせばいいのに、僕はレイズ様に褒められた事で調子に乗って続けてしまう。

「確か、帝国の将軍は鳥が飛び立った音を、レイズ様の待ち伏せと誤解したのですよね。再三にわたって奇策を講じて帝国を翻弄してきたレイズ様の存在があったからこそ、帝国の動きが鈍った。そこに第五騎士団がやってきたので、策に嵌められたと勘違いして干戈《かんか》を交える前に退却を開始した。ところがレイズ様はまだ到着してさえいなかった。それから……」

「ちょっと、ちょっと待ちなさい！」

止まらぬ僕の口をラピリア様が手で制する。

「なんですか？」

「そんな話、いったいどこで聞いたのよ？」

「どこで……と言われましても、色々な書物を読んだだけで……」

「本当に？」

訝《いぶか》しげに僕を睨《にら》むラピリア様の横で、黙っていたレイズ様がようやく口を開く。

「なるほど、確かに記憶力は良いようだ。分かった、ロア、と言ったな。お前の疑問は看過できぬ。調べさせよう。だが、今後そのような事に気づいたらすぐに上司に報告せよ」

「は、はい！　すみません」

その言葉を潮《しお》に、もう行って良いと合図が出た。

逆方向へ颯爽《さっそう》と歩いてゆく3人を見送ってから、僕らも逃げるように、早歩きでその場を後にする。

「びっくりしたなぁ。心臓が止まるかと思ったよ。レイズ様もグランツ様も、迫力があるよねぇ。グランツ様なんて、立っていただけなのに腰が引けちゃうよ」

ヨルドが胸の当たりを押さえながら、少し震えた声で僕らに喋りかけ、

「おい、本物の戦姫《せんき》だぜ！　やっぱかわいいなぁ！　ラピリア様は」

デリクは逆に興奮を口にする。

ラピリア様は人々から戦姫と呼ばれ、人気がある。若い娘が指揮官として戦場を駆けるのは珍しい上、実力も伴っており、多くの勲功を重ねている。さらに彼女の祖父は、先王に最も頼りにされ

た大将軍。家柄と実績を兼ね備えた有名人であるのだ。

そんなラピリア様も、騎士団入団当初は小娘の児戯《じぎ》と陰で馬鹿にされていたらしい。しかし一対一での読み合いの強さや指揮官としての優秀さ、そしてその容姿から、いつしか人々は『戦姫』と呼んで崇敬するようになった。

噂では、本人はそのあだ名を「王家に対する不遜だ」と言って嫌がっているようだが、祖父の妻は王族の縁者であり、王の遠縁にあたる彼女は「姫」を冠するに相応《ふさわ》しかった。

一歩間違えれば彼女に斬り捨てられていたかもしれない僕としては、可愛いどころか、ただただ怖い相手としか思わなかったけれど。

やっぱり英雄譚というのは、遠くから美化された物語を見聞きしているのが一番いい。

ともかく、だ。

「デリク、助かったよ。よくレイズ様に意見なんかできたね。本当に、ありがとう」

「いや、咄嗟に口から出ただけだ。気にすんな」

謙遜するけれど、デリクの一言がなかったらどうなっていたか……先ほどの状況を思い返して、僕はもう一度身震いする。

そうこうしているうちに漸《ようや》く職場に到着。仕事中もどうにかみんなが生き残る方法を……と考える。無論仕事は上の空だ。結果的に何度か書類の記載ミスをして上司に怒られながら午前中を終え、さあ午後の仕事！　と思ったところで上司に呼び出された。

また何かミスをしたのだろうか？　とりあえず謝るつもりで上司の部屋へ行くと、上司は少し青い顔で僕を待っていた。

「ロア、午後の仕事はいい。この場所へ向かえ」

そう言って渡された命令書には、城の中央宮へ来るようにと記されている。僕のような一般文官には、一生縁のなさそうな場所だ。

上司に追い立てられるように仕事場を出て、恐る恐る指定の場所へと向かう僕。

たどり着いた場所はやはりというかなんというか、レイズ様の執務室だった。


「やっぱり、ここだよなぁ」

捕縛ではなく呼び出されたという事は、少なくとも現時点で領主の一味と見做された訳ではないはず。それでもノックを躊躇《ちゅうちょ》して、しばし扉の前に立ち尽くす。

「よし、行くぞ」腹を決めて拳を握った瞬間、向こうから扉が開いた。

「あら？　来ていたならノックくらいしなさいよ？　あんまり遅いものだから、こちらから連行……じゃなくて呼びに行くところだったわ。さっさと入って。レイズ様はお忙しいの」

さりげなく物凄く不穏な事を言ったこの方が戦姫ですよ？　戦鬼の間違いじゃないですか？

ラピリア様に促され、慌てて入室する僕。

「あの、お待たせしてすみません」

ビクビクしながらレイズ様の顔色を窺《うかが》うも、なんだか雰囲気がのほほんとしている。んん？　さっきと印象が随分と……？

「ああ、楽にしていい。適当に座ってくれ。ラピリアがすまんな。私を気遣っての事なのだ」

そんなのほほんレイズ様に、ラピリア様が頰を膨らます。

「もう！　レイズ様！　ルデク王国の双頭ともあろうお方が、文官相手にそのような緩んだお顔を！　文官、この事を言いふらしたら……斬り捨てるわ」

いきなり斬り捨てを断言した!?　好戦的すぎる！

「まぁまぁ、皆様、まずは落ち着いて」

最年長のグランツ様がお茶を用意してくれる。こちらは評判通りの人格者だ。人格者ではあるけれど、流石《さすが》にお茶を淹《い》れさせるのはまずいのではないだろうか。

「えっと……」

状況が全く分からず、どうしていいかオロオロしている僕へ、レイズ様が座るように再度促す。

明らかに高級そうな革張りのソファに腰掛けたけれど、落ち着かない事この上ない。早く帰りたい。そもそも僕はのんびりしている場合ではないのだ。この国が滅ぶまでに、親しい人達だけでも逃がすための方法を考えないと。

そんな僕の思いなど当然伝わる事はなく。レイズ様が続ける。

「さて、呼び出してすまない。私は執務室ではこうなのだ。四六時中気を張ってはいられないからな。できれば、皆には内緒にしてもらえると助かる」

いたずらっ子のように目を細めるレイズ様。

「あ、はい。それはもちろん話しませんけど」

話したらどこぞの戦鬼に殺されるし。

今も背中に強い視線を感じる。間違いなくラピリア様だけど、僕は振り向かない。絶対にだ！

「では、早速だが本題に入ろう。先ほど、君……ロアが言っていた事を少々調べてみた。確かに気になる点の多い帳簿だった。よくあんなところに目をつけたものだな。確かにこれは単なる盗賊騒ぎではないようだ。先ほど、出兵予定だった第四騎士団には出撃の見合わせを打診しておいた」

「……そうですか」

「しかし、疑問点がいくつかある。その中でどうしてもロアの意見を聞きたい部分があったので、こうして足を運んでもらったのだ」

「疑問ですか？」

「君は『領主が糸を引いている』と言ったな？　あれは何故《なぜ》だ？　単に帳簿に違和感があるだけなら、領主が盗賊に脅されている可能性もあると思うが？　なぜ断言した？」

なるほど、呼び出された理由がはっきりして、僕は少し肩の力を抜く。レイズ様には悪いけれど、これも本来ならレイズ様が行き着いた答えをそのまま拝借させてもらおう。

「理由は2つあります」

「ほう、2つもあるのか？　面白い、聞こう」

レイズ様は少しだけ身を乗り出した。僕はこほんと咳払いをして、言葉を選びながら話し始める。

「まず最初に、僕も領主が盗賊に脅されている可能性は考えました。ですが、それにしては期間が長すぎます。1～2ヶ月の話ならともかく、年単位で脅され続けて一度として王都へ助けを求めないものでしょうか？　商人の帳簿と相違がある以上、商人には影響が及んでいないはず。なら、商人を介してでも窮状を訴える事もできたのではないかと思います」

「なるほど、一理あるな。続けてくれ」

「盗賊からの脅しでなければ、単純に考えられるのは、村ぐるみか、領主の指示です。この内、村ぐるみであった場合ですが、盗賊騒ぎが王都まで届く事が矛盾になります。もちろん、村人の中から裏切り者が出て、数年後に露見したという可能性もありますが、今度は年単位で村人の一人も裏切らなかったというのは、少し無理がある気がします。長期間内密に事を動かすなら、悪事を働く人数は少ない方が良いはず。なら消去法で、領主の一存でやっているのではないか、と」

「面白いな。続きを」

「はい。申し上げた通りの理由から、領主と盗賊だけが繋がっていたと考えた場合、なぜ、領主はそのような危険な事をしているのかという話になります」

「そうだな」

「一番分かりやすいのは、そこになんらかの利益があるから」

ラピリア様やグランツ様も真剣に聞く姿勢になったのが、気配から伝わってきた。そんな中でレイズ様が問うてくる。

「利益とはなんだ？」

「あの村はもともと、村の裏にある鉱山で栄えた場所です。今は廃鉱ですが」

「そうだな。では、利益とは新しい鉱脈が見つかったとでも？」

「はい。僕はそう思います。もう一つ言えば、鉱脈を見つけたのはゴルベルの人間ではないかと」

「なんだと？」

側近の2人が色めき立った。西の隣国ゴルベル王国、東の隣国グリードル帝国と並び、現在ルデクが戦争中の国だ。レイズ様は黙って続きを促す。

「ここからは、全部僕の妄想として聞いてもらいたいのですが」

僕はそう前置きしたけれど、妄想でもなんでもない。

これは後々判明する事実だ。問題の村はゴルベルとの国境に近い。

ゴルベルは密かにこの村の廃鉱山に目をつけた。新しい鉱脈狙いではなく、ルデク攻略の橋頭堡《きょうとうほ》として要塞化できないかと企んだのだ。

ゴルベルの極秘調査の中で、新鉱脈が見つかったのは偶然と思われる。しかしゴルベルは新鉱脈を利用して、裏で領主と交渉を始めたのだ。「ゴルベルなら税なく買い取るぞ」と。

領主はこの甘言《かんげん》に転がった。これも後から耳にした話によると、領主の息子が賭け事で莫大な借金をこさえたらしい。ただ、この借金もまた、ゴルベルが仕組んだとも聞く。

こうして鉱山と村は領主の独断でゴルベル傘下に入り、極秘裏に要塞化を進めていたのである。

つまり領主は隣国の傀儡《かいらい》なのだ。

ゴルベルの唯一の誤算は、人材の質だった。ルデクに気取られぬように、最小限の正規兵しか送り込む事ができなかったのが原因である。

それはそうだ、大っぴらにやれば流石に僕らの国も気づく。そこで、万が一捕まっても困らない、ゴルベルとの関連が乏しい、盗賊まがいのごろつきを配下として利用したのだ。

そうして領主からは「廃鉱に盗賊が住みついたようだ。危ないから近づかないように」と住民に周知させる。

人手は確保したが、問題は食料だった。ゴルベルから運び込むわけにはいかない。そこで領主が少し多めに食料を仕入れていたというわけだ。

ところがこの盗賊達、大人しく採掘と要塞化に勤《いそ》しんでいればいいものを、作業に飽きたのか夜な夜な村の女性を襲うようになった。

ここに至り、困った住民から王都へ盗賊被害の情報が流れてきたのだ。しかし領主からは大きな問題は起きていないとの報告もあり、討伐を任された第四騎士団はまさかゴルベルが絡んでいるとはつゆほども思わずに対処しようとした。結果的に少数の兵を差し向けて、痛い目を見るのである。

「…………という感じです」

もちろん第四騎士団の顚末《てんまつ》は伏せて、一連の説明を終えた。最後まで聞いた3人は、難しそうな表情で僕を睨むように見ている。

「それは全て君一人が考えたのか？」

レイズ様の問いに、僕は「はい」と答えた。未来の貴方《あなた》の武勇伝をそのまま伝えました、などと言えるはずもない。

「……2人とも、これで文句はないな？」

レイズ様がラピリア様とグランツ様へ言葉を投げる。グランツ様は微笑《ほほえ》みながら、ラピリア様は少し不満げに頭を下げる。

2人のそんな様子を確認したレイズ様は、改めて僕を見ると「ロア、君には今度の出陣に同行してもらう。これは決定事項だ」と言った。

「え!? そんな突然!? 僕はただの文官ですよ!?」

逃げられはしないのは分かっているけど、思わず後退る僕の両肩を、背後からグランツ様ががっしりと摑《つか》む。まるで大岩が肩に乗ってるようだ。僕は全く身動きが取れなくなった。

拘束された僕を楽しげに眺めるレイズ様。そしてもう一度口にする。

「第10騎士団、副騎士団長として命ずる。ロア、君は此度の行軍に参加せよ。君の部署には話を通しておくので安心するといい。詳しくは後日、追って知らせる」

ここまで念を押されては、拒否権などない。僕は力なく「はい」とだけ口にした。僕の返事に満足げに頷《うなず》いたレイズ様。こうして僕はようやく退出を許されたのであった。


翌々日、再びレイズ様から呼び出され、僕は中央宮へ足を運ぶ。そして今、執務室の隣にある作戦会議室の一角に座っていた。

部屋にはレイズ様、グランツ様、ラピリア様に加えて第10騎士団の部隊長が勢揃い。

総勢10名の部隊長が黙ってこの場に座している。いずれも自信と誇りに満ちた表情で、優秀さを隠そうともしない。

そんな中にひとり僕。明らかに場違いだ。猛獣の檻の中に鼠が1匹迷い込んだ心地である。

隊長達は総じて僕に訝しげな視線を向けている。レイズ様が説明するまで待つのかなと思った矢先、「この者は誰です？」と一番歳若そうな隊長が発言した。

問われたレイズ様は、誰が一番最初に聞いてくるのかを楽しんでいたように、少し目を細める。

「この者はロアという文官だ。今回のエレンの村の盗賊掃討作戦において、我が軍の不明を指摘したのはこの者だ。疎《おろそ》かにしないように各部隊で徹底してもらおう。無論、部下にも」

「我々が疎かにしないというのは分かりますが……部下にも、とは？」

「言葉の通りだ、フレイン。今回はロアにも従軍してもらうからだ」

「従軍？　ロア、失礼だが従軍経験は？」

「え……ありませんよ……もちろん……」

隊長さんも困惑しているだろうが、一番困惑しているのは僕だ。なんならこのフレインという隊長さんに反対してもらって、あわよくばこのまま退出したい。

そんな僕の思惑は叶う事なく「ロア」と、レイズ様は僕に問う。

「先日話した時、エレンの村の地図を頭に入れてこいと伝えたな。ちゃんと覚えてきたか？」

「あ……はい。一応」それくらいは造作《ぞうさ》もない。

「よし、では」と言いながら、僕が普段目にする物よりも、二回りは大きく詳細な地図を机に広げる。

「ロア、好きに答えていい。この地図の中で我々が布陣するとすれば、どこだ？」

「レイズ様、なにを……」

と口を挟もうとするフレイン。しかしそれを手で制しながらレイズ様は続ける。

「ロア、君の事を少々調べさせてもらった。古今の戦の記録を集めて回るのが趣味と聞いたが、かなりのものらしいな。文官の間では有名だったぞ」

「あ……はい。けれど、それはあくまで趣味で集めているだけであって……」

「その趣味の範疇《はんちゅう》で構わん。どこに布陣し、どのような戦い方が良いか、お前の考えを示してみろ」

どうあっても僕が布陣を提案しないと駄目みたいだ。確か、記憶の中のレイズ様は2度目の討伐隊も少数で向かわせて相手を油断させた。そうしておいて、ゴルベルの指揮官が領主と撃退の打ち合わせに向かったところで、別働隊が奇襲を仕掛けたはず。

「少数の部隊を2手に分けて、一部隊を囮《おとり》にして陽動、残った部隊が奇襲ではどうですか？　騎士団が現れれば領主と盗賊は対応を相談するでしょう。そこを突きます。陽動が敵の目を釘付けにしておいて、頃合いを見て別働隊が攻め立てる、という手立てです」

僕の提案に、レイズ様は首を振る。

「悪くはないが、状況的に弱いな。領主が盗賊と落ち合うかどうかも不明瞭だ。初手としてはどうか？　陽動に乗ってくるか？　ただ警戒されて終わるかも知れぬ」

「そうですか……」言いながら、僕の中で「おや？」という気持ちが芽生える。

この作戦を立案したのは、僕の記憶の中のレイズ様本人だ。ならば、ここで仮に僕が示した他の作戦が採用されたら……ひとつ歴史が変わったという事にならないだろうか？

いや、別に僕の策が採用される必要はない。記憶の中にある作戦以外ならなんでも良いのだ。これは来るべき滅亡の歴史を、変える事ができるのかを試す絶好の機会かも知れない。

そのように思ったら、急に頭が冷えてくる。今、この瞬間に、ささやかだけど歴史を変えられるかも知れないのだ。

みんなの視線が僕に集まる中、僕は頭の中にある様々な戦いの記録を思い浮かべる。

そして、僕は、一つの場所を指差しながら口を開いた。

◇◇◇

ロアが退出した後も、作戦室にはロア以外の全員が残っていた。

「どうだ?」レイズが皆に問う。

「なるほど……レイズ様が気にされるお気持ちは分かりました。されど、机上の空論ではありませんか?」一番年配の隊長が懸念を示すと、

「私は面白いと思いました。十分に勝算があるかと」別の隊長が賛意を示す。

議論飛び交う中、「レイズ様、質問をよろしいですか?」とフレインが少し深刻な顔をしながら手を挙げる。

「もしやとは思いますが、あの男を第10騎士団に……」

「ああ、私としては加入させるつもりだ。もちろん、今回の戦果や立ち振る舞いを見た上で、とは

なるがな」と、レイズは当然のように答えた。

「とても戦場で生き残れるとは思えません！　第一戦場経験もない者を……」

「誰だって最初は戦場経験などない。お前もそうであっただろう、フレイン」

そのように言われフレインは言葉に詰まった。

「しかし、急になぜ？」よく手入れのされた髭を蓄えた隊長が疑問を呈する。

「そうだな……なんとなく、だ」

「なんとなくですか……レイズ様らしいといえば、らしいですが」普段は理詰めを好むレイズだが、たまにこうして思い付きで行動する事がある。

戦場ではこの思いつきが思わぬ戦果を上げる事もあるため、この場にいた隊長達も「またか」という顔をしながらもどこか納得した顔になった。

「それにロアの策が失敗だった場合でも、二の矢三の矢は私が用意しておくから安心するといい」

「そこに関しては心配しておりませんが、ただ、あの者、見たところ戦闘は無理でしょう。最悪死ぬかも知れませんよ？」

「そうなったらその時だ」とレイズの言葉はあっさりしたもの。

こうしてロアの知らないところで、話は着々と進んでいたのである。

◇◇◇

「おい、キョロキョロするな」

僕は今、第10騎士団の部隊のひとつ、フレイン隊に守られながらエレンの村に向かっている最中だ。馬に乗った経験など皆無の僕は、フレイン様の側近の馬に相乗りさせてもらっている。

「ですが、これだけたくさんの兵士が歩いているのは壮観ですよ」

「何を言っている。お前がすぐに動員できる第10騎士団の総員を出せと言ったのだろうが」と呆れられるが、そうは言ってもこんな大軍になるとは思わなかった。

「フレイン様の部隊だけで、どのくらいの人数がいるのでしょうか？」

「今回、俺の隊は５００人だ。ついでだから教えてやる。大きな戦いでは１０００かそれ以上を率いる事もある。隊長の実力もあるが、ま、第10騎士団の部隊長ともなれば、５００程度はむしろ少ないくらいだ」と少し胸を張るフレイン様。

「へえ、さすがですね」僕が合いの手を入れると、少し満足そうだ。

「今回はレイズ様の本隊も含めて６５００名程が参戦している」

「６５００人……」

ものすごい人数だ。当初、ベテランの隊長から反対が出たと聞いたけれど、これでもまだ第10騎士団全軍ではない。

本来、僕らの国の規模であれば、騎士団は10もないし、維持できる常備兵力はもっと少ない。つまり、それだけルデクは豊かである証左と言える。

理由は、鉱山と良港だ。

ルデクには良質な鉱山が多数ある。エレンの村の廃鉱も、かつては多くの作業員で賑わった山の一つだ。ルデクで産出される質の良い鉱石は、海を渡った南や東の国々からも買い求められている。

良港とはルデク南部の沿岸にある商都、ゲードランドの事。海の向こうの商人達は皆、北の大陸最大の港であるゲードランドを目指してやってくる。

このゲードランドこそ、ルデク繁栄の要。穏やかな入江の中にあり、天候の影響を受けにくいこの港は、地理的条件とルデクの特産品によって国に莫大な利益をもたらしている。港から得られる収入と鉱石の輸出。これにより国の規模を超えるほどの資金力を、ひいては軍事力を確保できていた。

また、ゲードランドの港へ多くの人々が訪れる事によって、ルデクは北の大陸でも多彩な人種が行き交う国となっている。

海の向こうから来た者に対して、排他的な気風が根強い国もある北の大陸。そんな中ルデクに異国生まれの民や、異国の血を受け継いだものが多いのは、ゲードランドの港の影響が大きい。

潤沢な資金によって他国も羨む豊かさを誇るルデクだが、同時にこの鉱山と港こそが、他国から狙われる理由でもある。

現在敵対関係にある東西の隣国、西のゴルベルにせよ、東の帝国にせよ、海流や地理的条件からゲードランド程の港を所有していない。

ルデクやゴルベルと比べて大国の帝国にはいくつかの有力な港があるけれど、航路も含めた安全性や取引量など、全てにおいてゲードランドとは比べ物にならない。そのため主要な貿易先である南の大陸の商人は、安全で距離的にも入港しやすいゲードランドに軸足を置きたがる。

商人達は皆、ゲードランドで一旦《いったん》落ち着き、必要とあれば北の大陸の他の国へ。商売を終えるとまたゲードランドへ戻ってきて祖国へと帰るのだ。

だからゲードランドの街は常に活気があり、人も、物も、情報も溢れている。

ちなみに、鉱山に限らず山の多いルデク、この山々は資金源のみならず、険悪な両国との防御壁としても大きな意味をなしていた。

ルデクがいくら豊かな国とはいえ、2つの国と正面きっての戦いは厳しい。しかしルデクの東西には、国を包むように山々が屹立《きつりつ》しているのだ。

特に大陸最大の領地を有する帝国との国境であるルデク東部は、峻険《しゅんけん》な山脈が横たわっており、帝国側からの侵入経路は限られている。この地形が、ルデクに有利に働いていた。

加えて状況も僅かばかりルデクに味方してくれている。ここのところ帝国は別の国との戦いに忙しく、ルデクは後回しになっている感があった。

ちなみに、北部でルデクと国境を接する国、リフレア神聖国とは同盟中。そのため、ルデクはひとまずゴルベルの動きに注力する事ができている。

そのような事情である程度はゴルベルに集中して兵を割ける点や、背後にゴルベルが絡んでいるという前提とはいえ、今回の動員兵数ははっきり言って異常だ。

立て籠もっているのは大半が野盗。多く見積もってもたかだか100人程度、もしかするともっと少ないかも知れない。そんな相手にルデクの精兵たる第10騎士団の大軍勢。経験を積んだ部隊長さんが難色を示すのは当然だろう。

「しかし、お前……あんな大見得きって大丈夫なのか？　俺は助けるつもりはないぞ」

フレイン様が心配しているのは経費の事。

兵士を大量動員するという事は、多くの人間の食料を用意しなければならなくなる。６５００人もの兵を動員するだけの価値はあるのか？　との懸念が湧き上がるのは当たり前の事だ。

それに対する僕の説明は「実際に新しい鉱脈があるのならばお釣りが来ます」だ。

これには当然「そんな机上の空論で無駄に兵を動かすのか」と反論があったけれど「では、好きにゴルベルに掘らせますか？」と聞くと黙った。

ゴルベルとは長い間干戈を交えているのである。ゴルベルに得をさせるのは自国が損してでも阻止したいという思いは、年配の将の方が色濃い。

僕はこの廃鉱から、信じられぬほど良質な鉱脈が見つかる事をすでに知っているのだ。一度その未来を見ているのだから、発言には自然と自信が伴ってくる。

結果的にゴルベルへの敵愾心《てきがいしん》と、根拠はないけれど妙に自信に満ちた僕の発言で、なんとか押し切る事ができた。もちろん予測が外れたら、僕の責任問題になるという前提で。

「しかし、なんで俺がお前のお守りなんだ……」

道中すでに5回以上聞いた愚痴だ。どちらかといえば僕の参戦に否定的なフレイン様が、僕の身の安全を守る役割にまわった理由は、単純に歳が近いからだった。

フレイン様は僕の少し年上らしい。その年齢でレイズ様の率いる第10騎士団の隊長の一人というのは、かなり優秀だろうと察しがつく。

そんな将来有望な彼が、何処《どこ》の馬の骨とも分からぬ一文官の護衛を任されるというのは、不本意なのだろう。

はっきり言って申し訳ない。だけど、任された以上はちゃんと守ってもらわないと困る。僕はこんなところで死んではいられないのである。

僕の提案した策と布陣は通った。あとは本当に実行されるかを確認しなければならない。提案通りの展開で勝つ事ができれば、歴史は変えられるという事が証明されるのだから。

「フレイン様、レイズ様もフレイン様を信頼なさっての護衛でございます。きちんと期待に応えねばなりませぬ」

そのようにフレイン様を注意したのは年嵩《としかさ》の将。名前をビックヒルトさんと言う。フレイン様の実家、デルタ家より派遣されてフレイン様の補佐をしていると聞いた。要するに爺やさんだ。

「ビックヒルト、そのような事は注意されなくても分かっている。任された事はちゃんとこなす。デルタ家の誇りにかけてな」

デルタ家……耳にした事はある。確か、かつて第五騎士団で、部隊長を任されていた将の一人が、ホラルド＝デルタという人だったはずだ。

関係者だろうか。多分、そうだろうな。

「おい、ぼんやりしている場合ではないぞ。そろそろ着く」

フレイン様が指差す先で、道が２手になっている。

それはまるで、僕の運命の分かれ道のように見えた。

◇◇◇

「ようやくルデクの間抜けどもが来たか」

どこか余裕を漂わせながらそう口にしたのは、要塞化した鉱山を率いる髭面の男。名前をギーヴァンと言う。

ならず者の集団の中で数少ないゴルベルの正規兵だ。正規兵である彼らの役割は要塞化の指揮及び、ルデクが軍を動かした際の時間稼ぎ。

ルデクの兵が動けば、国境を脅かしたとして本国《ゴルベル》も兵を出す。

一部のごろつきの暴走のせいで、早晩、討伐兵が来る事は分かっていた。だが、田舎の盗賊相手と考えれば、ルデクも舐《な》めてかかるだろうとも読んでいた。

鉱山の要塞化は八割方完了している。さらには密かに、500人ほどのごろつきを追加で雇い入れていた。

この状況なら、しばらくは凌《しの》げるはず。

――少し時間を稼げ。出兵の準備は進めている――

本作戦の立案者である軍師、サクリ様の言葉を思い出す。サクリ様の慧眼《けいがん》はゴルベル随一だ。この地に堅固な拠点ができれば、ルデク攻略の大きな足掛かりとなる。

ギーヴァンはサクリ様の言葉を信じて待つだけだ。

併せて「万一苦戦するようなら退け」との指示も受けている。所詮は他領内での事。失敗してもこちらにはそれほど痛みはない。

とはいえギーヴァンは簡単に退くつもりは無い。長い時間をかけた作戦だ。金も労力もかかっている。手放すのは惜しい。何よりここでの成功は、すなわちギーヴァンの出世に繋がる。

こんな小汚い場所で、救いようもないカスどもを宥《なだ》めすかしてここまで来たのだ。

失敗するなど、考えられぬ事だ。まずは策を成し遂げ、エレン周辺を俺の所領とする。しかし、そんなものは足がかりに過ぎぬ、ここから俺はゴルベルの頂点まで駆け上がるのだ。

己の妄想に口元が緩んで仕方がないギーヴァンだったが、直後に冷や水を浴びせられる事になった。

「敵兵は5000以上!!　ここより…………西に布陣しています！」

本国より引き連れてきた数少ない部下の言葉に、ギーヴァンは耳を疑った。

「なんだと？　今なんと言った？」

「兵は5000以上です!!　西、ゴルベルと我らを遮るかのように布陣しています」

「まさか？　たかが野盗の討伐だぞ!?　それでは一騎士団に匹敵する人数ではないか！　それも

西!?　我が軍の援軍の見間違いではないのか!?」

ギーヴァンには理解しかねる情報だ。通常なればありえない。いくらルデクの資金が潤沢で、百歩譲って本国《ゴルベル》との国境付近である事を加味しての行軍だとしても、常軌を逸していると言っていい。どれだけの費用がかかると思っているのだ……。

いや、一つだけ考えられる事がある。

「策が看破されたのか……」

どこからだ？　あの無能な領主からか？　いや、それはあり得ない。あの領主の親子は、もはやゴルベルに靡《なび》く以外の選択肢はないと断言できる。では、一体……。

「旗印から、率いているのはレイズ＝シュタインと思われます」

「やはりあの男か。だが、なぜだ？　この辺りを持ち場としているのは第四騎士団のはずだ。ならば第四騎士団を差し置いて奴が出張る理由が分からん」

「……おっしゃる通りです……しかし……」

言葉を失った部下を責めるつもりはない。そもそも今はそれどころではない。

「ここまでどれだけ時間を使ったか……レイズ相手であっても簡単には手放せぬ。それにまだここには８００の兵がいる。本国からの援軍の到着まで、なんとか凌ぐぞ！」

「はっ……………領主はどうしましょうか？」

「捨て置け、レイズが出てきたという事は、領主の内通は見抜かれていると考えるべきだ。どの道この辺りがゴルベル領となれば、不要な駒。どうなろうと知った事ではない」

「畏《かしこ》まりました」

話は終わり、部下が指示に走ろうとした矢先、別の部下が駆け込んでくる。

「ギーヴァン様！　大変です！　兵どもが……！」

「今度はなんだ!?」

「大軍を見て、雇った兵どもが次々と逃げ出しております！　我らでは止めようもなく、一部では脱走兵と味方の兵の間で戦闘が始まっています！」

◇◇◇

「おお、火が上った……」

グランツが呟く。

少し離れた高台に構えた本陣より、レイズ達は様子を窺っていた。

「どうやらロアの予想通り、内輪揉めが始まったようだな」

レイズは煙の上がる廃坑を見て目を細める。

——廃鉱の西の平野に動員可能な限りの兵を展開させる——

それがロアの示した策だ。

『廃鉱にいる敵がごろつき中心であるなら、この人数を見れば我先に逃げようとするはずです。全員逃げてくれるのが理想ですが、全員は無理でも廃鉱に籠城する人数が少なくなればなるほど、こちらは有利になります。そのためにもより多くの兵士を見せて、脅しをかけたいです。それに、西に布陣する事は相手に「ゴルベルとの関係は知っているぞ」と伝える意味もあります』

ロアの策は機能したようだ。騎士団は布陣から一歩も動いていないにもかかわらず、廃鉱には明らかな混乱が見られていた。

「ロアとフレインを呼べ」レイズの指示を受けた伝令が本陣を飛び出してゆく。

程なくしてフレインと共にやってきたロアに、レイズは早々に新たな問いを与える。

「ロア、君の予想通りになった。ここからどうする？」

聞かれたロアは少し考えてから、

「ごろつきが逃げるまでは、このままで良いのでは？」と返答。

やはりこの辺りはまだ判断が甘いな、とレイズは心の中で思う。

「それでは足りぬ。フレイン」

「はっ」レイズの視線を受けたフレインが跪《ひざまず》く。

「鉱山を制圧してこい」短く指示するレイズ。

「はっ」

早々に陣幕を出てゆく後ろ姿を見送ったロアは、どうして良いのか分からずレイズとグランツの姿を交互に見た。

「ロア、君はこの場に残れ」

「は……はい……」

不安そうなロアに、レイズは座るように指示する。

命令を下してからさして時をおかず、全ての賊が蹴散らされたとの報告が届いた。

◇◇◇

敵壊滅の報告を受けて安全が確認されたところで、レイズ様達は廃坑へ向かうために立ち上がる。

当然僕も同行する事になった。

道すがら、すでに事切れた賊が何人も転がっているのが視界に入る。僕はそれらを横目に、置いていかれないようにする事に集中していた。

山道を転ばぬように注意しながら進む最中、不意にレイズ様が僕に声をかけてくる。

「……恐ろしくはないのか？」

一瞬なんの事か分からずに、きょとんとする僕。

「骸《むくろ》が、だ」

ああ、そういう事か。確かに戦場に出ない一般文官が死体を見て、全く動じていないのは違和感があったのだろう。

けれど僕は死体は見慣れているのだ。滅んだ祖国や、大陸を放浪していた最中に。

とはいえそんな事は言えないので、僕は必死に言い訳を探す。

「……恐ろしい、のかも知れませんが、あまりに現実離れしていて……」

僕の返事に、レイズ様はしばらく僕を見つめる。頭の中を読まれるんじゃないかというくらいの視線に、背筋が震える。正直言ってその辺に転がっている死体よりも、レイズ様の視線の方が余程怖い。

「まあ、ありうるか」

レイズ様は端的にそれだけ言うと、さっさと先に進み始める。僕は密かに胸を撫で下ろし、ラピリア様がそんな僕の姿を睨むように見てから、レイズ様の後を追ってゆく。

「ここが中心地か」

「はい。生活跡もあります」

本拠と思われる場所で僕らを待っていたフレイン様の報告。どれほどの人数だったか、どの程度の抵抗であったかなどの詳細をレイズ様が問い、それら一つ一つに澱《よど》みなく答えてゆくフレイン様。

「抵抗したのは200か。思ったよりも多いな」

レイズ様がわずかに眉を顰《ひそ》めた。実際に捕縛したり討ち取ったりした人数がその程度なら、逃げた賊はもっといるという事になるからだ。

横で聞いていた僕もそう思う。そして同時に湧き上がる違和感。

それが僕は気になって、賊達が生活していたという洞穴のような場所を覗き込む。

「ちょっと、勝手に動かないで」

ラピリア様に注意されて首をすくめながらも、僕は洞窟の中を指差した。

「あの、ラピリア様。これ、どう思います？」

「どうって？　……ただの汚い場所としか思わないわ？　よくもまあ、こんな場所で生活できるものね」

ラピリア様の言葉に、僕は首を振る。

「環境の話ではありません。狭すぎませんか？」

逃げた者達を除いたとしても、２００人が生活できる空間ではない。

「似たような場所が他に沢山あるんじゃないの？」

「それだと、食事時には山の各所から煙が上がるような事になります。流石にエレンの村の住民も異常を感じると思うのですが……」

薄暗がりの洞窟を見ながらそんな会話をしていると、ふと、後ろに気配を感じた。振り向けばレイズ様とフレイン様も腕を組んで僕らの会話を聞いている。

「続けよ」

レイズ様の一言で、僕はとにかく思った事を口にした。

「もしかすると、他に拠点があるのではないですか？　生活できるような。もしもそこに賊が残っているとすれば……」

見当違いな事を話しているかも知れないと、少し不安になり、最後は言葉がだんだん小さくなってしまう。

「……ありえるな。私も人数を聞いて違和感を覚えていたところだ。フレイン、他の部隊と共に、周辺を探れ。そうだな……この辺りであまり住民が寄り付かぬ場所をエレンの村で聞いておけ」

「はっ」

命令を受け、フレイン様が立ち去ろうとした時、「待て」とレイズ様が止める。

「ロア、お前はどのような場所が怪しいと思うか？」

有無を言わせぬ口調。分かりませんでは許されなそうだ。

「……多分、近くに水辺がある場所です。それが川なのか、池なのかは分かりませんが……」

「なぜ、そう思うか？」

「ここまで来る道中で見た、敵の死体です」

「それがなんだ」

「……あまり、臭くなかったので」

このような環境で生活していたのなら、体を清めるのはもちろん、洗濯だって満足にしていないだろう。血の匂いが隠したという部分もあるけれど、それにしたって饐《す》えた匂いがしなかった。一人だけならともかく、道中に転がっていた死体はみんな似たり寄ったりだ。

という事はどこかに、水浴びや服を洗う事ができる場所があるのではないかと思った。僕の説明を黙って聞いていたレイズ様は、目を閉じ、何かを考える仕草をする。

それから再びフレイン様に目を移して、改めて命じる。

「聞いた通りだ。水場のありそうな場所を中心に探れ」

「はっ。直ちに」

今度こそ走り去ったフレイン様を見送ると、「一度本陣に戻る。ロアも一緒に来い」と言うなり再び先程来た道を戻り始める。

僕らが本陣に戻って少しして、近くの森の中の池の周辺に、野盗のねぐらと思《おぼ》しき場所を発見したとの報告がレイズ様の元へ届く。

こうして、僕の初陣はあっけないほど簡単に終わったのだった。

僕にとってはただただ安堵できた戦いだったけれど、この一件は、僕の周辺に少なからず波紋を呼ぶ事になるのである。

僕の提案がレイズ様に受け入れられ、隠し拠点が発見されてから一刻後、僕も待機している本陣に伝令兵がやって来た。

「フレイン様より報告です。制圧、完了いたしました」

「そうか。被害は？」

「ございません」

「主だった者は捕らえたか？」

「残念ながら、抵抗したものは全て死亡……ですが、ゴルベルとの繋がりを示す証拠が見つかっております。また、フレイン様の指示で領主の行方を追ったところ、こちらは館の隠し部屋に潜んでいるところを捕らえました」

「分かった。ご苦労。下がって良い」

一礼して伝令が下がると、レイズ様はグランツ様に指示を出す。

「グランツ。ゴルベルが絡んでいるのがはっきりした今、近くまで兵を出している可能性がある。半分の兵を残す。周囲を守りつつ、廃鉱を使えるように整えてから第四騎士団に引き継げ。頼むぞ」

「はっ。お任せください」

グランツ様の返事を受けたレイズ様、今度はラピリア様に向き直った。

「よし、では我々は撤収しよう。ラピリア、準備を頼む」

「はい。すぐに手配いたします」

グランツ様とラピリア様が陣幕を出ると、この場所には僕とレイズ様しか残っていない。

所在なさげに視線を動かす僕に、レイズ様が声をかけてくる。

「さて、初陣はどうだったかな？」

「どうと言われても…………特に戦闘らしい戦闘もありませんでしたし……」

「ああ、だからこそ、君の非凡さが際立っているという事だ。被害を出さずに勝つ。これは戦いの極意だよ。正直ここまでうまく行くと思っていなかったが、もしこれで本当に新たな鉱脈が見つかっていて、それが今回の費用を賄えるほどなら……まるで全てを知っていたとさえ思える」

レイズ様の言葉に僕の心臓はどきりと跳ねた。その通りだ、僕は未来を知った上でこの策を立てている。

思わず「実は……」と全てを告白しそうになったけれど、ギリギリのところでぐっと呑み込む。

今、僕がそんな事を言って、信じてくれる人がどれだけいるだろうか？　皆無だろう。せっかく無事に帰還できるのだ。不信感を持たれる発言は控えるべきだ。

「ま、そんなに緊張する必要はない。戯言《ざれごと》だ」

僕の動揺を初陣の緊張と見たのか、レイズ様がそれ以上追求する事は無かった。

「はぁ……」

僕の中途半端な返事に対して、レイズ様は少し苦笑してから真面目な顔になる。

「さて、戯言はここまで。ここからはこれからの話をしよう」

「これから……ですか？」

「単刀直入に言う。ロア、第10騎士団に入らないか？」

「ええ!?　なんのためにですか!?」

「なんのために、か。中々斬新な返答だ。今まで私が騎士団に誘った者は皆、喜ぶか感激するかのどちらかだったが……」

「あ！　すみません！　つい！」

僕のような平文官が、この国でもエリートの集まりである第10騎士団に勧誘されるなど、本来はあり得ない事だ。

僕が了承の返事をしたところで、グランツ様とラピリア様が登場して、冗談だと笑われる可能性すら頭をよぎる。いや、あの2人はそんな悪質な事はしないだろうけど、そのくらい動揺したのである。

「まあいい。返答を聞こう。もちろん危険は伴うが、給金は今とは比べ物にならない。悪くない話だと思うが？」

悪くない話どころではない、大船に乗って出世街道の本流に漕ぎ出すようなものだ。断る人間などまずいないだろう。けれど、

「一つだけ、質問してもいいですか？」

「ほお？　何かな？」

「なぜでしょうか？　自分で言うのもなんですが、僕は少し記憶力が良いだけの、書類仕事がお似合いの文官です。とても、第10騎士団で活躍できる人材だとは思えませんが……」

「なるほど、君は自己評価が随分と低いという事か……だから今まで頭角を現さなかった、そう考えれば辻褄《つじつま》は合うな」

僕に対する評価を呟きながら、一人納得するレイズ様。

「だが、君自身の評価はどうでも良い。ちょうど作戦を立案する助手が欲しかったのだ。今回はそのための試験であった。そして、君は及第点を得た」

「作戦立案の助手……軍師の助手という事ですか？　それなら、グランツ様とラピリア様がいらっしゃるのでは？」

「うん、軍師の助手か。悪くない表現だ。まさにそういう人材が欲しいのだよ。無論、グランツとラピリアは優秀だし、兵を率いさせたら我が国屈指だ。しかし、部隊を率いる強さと、軍全体を動

かす資質というのは別のものだ。それは君ならよく分かっているのではないか？」

「……はい」

それはよく知っている。今までに集めた戦いの記録を思い返せば、その差は歴然と言える。

「納得して貰えたなら、改めて返事を聞こうか？　無理強いをするつもりはない。素直に答えれば良い。無理に連れ回しても碌《ろく》な事にはならないだろうからな」

僕の目的、歴史を変え、仲間を救う事を考えれば、選択肢は一つしかない。

何ができるか分からない。でも、このまま一人で煩悶《はんもん》しているよりは、間違いなく良い。

「分かりました。よろしくお願いします」

僕はレイズ様に深く頭を下げた。

◇◇◇

帰路も僕はフレイン隊に守られながら進む。

「それで、どうなったのだ？」

フレイン様の口ぶりからすれば、事前に僕の勧誘の話は回っているのだろう。それはそうだ。改めて考えてみれば、第10騎士団ともあろう方々が、理由もなく何者かも分からない者の作戦など採用しない。

「第10騎士団でお世話になる事になりました。フレイン様もよろしくお願いします」

騎乗のまま頭を下げる僕。ちなみに一人で馬に乗れないので、フレイン様の側近の人の馬に乗せてもらっている。

「そうか」フレイン様は短く答える。

それからしばしの沈黙。かっぽかっぽと馬の足音だけが響く。

「……様はやめろ」

不意にフレイン様が言った。

「はい？」

「正式な辞令はこれからだろうが、今後は同僚として戦場を駆ける仲だ。様はやめろ」

「え……しかし……」

「しかしも何もない。それに、その口調も改めろ。レイズ様のお側に仕えるのであれば、立場的には俺より上だ。敬語も不要だ」

「いや……でも、それは……」

今までの僕の立場や、フレイン様の家格などからすれば、安易に呼び捨てにして良い相手ではない。

「……なら、立場が上と言えど、俺もお前には対等な口調で話そう。だからお前もそうしろ」

「……分かったよ。フレイン」

僕が了承してそのように返すと、フレインは年相応の笑顔で、

「これからよろしく」と言ってくれる。

「それにしても少々驚いた。お前はどなたの指導を受けていたのだ？　鮮やかな手並み、さぞ高名な師なのだろう？」

フレインのそんな言葉に、僕はとんでもないと首を振る。

「ただ趣味で様々な書物を読み漁っていただけだよ」

僕の返事に目を丸くするフレイン。

「まさか、完全に独学だというのか？」

「独学……なんて大層な話ではないけれど、まあ、そうだね」

「信じられんが、つい今しがたその実力を見せ付けられたばかりだからな。信じるしかないか。……本当に誰にも教わっていないのか？」

「……うん」

「なるほど。レイズ様がお前に興味を持った意味を、ようやく完全に理解した。考えてみれば馬も満足に乗れない者が、軍事の指導など受けているはずもないか」

「……ご迷惑をおかけしております」

確かに馬に相乗りさせて貰うのは、少々恥ずかしい。そんな僕の気持ちを知ってか知らずか、フレインは僕に提案する。

「ロア、騎乗を学びたいのなら、俺が教えてやる、どうだ？」

「え？　いいのかい？」

「ああ。ただし俺の空き時間を使うから、時間はまちまちだ。早朝や深夜になるかもしれんぞ」

それでも願ったり叶ったりだ。

「ぜひ頼むよ！　よろしくお願いします！」

僕の返事に、フレインは満足そうに頷いた。

◇◇◇

第10騎士団への勧誘を受けてから半月ほど経った頃。

その日も僕は、朝からフレインに馬の乗り方を教わっていた。

「馬は賢い生き物だ、乗り手の怯えも感じ取るぞ」

「そうは言っても……」

さして運動神経が良い方でもない僕は、恐る恐る、どうにかこうにか馬の背中にしがみついているような状態だ。

「馬は愛情を注げばしっかりと応えてくれる。戦場において、愛馬とは体の一部だ。それだけに日頃から接するのは大事だぞ。まあ、お前の場合はまだお手馬はないが、それでも馬の気持ちを常に考えてやれ」

フレインの熱弁に、僕はこくこくと頷く。フレインは自慢の愛馬を撫でながら、馬のブラッシングの方法なども教えてくれる。

僕との訓練の後も、フレインは必ず愛馬の手入れをしている。だからだろうか、馬の方もフレインにとても懐いているように見えた。

「ま、今日はこんなものだろう。いずれお前も愛馬を手に入れたら、ちゃんと世話してやる事だ。信頼関係があれば、乗り心地は全然違うからな。さて、そろそろ昼飯にするか」

「ああ、うん。ありがとう」

食堂に向かって歩き出そうとするけれど、太ももがプルプルと震えてよろめく。フレインに笑われながら、僕はどうにか足を踏み出していった。

廃鉱の一件を解決して、王都ルデクトラドに帰ってきたのが随分と前に感じる。帰還した翌日から、僕は第10騎士団の詰所に通いながら、こうして馬の乗り方を教わったりしてなんとなく過ごしている。

現在の僕は非常に中途半端な立ち位置にあった。というのも正式な第10騎士団への入団は、現地に残してきたグランツ様達が帰還してからとなっており、今は騎士団としての仕事はない。

かといって今まで働いていた部署に顔を出そうにも、既に移籍の話が通達されていて、出仕しなくて良いと言われている。

文官から第10騎士団への抜擢など前代未聞の出来事だ。元の部署の上司もどうしていいか分からないといった感じなのだろう。

まだ寝泊まりは元の文官の宿舎なのだけど、文官の宿舎内でも割と腫れ物扱いで、身の置き所がない感じ。同室のデリクとヨルドが変わらぬ付き合いをしてくれているのだけが救いだった。

そんな宙ぶらりんな状況の僕を、何かと気遣ってくれているのがフレインである。

「どの道、グランツ様達が戻るまで暇だからな」

などと言いつつも、一緒に戻ってきた第10騎士団の他の隊長さんへの顔合わせや、こうして僕の乗馬の練習に付き合ってくれている。

おかげで僕は、どうにか馬に乗れるようになったし、第10騎士団の中の人達とも少しずつ挨拶を交わすようになってきていた。


第10騎士団の詰所で提供される食事は、文官の食堂の食事よりもおかずが一品多くて、量も多い。同時に少し濃い目の味付けがされているのが特徴だった。

運動量の多い兵士達ならではの違いなのだろう。毎日のように乗馬の練習に勤しんでいた僕にも、濃い目の味付けはありがたい。

「しかし……ロアは飲み込みが遅いな」

焼いた肉を齧《かじ》りながらフレインがしみじみと言う。

「いや、頭では分かっているんだ。ただ、体の方がついてこないんだよ」

我ながら情けない事を言う僕。

「結局一緒だろ。とりあえず馬だけはそれなりに乗りこなせるようになっておかないと、いざという時に困るぞ」

「うん。なんとかするよ」

そんな会話をしながら昼食に舌鼓を打っていると、入口が騒がしくなってきた。

「なんだ？」

フレインが警戒感を露《あら》わにするも、その表情はすぐに改められる。

「帰ってきた！」

言うなり、入口の方へ向かってゆく。周りの兵士も入口へ殺到。僕は一歩遅れて立ち上がり、一瞬テーブルのスープに目をやってから、フレインの後を追った。

最後尾で食堂を出ると、屋外の広場にはグランツ様の姿が見えた。出迎えたフレイン達と、互いに労《ねぎら》いながら笑い合っている。

騒ぎを聞きつけたレイズ様が姿を現すと、第10騎士団は一糸乱れぬ整列をしてみせる。その中心にいるグランツ様が、レイズ様の前に歩み出て跪いた。

「お預かりしておりました3000名。欠ける事なく帰還いたしました！」

「ご苦労！　詳細は後ほど聞くが、ゴルベルの兵は現れなかったか？」

「はっ、現れました。2000ほどの兵を差し向けて参りましたが、レイズ様の指示通り、我らが廃鉱を押さえている事と、こちらが大勢である事を見せつけると、何もせずに退いて行きました」

「そうか。ならば良い。第四騎士団にも当面は警戒するように申し送りしてある。幸い、あの廃鉱は奴らがわざわざ要塞化してくれたからな。そっくりそのまま貫って拠点化を進める」と言って笑った。

レイズ様の笑いに反応するように、他の兵も口々に「ゴルベルの間抜けめ」とか、「わざわざ要塞を造ってくれるなどご苦労な事だ」などと言い合う。

それらの言葉が落ち着くのを待って、グランツ様が再び口を開いた。

「それからもう一つ、ご報告がございます」

「なんだ？」

威厳を保ったままレイズ様が促すと、グランツ様はチラリと僕を見てから、

「エレンの村から元鉱山採掘者を連れてきて、ゴルベルが掘っていた坑道を調べさせたのですが
……」

「どうであった」

「その者の見立てでは『まだこれほどの鉱脈が残っていたとは』と驚くほどだそうです」

みんなの視線が一気に僕に注がれた。分かってはいたけれど、少しだけ安堵する。

「……分かった。詳細は執務室で聞こう。ロア、お前も来い。皆もご苦労だった！　今日より数日は休みとする！　特別手当も出るので、受け取ったら羽を伸ばすと良い!!」

レイズ様の言葉に、帰還したばかりの兵士達が歓声を上げる。

興奮冷めやらぬ声を背後に聞きながら、僕はレイズ様の背中を追うのだった。

◇◇◇

ここは、ゴルベル首都のとある一室。

よく磨かれ、黒光りする重厚な机には、一人の老人が座っている。

机の上にはゴルベル東部とルデク西部の地図。地図にはいくつもの駒が置かれていた。

「……そうか」

エレンの村の廃坑を橋頭堡にする計画を立てたその男は、計画失敗の一報を聞いてもさして気にする風でもなくそれだけを答えた。

「廃鉱にはルデクの兵が2～3000ほど籠っていたそうです。どういたしますか？」

「放っておけば良い」

「よろしいので？」

「良いと言っている。我々には便利な場所であったが、ルデクから我が国を窺うには、それほど使い勝手の良い場所ではない。精々、管理する手間が無駄に増えるだけであろう」と、くつくつと笑う。

「それにしても、思ったよりも素早い対応であったな。最初は少数の兵で様子を見ると踏んでいたが。要衝に陣取っている第四騎士団の本隊を動かすには至らなかった、か」

それだけ言うとエレンの村に立てておいた駒をついと摘《つま》み、何事もなかったかのように床へ投げ捨てる。

床で転がる駒には目もくれず、抑揚に乏しい表情のまま、

「今回はレイズ＝シュタインに花を持たせてやろう」

サクリは独り、そう呟いた。

◇◇◇

「辞令は少し先だが、ロアの第10騎士団への配属が正式に承認された」

お昼時、第10騎士団の食堂でレイズ様が発表すると大きな歓声が起こる。

「良かったな！」

「よろしくな！」

「これからはお客様扱いせんぞ！」

口々に挨拶をしてくれる第10騎士団の兵士達。ここにいるのは当直兵である300名ほど。力強い喜びの熱気に当てられて背筋がゾクゾクする。

「よろしくお願いします」僕は声をかけられるたびに挨拶を返す。

しばしの騒ぎがようやく落ち着いた頃合いを見計らい、レイズ様が咳払いをすると、みんなの視線は一斉にレイズ様に注がれた。

「住まいについてはしばらく文官の宿舎のままだ。今後ロアには私の補佐を担ってもらう。また、文官だった経験を活かして、今までグランツに負担をかけていた武器の管理や、補給線の調整も担当させる。グランツ、引き継ぎを頼む」

「は、畏まりました」

「それから、例の娘もロアの下につけろ。一緒に管理などを行わせるといい」

「は……よろしいのですか？」

「ああ、こちらもいつまでもお客様扱いはできんだろう、とはいえ兵士は無理だ。ロアの下なら何かしら仕事もあるはずだ」

「……畏まりました」

何やら気になる会話が続く。例の娘とは誰の事だろう。ラピリア様という例外はいるけれど、基本的に騎士団は男の割合が高い。特に第10騎士団はその傾向が顕著だ。

考えを巡らせていた僕を見たレイズ様は、少しだけ目を細めた。その楽しげな目つきを見て、これは教えてもらえそうにないなと諦める。

グランツ様に一通りの指示を終えたレイズ様は、穏やかな表情で僕を見ると、「ロア、改めて我が部下としてよろしく頼む」と告げた。

遠くから英雄を見つめるだけだった過去の僕からすれば、レイズ様の印象は驚くほどに変わっている。

いつも黒衣を纏っている事も関係しているのだろうけど、非常に威圧感があり、ともすれば鋭利にすら感じさせる雰囲気は人々を寄せ付け無い人だった。過日のように、通路で不意に質問でもされれば、若干の恐怖を感じる我が国の英雄。

実際はどうだ。最近だんだん分かってきた。この人、思った以上に悪戯《いたずら》好きというか、人を驚かすのが好きだ。執務室ではちょくちょくグランツ様やラピリア様に怒られている。

公の場では厳格な雰囲気を崩してはいないけれど、第10騎士団の人達はレイズ様の性格を分かっている感じ。この雰囲気は嫌いじゃない。

ともあれ、食事を摂り終えたらグランツ様に従って武器庫へ向かう。

「ここだ。破損した武器の修理の手配や管理などを頼みたいのだが、できるかな？」

「ええ、今まではそんな仕事ばかりでしたから、むしろ得意な方です」

僕が答えると、満足げに頷く。

「我が騎士団は戦闘となれば、騎士団の中でも飛び抜けているのだが、どうもこういった管理関係の人材に乏しくてな。一応わしが管理の統括を任されたのだが、わしも門外漢ゆえ手に余っていた。ロアに任せる事ができるなら、正直言って助かる」

なんていうか、グランツ様は大変だなぁ。そう思いながら倉庫に並ぶ武器を見渡す。よく手入れされ、扉から差し込む光で光る武器の数々。僕はそれを見て「おや？」と思う。

それから少しして「あ、そうか」と呟いた。

「何かあったかね？」グランツ様に聞かれ、「あ、いえ、なんでもないです」と慌てて誤魔化す。

「そうか、では、次に食料庫の方だ。こちらは基本的に遠征用の保存食が収められている。定期的に入れ替えねばならんし、駄目にする前に日々の食事に回さねばならん。これが結構面倒でな」

「なるほど……それは面倒そうですね。分かりました。管理帳簿はありますか？」

「管理帳簿？　ないが？」

「ないのですか？　ではどうやって管理を」

「うむ。一番手前が古いやつ。新しい保存食を作ったら奥のものを全て前に出して、一番奥に入れるのだ」

「それって、もの凄く大変じゃないですか？」

　ここには相当量の保存食が眠っているのだ、動かすと簡単に言うけれど、かなりの重労働になる。

「そうだな、いつも人手を使って半日掛かりであったぞ！」と笑うグランツ様。笑い事ではない。

　それとなく他の騎士団も同じなのかと聞いたら、第10騎士団以外は意外にちゃんとしているらしい。第10騎士団ならではの悩みだったようだ。

「とりあえず管理帳簿を作りましょう。それから棚に番号を振って、番号順に消費するようにします。これで大変な入れ替え作業は無くなるのでは？」と僕が提案すると、グランツ様は目から鱗《うろこ》といったように大きく口を開け、「素晴らしい！　その手があったか」と感激。

　これは、思った以上に深刻だぞ、この騎士団の裏方事情。

　ただ、ひとまず僕の活躍の場が見つかった気がして一安心だ。前回はうまく行ったけれど、今後も戦場で活躍できるとは限らない。

　滅亡の未来を回避するためにも、レイズ様達第10騎士団の助力を得られるかは重要だ。早々に追い出されないようにしなければ。

「そうか、表作りか……それならルファでもできるな」

「ルファ？　あ、もしかして先ほど言っていた女性の事ですか」

「ああ、呼んでくるからここで待っていてくれ。先程のように良い思いつきがあったら好きに変えて良いぞ」

「え？　レイズ様に報告は？」

「武器庫はともかく、食料庫の事で報告はした事がない。レイズ様も不要と仰せであったからの。そうだ、新しい保存食を作りたい時だけは言ってくれ。予算を出す」

「そうですか。分かりました」


そうして食料庫に残される事しばし。その間僕は、どうすれば管理しやすくなるか頭を捻《ひね》る。

「待たせた！」

気がつけばいつの間にかグランツ様が入口に立っていた。集中しすぎて時間が過ぎていたみたい。

「ルファ、お前の上司になる男だ。名はロアという。挨拶するといい」

大柄なグランツ様の後ろからちょこちょこと顔を出したのは、僕より年下の小柄な少女だ。ルファと名乗ったその娘さんは、綺麗な赤い大きな目と、鼻梁《びりょう》の通った美人。一番の特徴はその髪の色だ。窓から差し込む光に反射して、青くキラキラと光っている。

海を越えた南の大陸に住まう人達、サルシャ人。青い髪はサルシャ人の大きな特徴だ。

理由は分からないけれど、この青い髪は純血のサルシャ人だけに現れる。

例えばサルシャ人がルデクの民と結婚した場合、その子供は目の色は赤くても、髪色は赤や茶色であり、青い髪にはならないそう。

ルデクには南の大陸から多くの船乗りがやってくるので、純血のサルシャ人自体はそれほど珍しくはない。

僕らの住む王都、ルデクトラドでもそれなりに見かけるし、この国一番の港町、ゲードランドの港ならば、少し大袈裟に言えばサルシャ人も日常的にうろうろしている。

ただ、ルファのような年頃の少女というのはかなり珍しい。やってくるのは大概商人か船乗りだ。稀《まれ》に家族で移住するような者もいるけれど、他国の、それも騎士団の中にいるのは異質と言えた。

ついつい品定めをするような視線を向けた僕に対して、グランツ様の後ろに隠れてしまうルファ。僕は慌てて不躾《ぶしつけ》な行為を謝罪する。

「ごめんごめん、サルシャの女の子って、この辺だと珍しかったからつい。他意はないんだ。僕はロア、ルファっていうんだね。よろしく」

なるべく笑顔で手を差し出すと、再びグランツ様の後ろからおずおずと顔を出してくる。なんか、小動物に餌付けをしているみたいだな。

「まあ、少しずつ慣れるだろう。互いに困った事があれば私に言いなさい。後は任せた。人手が足りなければ言ってくれ、暇そうなのを手伝わさせる。では！」

それだけ!?　というほどあっさりと引き継ぎが終わり、僕とルファだけがその場に取り残される。

しばしの沈黙。頬をかきながらルファの方を見ると、ルファもこちらを覗き見た。

「……とにかく在庫を確認してみようか？　ルファ、文字の読み書きは？」

僕の問いにこくりと頷きで返すルファ。文字が読み書きできるのであれば、かなり助かる。十分な戦力だ。

「ちなみに計算は？　あ、できなくても大丈夫だよ」

その質問にも肯定。なるほど、思った以上にちゃんとした教育を受けているな。という事は、奴隷として売られて来たとか、そんな理由じゃなさそうだ。

「よし、それじゃあ、僕は箱の中身を確認するから、ルファはグランツ様に頼んで新しい帳面をもらってきておくれよ」

「分かった」初めて会話が成立し、僕は少し嬉しく思う。

グランツ様の元に走るルファの後ろ姿を見送ってから「さてと、始めるか！」と、一度気合と共に伸びをして、箱の中身を確認し始めるのだった。


帳面を抱えて戻ってきたルファ。一旦手を止め、2人で食料庫の棚を眺める。

微妙に気まずい。何せ、初対面の娘さんと2人きり。さりげなくルファを盗み見てみれば、本当に整った顔をしている。計算ができる教育を受けている事や、どことなく漂う上品さを考えると、どこかの貴族様の娘さんだろうか？

しかし貴族の娘さんだとすれば、なぜ、海を渡った異国の騎士団の中にいるのだろう？

「……なに？」

僕の視線に気づいたルファがこちらを見る。

「いや、なんでもないよ。さ、まずはどんな食料が保管されているのか確認してみよう。僕が中を確認するから、ルファは帳面に書き留めてくれるかな」

「うん」

素直に頷いてくれるルファ。聞き分けが良くて助かるなぁ。

それから一つ一つ、丁寧に保存食の仕舞われた箱を開けながら、ポツリポツリと会話を交わしてゆく。明らかに事情のありそうな娘さんだ。踏み込んだ事は避け、好きな食べ物だとか、好きな事など差し障りのなさそうな質問に留める。

「ふうん、絵を描くのが好きなのか。あ、この箱の中身は干し肉だね」

「うん。時間がある時は大体絵を描いてる」

「どんな絵を描くの？　……これも、干し肉っと」

「動物が好き」

「へえ、いいね。今度見せてよ……あれ、これもだ。干し肉を追加して」

「大体地面に描くから、いつも消しちゃう」

「そうかぁ。じゃあ、描いた時でいいよ。……ええ？　これも干し肉なんだけど……」

こうして全ての箱の中身を確認すると、驚くべき事実が発覚した。

「……肉だね」

「うん。肉だ……」

箱の中には肉しかない。全てが薄くスライスして干した干し肉。他には何もない。

それなりの広さのある保存庫にある木箱の全てが干し肉。なるほど、それなら古いものを手前に移せば後の事は気にしなくていいだろう。第10騎士団って肉しか受け付けない生き物なのかな？

「それにしたって、干し果実《ドライフルーツ》とまでは言わないけれど、魚を干したっていいだろうに……」

少し呆れ気味に言う僕に、

「そういえば、騎士団の人が「保存食は飽きた」って言っているの、聞いた事がある……」

そりゃあ飽きるだろう。遠征中、毎日毎日馬鹿みたいに干し肉だけ齧っていれば。

「これはなるべく早く保存食の改善をレイズ様に話した方が良いね。こんな塩辛いものを齧るだけじゃ健康にも良くなさそうだ……折角なら瓶詰めは出来ないかな？」

「びんづめ？」聞きなれぬ言葉に首を傾《かし》げるルファ。しまった、まだこの時代には瓶詰めはなかったんだった。

瓶詰めが世に出るのは30年後の帝国領だ。野菜なども長期間保存できるという事で、軍部どころか市民にまで爆発的に普及した。

僕が死ぬ40年後には、瓶詰めの専門店ができるほどだったが、今はまだ存在しない。瓶そのものはあるのだから、やろうと思えば瓶詰めを作る事は不可能ではないはずだ。一度試しに作ってレイズ様に提案してみよう。

僕が思考の海に沈んでいる間、ルファはずっと僕を見ていた。その視線に気づいた僕は、慌てて言葉を取り繕う。

「本で読んだんだ。古来の保存方法、失われた技術なんて呼ばれている方法で、瓶を熱湯で煮て、空気を抜いて、腐らないようにするんだ」

「……初めて聞いた」

だろうね。まだこの時代には存在しないから。

「折角だから試してみようか。それに塩漬けの保存食以外に干し果実《ドライフルーツ》も作ろう。パンや焼き菓子もいるね。保管棚に番号を振ったら、まずは新しい保存食作りだ！」

食べ物が美味しければ、戦うみんなのやる気にも繋がるはずだ。

ひとり力強く宣言する僕を、なおも怪訝《けげん》な表情でルファが見つめていた。

食料庫を任された翌日早々、グランツ様に頼んで予算と人手を出してもらい、僕らは連れ立って買い出しに出かける。

結構な量を買い求めるつもりだったので、非力な僕と小柄なルファでは手に余るとグランツ様に伝えたところ、

「それならこの者を連れて行け」

と付けられたのがディックという巨漢の兵士だ。

ディックはすごい力持ちだけど、のんびりとした性格でよく訓練もサボっているそうだ。そのため実力はあるのに評価は低く、常備兵には選ばれずに雑用ばかり任されている。

「よろしくなぁ」

「よろしくお願いします」

のんびりとした口調のディックは、騎士団らしくなくて話しやすい。

ちなみにディックに限らず、常備兵として常に出撃できるように準備している兵士以外は、主に砦の補修や、街のインフラ整備などに駆り出されている。

ルデクは比較的豊かな国とはいえ、流石に総勢で数万人の騎士団を常に遊ばせておけるほどの余裕はないのである。

ともかく、今日も王都《ルデクトラド》の大通りは賑やかだ。ゲードランドの港に入港した商人や物も、ひっきりなしにやってくる。様々な人種が行き交う通りには、ルファと同じ深く青い髪を引っ詰めた商人らしき人の姿もあった。

そんな純血のサルシャ人であっても、ルファが通り過ぎると少しだけおや、という顔をしながら視線で彼女を追う。

やっぱり純血のサルシャ人の少女を、海を越えた場所で見かけるのは珍しいのだろう。

「けんど、野菜とか果物とか、保存に向かないもんばかり買ってどうするんだ？　それに、この空き瓶は一体何に使うんだぁ？」

のんびりと喋るディックが、軽々と抱えている大きな箱の中には、根菜や果物、それに持って歩けるだけの大量の空き瓶が詰まっている。

「ちょっとした実験ですよ」とだけ答えて、僕らは人の波を縫うように城へと戻った。

中央宮区画のすぐ近くにある第10騎士団の詰所。中央宮に隣接するような場所にあるのは、第10騎士団と第一騎士団の施設だけだ。

調理師さんに頼んで、食堂の一角と大きな鍋を借り受ける。

「ディック、悪いけど水をたくさん汲んできてくれますか？　それから薪も」

「おう、分かった」

「ルファは野菜や果物を切ってほしい。野菜は瓶に入れやすいように縦長に、果物は半分を干し果実《ドライフルーツ》にして、残りはジャムだ」

「ジャム？」

「できる？　あ、そうだ。砂糖はかなり多め。甘すぎるくらいで作って欲しいんだけど」

確か未来の記憶では、ジャムは甘くすればするほど保存期間が延びると教わった。理屈は分からないけれど、教わった通りにやってみよう。

「……できる。……分かった」

鍋の中に空き瓶を並べると、ディックが運んできた水を注いで竈《かまど》に火を入れる。

「瓶なんか煮ても、食えないぞぉ？」と鍋を覗き込むディック。

「瓶を食べるんじゃないですよ。これは下準備です」

「野菜、切ったよ」

「ああ、ちょうど良さそうだね。それじゃあこれを瓶に入れよう」

熱々の瓶を火傷《やけど》しないように慎重に取り出すと、その中に野菜を詰めてゆく。それから再び鍋の中へ敷き詰めると、瓶の中にもお湯が入るようにかけて、コルク栓を緩く閉めて再び熱する。

十分に加熱できたら、瓶の中の空気を押し出すようにしてしっかりとコルクで封をして、それから事前に用意しておいた蠟で蓋を固定。

果物は煮詰めてジャムにしたら、同じように瓶をしっかり熱してから封印。

「できた」

ずっと竈の前にいたから汗びっしょりだ。

「はい、これ」

見計らったようにルファから差し出されたのは、果実の余りで作った果実水。少しぬるいけれど美味しい。煽《あお》るように一気に飲み干すと、ようやく人心地ついた。

「ありがとう。ルファ」

「ね、これで完成？」

ずらりと並べられた瓶詰め。ルファは首を横に傾げながら、瓶詰めを恐る恐るといった感じで指でつつく。

「別に爆発したりはしないよ」

そんな風に笑う僕に、ルファは少し恥ずかしげにしてから、「もう」と唇を尖らせた。

出来上がったのは様々な種類の野菜の水煮と、ジャムが詰め込まれた代物だ。経過のサンプルを取りたいから、種類ごとに5つずつの瓶詰めがずらりと並んでいる。

「それで、これをどうするの？」

ルファの問いに僕は腕を組んで考え込む。

「……そうだなぁ、10日から半月ほど食料保存庫に置いてみて、食べられる状態で保管できるか試してみるよ」

「半月？　本当に、こんな方法で腐らないの？」

ルファの視線はジャムに向けられている。野菜はともかく、ジャムが駄目になるのは勿体無《もったいな》いと思っている顔だ。

「どうだろうね？　野菜は中に入っている水が濁らなければ、多分成功。ジャムは開けてみないと分からないかなぁ。どれも匂いを嗅いだり、少しだけ食べてみて確認しないと、成功とは言い切れないけれど」

「こんな方法聞いた事ない。本で読んだだけの割には手際がいいような……？」

「そうかな？」

僕は平静を保ちながら背中に汗をかく。

手際がいいのは今から30年以上後の僕が、各地を放浪していたときに日雇いの仕事で作ったからだ。

瓶の形状や蓋も30年後とは違うから、上手くいくか分からないけれど、成功すれば、萎《しな》びていない野菜やジャムを前線で口にする事ができるはず。

「……まぁ、結果が出てみないとなんとも言えないからね。そろそろ粗熱も取れてきたろうから、保管庫に移そうか。ディック、もう一仕事頼めますか？」

話題を逸らす僕。まだ少し納得していないルファが僕を覗き込んでくるけれど、これ以上はボロが出そうなので強引に進めよう。

そう思っていた矢先に「あら？　何をしているの？」と声をかけてくる人がいた。戦姫、ラピリア様だ。のんびり者のディックも流石に直立の体勢をとる。

「ラピリア様？　なんでこんなところに？」

「たまたま通りかかっただけよ。それよりも、これは何かしら？」

有無を言わせない口調に、僕は瓶詰めの説明をする。

「……というわけで、成功すれば野菜やジャムが長期保存できるんじゃないかと……」

「……本当に？」

訝しげな視線を向けてくるラピリア様に、僕は答えを濁す。まだ成功するかどうか分からない代物だ。滅多な事は言えない。

「まだ実験段階なので……」

再び瓶を見つめるラピリア様。その視線はひたすらジャムの入った瓶に向けられ、そして不意に予想外の言葉を口にする。

「うん。それなら、私も手伝ってあげる」

「はい？」

「いくつか私が預かるわ。環境を変えて保管してみて、違いを比較したらどうかしら？」

「まぁ、それはそうですが…………」

急に協力的な言葉を受けて、僕は少々困惑する。どういう風の吹き回しだろう？　動じる僕に対して、ラピリア様は着々と段取りを進めてゆく。

「日にちもずらした方がいいわね。ね、そうしましょう。例えばそうね……3日、5日、7日、10日、15日と段階を踏んで開けてみない？」

ラピリア様の思惑はともかく、無難な提案に、僕は賛意を示す。

「ああ、それはそうですね。じゃあ開けたら持ってきてください。味見しますから」

「預かった分の味見は任せて。私が試すわ」

「え!?　でも腐っていたら……」

「問題ないわよ。お腹は強い方なの」

「そうは言っても……」

ラピリア様におかしなものを食べさせたとあっては、僕の命が危ない。

「心配しなくても大丈夫よ。当然匂いも確認して、最初は少量で試してみるわ。ね、決まりね！」

一方的に宣言したラピリア様。止める間も無く、ちゃっかりとジャムの瓶だけ5つ確保して、あっという間に去ってゆく。

まさかとは思うけれど、単にジャムが食べたかっただけなんじゃ……。

「……片付けようか」

最後にどっと疲れた気がするけれど、ともかく瓶詰め作りの作業は終了した。


瓶詰めを仕込んでから10日後の事。

「あれ？　ディック、また来てるの？」

毎日のようにというか、欠かさず毎日食料庫に通い詰めるディックとはもう、気のおけない関係だ。

「いや〜、瓶詰めが気になってなぁ。今日で10日だろ？　そろそろ開けるのか？」

ディックの期待に満ちた目。確かにそろそろ頃合いかもしれない。

「そうだね。いくつかは試しに開けてみるつもり。折角だから料理して食べよう。ルファ、悪いけど先に厨房に行って、場所を借りてきてくれる？」

「うん。分かった」

元気よく駆け出して行くルファの背中を見送る。ルファとも大分打ち解ける事ができたように思う。

「それじゃあディック、運ぶの手伝ってよ」

「いいぞ〜、その代わりにサボってたんじゃなくて、ロアの手伝いをしていたって事にしてくれよぉ」

やっぱりサボってたか。まあいいや。

「サボってたのバレたら怒られないの？」

「怒られるぞぉ。でも訓練、面倒だからなぁ」

ディックとくだらない話をしながらいくつかの瓶詰めを持って食堂に行くと、食堂の様子が少しおかしい事に気がついた。人気のない昼下がりだというのに、どことなく室内に緊張感が漂っている。

原因はすぐに判明した。レイズ様が鎮座していたのである。グランツ様とラピリア様も一緒だ。

レイズ様は緩んだ雰囲気を醸しているけれど、他の2人の表情は真剣そのもの。

「え？　レイズ様。どうされたのですか？」

レイズ様が食堂にいるのは少し珍しい。配下に伝達事項がある時以外、あまり足を踏み入れる事はないと思っていた。まして人気の少ないこの時間に、何で？

完全に虚を突かれ目を丸くする僕に、悪戯が成功したかのように楽しげに目を細めるレイズ様。

「やあ、ロア。私の知らないところで随分と変わった事をしているようだが……？」

「え？」

問われているのが瓶詰めの事なのだろうなとは、すぐに思いあたる。けれど確か、保存食の管理にいちいち報告はいらないってグランツ様から聞いたけれど……そう思ってグランツ様を見れば、グランツ様はそっと視線を逸らした。ずるい！

仕方がない。正直に話して怒られたら、瓶詰めは諦めよう。

「あー……すみません……まだ実験段階だったので、成功したら報告するつもりでした」

嘘はついていない。これはあくまで試験段階の品々。報告には早いと思っていたのも事実だ。

「なるほど。で、今日は10日間寝かせたものを味見するというわけか」

なぜそれを知っているのか、その答えは一つしかない。僕はラピリア様に視線を走らせる。

けれどラピリア様も顔をスッと逸らす。くっ！

「……おっしゃる通りですが、これでもまだ序盤です。ひとまずの結論を出すにはあと5日は保存するつもりですし、本当の意味でちゃんとした答えが出るのはさらに先ですよ？」

そのように説明する僕に、レイズ様は楽しげにも見える目つきで、瓶詰めを見ながら言う。

「構わん。野菜やジャムを日もちさせる方法、聞いた事はないが、試みとしてはかなり面白い。もし、この実験が成功するようであれば、騎士団の遠征はもとより、遠洋に出る船乗りや庶民の栄養状態にも大きな影響を及ぼすはずだ。それに輸出にも使えるかも知れぬ。考えるほどに、我が国の得る利益は計り知れん」

レイズ様の言葉を聞いて、僕は息を呑んだ。

流石、と言うべきだろう。

今から30年後、瓶詰めが誕生したきっかけは帝国の外交事情にある。自領内の港からより遠くの国との交易を望み、携帯食の研究に力を入れ、その時代の研究者達が苦心の末に生み出したのが瓶詰めだ。

結果的に、作物の育たない冬場でも野菜を摂る事のできる手頃な方法として、船乗りのみならず、市民の間で爆発的に広まってゆく。兵士の遠征用というのはどちらかと言えばおまけみたいなもの。

ラピリア様には最低限の説明しかしていない。にもかかわらず、レイズ様は瓶詰めの価値に気付いたのだ。その視野の広さに恐ろしさすら覚えた。

「……そうかもしれません」

密かに息を呑みながら、僕はそのように言うにとどまる。

「ディックが持っているのが瓶詰めだな。ジャムは既にラピリアから見せて貰ったから、もう良い。ジャム以外のものを見せよ」

「はっ！」

絶賛サボり中のディックは殊更腹から声を出して、レイズ様に幾つかの瓶詰めを差し出した。手にした瓶詰めを試すように眺めるレイズ様。

「これはいくつ作ったのだ？」と僕に聞いてくる。

「野菜の種類を変えて、それぞれ5個ずつ作りました。でも、既にいくつかは失敗しました」

空気の抜き方が甘かったのか、7個の瓶詰めが今日に至るまでに駄目になった。失敗した瓶詰めは中の水が濁ってきたので、すぐに分かった。念のため蓋を開けてみると明らかに腐敗臭がしたので、同じような現象が起きたものは全て廃棄した。

「なるほど」

「あ、でも、ここにある物も成功しているとは限らないです。味見だけでお腹を壊すかもしれません」

「構わん。開封して皿に載せて持ってこい。これはこのまま食うものか？」

「そのままでも食べられますが、折角なので調理してみようかと……」

「では、そのままと調理したもの、両方持ってこい」

「……まさかとは思いますが、食べるんですか？　レイズ様が？」

「当然だろう。そのためにここに来たのだ。ラピリアの話を聞いて、すぐにでも口にしてみたかったが、日を待たねば意味がない。今日あたりお前達が動くだろうと読んでいたが、予想通りであったな」

……ラピリア様はどこまで話したんだ？　再び彼女に視線を向けると、僕の視線を避けて、あらぬ方向を見つめ始める。

「あ、そういえばラピリア様が持って行ったジャムは3日、5日、7日と試すと言ってましたっけ？　どうでしたか？」

僕の質問に答えたのはラピリア様でなく、レイズ様だ。

「その結果を受けて、私がここにいる」

……つまり成功したという事か。これはいよいよ諦めるしかない。

「分かりました。ご用意しますけど、本当にお腹が痛くなっても知りませんよ」

僕の言葉にレイズ様は、ほんの一瞬、楽しげな笑みを見せる。

こうなったら瓶詰めの食材を口にするまで、意地でも帰らないだろう。僕は完全に諦めて、試食会の準備を進める。……本当に大丈夫かな？　レイズ様がお腹を壊したりしたら、戦鬼、じゃなくて、戦姫が剣を抜いたりしないだろうか。非常に不安ではある。

そうしておっかなびっくり並べられるお皿の数々。

レイズ様は一つ一つ覗き込みながら、食材を確認し、手順を問うてきた。

「なるほど……これはつまり腐らせない為に熱を通すという事だな」

「瓶も加熱する事で、腐りにくくなるのはなぜだ？」

「最後の空気を抜くというのはなぜ行うのか？」

「開封後はどのくらい保存できるのか？」

特に躊躇する事なく瓶詰めの食材を使った料理をつまみつつ、矢継ぎ早に質問してくるレイズ様。

僕はしどろもどろになりながら答えてゆく。そもそも未来の日雇い労働で学んだだけの付け焼き刃だ。詳しい事など分かろうはずもない。

ちなみに作った料理は従来の干し肉と瓶詰め野菜を簡単に煮込んだもの。それから、同じ組み合わせで、お湯に塩とスパイスを足した簡易スープ。さらには干し肉と野菜の炒め物。いずれも、戦地で簡単に出来そうな料理ばかりだ。

ジャムに関しては、遠征用の硬くて平べったいパンを少し炙《あぶ》って塗ってある。

どれも問題なく食べる事ができた。ちゃんとした食事としてはそこまで美味しい訳ではないけれど、携帯食とすればまずまずではないだろうか。

「それで、この瓶詰めはどのくらい保つのだ？」

「当面の目標としては3ヶ月から半年くらいです。ある程度精度が上がれば、うまくすれば1年くらいは保つんじゃないかと……」

「そんなにか？」

質問してきたレイズ様はもちろん、グランツ様やラピリア様も驚きを隠さない。

「あ、もちろん、種類にもよりますけど……」

そんな僕の言葉には誰も答えず、ますます真剣な表情で瓶詰めを睨む3人。

しばらくしてグランツ様が大きく息を吐いた。

「…………ロアの言う事が本当なら、陣中食どころか我が国に及ぼす影響は計り知れませんな」

「ああ。だがまだ、実験段階なのだな。ロア、この瓶詰めの研究のために、第10騎士団より正式に予算を出す。人手もいるな。お前の信頼できる文官を推挙し文書で提出せよ。それから、ディック」

「は、はいっ！」

「お前はこのロアの助手としてこの研究に従事しろ。その分訓練以外の仕事は免除する。当然機密事項だ。他言はするな」

「ははっ！」

「他に武官の方で人手が必要なら、グランツに言え。グランツ、人員の選別は任せる」

「畏まりました」

一通り指示したところで、レイズ様は立ち上がる。今のところ体調に異変は無いようだ。

とりあえず何事もなく終わってよかった。密かに胸を撫で下ろしていると、レイズ様の視線が僕を捉える。

「ロア、お前はこの後一緒に執務室へ来い。他の者は片付けを頼む」

そう言って、サッサと歩き出してしまう。

僕は片付けを2人に託して、慌ててレイズ様の後を追うのだった。

◇◇◇

「私はロアと2人で話したいと言ったのだが？」

執務室には僕とレイズ様、そしてラピリア様がいる。グランツ様はレイズ様の言葉に従い退出したが、ラピリア様はそのまま残った。

「嫌です。私はレイズ様の剣です。レイズ様の安全を確保する責務があります」

と、意地でも引かない雰囲気だ。

困り顔のレイズ様だけど、執務室ではあまり強く出る事はない。

「それではロアを信用していない事になる。……仕方ない。残っても良いから、まずはロアに非礼を詫びなさい」

「ですが……」

と口を尖らせるラピリア様だったけれど、流石に言葉が過ぎたと思ったのか、

「悪かったわ。少し、言いすぎた……貴方に対して悪意があったわけではないの」

と僕に謝る。

「いえ、ラピリア様の気持ちも分かりますので……」

むしろラピリア様の考えの方が自然だろう。半月そこらの付き合いの人間を、あっさり信用するレイズ様やグランツ様の方がおかしい。

尤《もっと》も、文官の僕がこの細腕で襲いかかったところで、簡単に返り討ちにできる自信がレイズ様にはあるのだろうけれど。

「では、本題に入ろう。ロア、あの知識はどこで手に入れた？」

真剣な顔で問いかけるレイズ様。やっぱりその事か。ルファは誤魔化せたけれど、多分聞かれるだろうなとは思っていた。

「……それが、よく覚えていないのです」

「覚えていない、とは？」

「ご存じの通り、僕は昔の戦いの記録などを集めるのが趣味です。この趣味は子供の頃からのもので、多分、今までに読み漁った書物のどれかに書いてあったのだと思うのですが、戦争とは関係なかったので、あんまり真剣に覚えなかったんです」

「しかし、覚えているという事は何かしら印象に残っているのだろう」

「はい。もしかしたら幼い頃、ゲードランドに南の大陸から入って来た本で見たんじゃないかと」

「ゲードランド？　君の出身は王都ではないのか？」

「僕はゲードランドの近くの、小さな漁村の生まれです。父が漁師でしたので、ゲードランドにはよく魚を売りに。その時に暇つぶしに与えられていた書物のどれかだったのではないかと」

「幼い子供に書物を？」

「昔から本の虫でして……文字を覚えた頃からは、本さえ与えておけば大人しくしていたそうです」

　いずれ聞かれるだろうからと、僕があらかじめ用意しておいた返答だ。これでなんとか凌ぐしかない。

「なるほどな……海の向こうの知識か。しかし南の大陸にそのような技術があるとは聞いた事がない。いや、南の大陸以外の可能性もあるのか……。それとも失われた技術なのか……。その書物を見つけ出せれば話が早いが、幼い頃では無理だな。……そういえばロアはなぜ、生まれ故郷から王都に？」

「両親が亡くなり、遠縁を頼って。父は僕が15の時に海で。母はその翌年に流行病《はやりやまい》で天に……」

「そうか。不躾な事を聞いた。すまない。君の両親の天での安寧を祈る」

「ありがとうございます」

これ以上は聞いても無駄と思ったのか、まだ少し疑っている雰囲気を残しながらもレイズ様が話を締める。

「君の記憶力は私の想像以上のようだ。もし今後何か思いついた時はまず私に話しなさい。内容によるが、便宜を図ろう」

そんな言葉でその日の会談は幕を閉じた。


僕がレイズ様の部屋を退出すると、何故かラピリア様も一緒について来る。

しばらく並んで歩くも、ラピリア様は黙ったままだ。僕の方が沈黙に耐えかねて声をかけた。

「あのう、どうされました？」

それでもしばし沈黙のラピリア様。もう一度声をかけた方が良いのか悩んでいると、ようやく口を開く。

「ねえ、貴方は本当にレイズ様のお役に立とうと考えているのかしら？」

「それはもちろん……」

そんな風に返しながらラピリア様を見て僕は少し驚く。

ラピリア様は頬を膨らませていたのだ。初めて見る表情である。多分お怒りであるのだろうけれど、むしろどことなく可愛らしい。

これは、どういう状況なのだろう。

もしかしたら、レイズ様が僕を優遇したから嫉妬した？　まさかね。

「最近、レイズ様は口を開けば貴方の話ばかりなの。むう」

あ、やっぱりなんか、レイズ様に構ってもらえないのがご不満のようだ。けど、むうって。無意識に出たのだろうけれど、思わず微笑みそうになる。

「……そんな事はないいんじゃないですか？」

僕はなんとか笑みを堪《こら》えつつ、無難な返事を返す。そうして、僕の返事に納得のいってなさそうな、少し可愛いラピリア様の顔を盗み見るのだった。

翌日の事。

いつものように食料庫の確認から仕事を始めていると、再びレイズ様から呼び出しがかかった。

昨日の今日でなんだろうと首を傾げながら執務室へ向かうと、レイズ様はとんでもない事を言い出す。

「ロアの第10騎士団の配属にあたり、王が謁見を望んでおられる」

レイズ様の言葉の意味を理解するのに、少しばかり時間がかかった。王様だって？　一体なぜ。

ルデクの当代の王はゼウラシア王という。

一文官だった僕には文字通り天上人で、その顔を拝謁した事さえ数回、それも式典で遠くから眺めた程度の相手でしかない。

動揺する僕を尻目に、レイズ様は続ける。

「王に瓶詰めの件をお話ししたら、お前に興味を持たれたのだ。王をお待たせするわけにはいかん。ゆくぞ」

と、なんの心の準備もないままレイズ様に連れられて、中央宮にある謁見の間に連行される。そしてすぐに、僕の前に王が現れた。

「お前がロアか」

すぐそばで見る王様。視線は厳しいけれど、思ったより優しげな印象を受ける。この人がのちに、国を滅ぼした暗愚の王などと呼ばれるとは想像ができない。

そもそもこの王様が暗愚と呼ばれるようになったのは、ルデクが滅んだ後の話だ。それまではどちらかといえば、良君として知られていた。

「何か私の顔についているか？」

王からそのように問われて僕は慌てて首を垂れる。

「す、すみません。ご尊顔を近くで拝見するのが初めてだったもので、つい」

僕の答えに「はっは」と軽く笑いながら、「では、剣を」と、側仕《そばづか》えに命じる。

僕の前にすすっと歩み出た側仕えの人が、両手の上に何かを載せて僕の前に差し出した。赤く染めた高級そうな絹布の上、そこにあったのは短剣だった。鞘《さや》や柄には見事な装飾が施されている。

いわゆる宝剣というやつだ。

「ロア、お前を我が第10騎士団に迎え入れられた事を嬉しく思う。励むといい。この宝剣は私からの入団祝いである」

「ありがたきお言葉。身に余る光栄、謹んで拝領いたします」

少し辿々《たどたど》しく言いながら、僕は宝剣を押し頂く。これでひとまずの儀式は終了。正式に第10騎士団の所属となった。

しかし、いくら王直轄の騎士団とはいえ、一新兵に対する扱いとしては異例だ。

普通は書面を以《もっ》て配属の証とするはずだ。王が、瓶詰めにどれだけの興味を示しているかがよく分かる。

道すがらレイズ様より受けた説明だと、瓶詰めは極秘に進めるべき重要な計画と認識されたらしい。故に王は瓶詰めを生み出した僕に「会ってみたい」となったのである。

しかしながら、瓶詰めを公にしない以上、一文官との引見は、周辺から何事かと思われる。そこで表向きはエレンの村の功を以て、入団祝いと称して王自らが褒美を与えるという体で呼び出されたのだ。

「レイズ、この後少々付き合え。良い紅茶が献じられたのだ。そうだ、せっかくの機会である。ロア、お前も同席せよ」

気さくにお茶に誘ってくる王に、側仕えが一瞬だけ何か言いたげな顔をするも、口を挟む事はない。

そんな側仕えの代わり、というわけでは無いだろうけれど、

「王よ、随分とその者をお気に召したようでございますな」

と口を挟んだ者がいる。

レイズ様の黒衣とは対照的な、白く輝く鎧《よろい》を身につけたその人物は、穏やかな目元と整った華やかな顔つきで、見る者を惹きつける。一目で只者では無いと分かる雰囲気を纏っていた。

レイズ様の通称のひとつ、『ルデク王国の双頭』とは、レイズ様だけを指したものではない。この白い鎧を纏った第一騎士団の団長、ルシファル＝ベラスと、2人をまとめて呼ぶ際の呼称である。

僕はこの会見中、なるべくルシファルを視界に入れないようにしていた。平常心でいられる自信がなかったから。

ルシファルの言葉に表情を変えないように注意しながら、僕は強く奥歯を噛み締める。


王の信任厚く、国民の人気も高いルシファル将軍。

2年後、この男が裏切る。

僕らの国を、みんなの命を売ったのだ。

同盟国であるはずの、リフレア神聖国に。

◇◇◇

今から2年後の悪夢の夜に、ルシファルと第一騎士団がリフレアの兵を王宮へ招き入れた。あまりにも唐突な襲撃に、ほとんどの者は抵抗らしい抵抗もできずに死んでいった。

僕が助かったのは、本当にたまたまだ。

その日も夜中まで趣味の書物を紐解いていた僕は、読み疲れて目と肩に痛みを覚え、気分転換と頭を休めるために夜の散歩に出かけた。

その直後に始まった戦闘。何が起きたか分からずとも、本能的に危険を感じ、僕はとにかく城から逃げた。

必死に騒ぎから逃れ振り返ってみれば、城から火の手が上がるところだった。呆然と見つめるだけの僕の前で、この国は静かに終わりを迎えていったのだ。

それから時が経つにつれて、祖国を失い放浪していた僕の耳に「滅亡の真相」とされる噂話が届くようになった。

曰く、ゼウラシア王は大変な暗愚であり、ルデクという国はルデク王国の双頭の手腕でかろうじて保たれていた。

けれど、いよいよルデク王国の双頭でも王の暴走を止める事ができなくなり、このままでは民の命さえ危険にさらされると案じたルシファルと第一騎士団が、不義を承知の上で、同盟国であるリフレア神聖国へと助けを求めた、と。

全て嘘だ。

放浪中にどれだけの人に聞いても、いずれも「ゼウラシア王は暗愚だった」などと、曖昧な表現が返ってくるだけで、具体的に何をしたのかという話が浮かび上がってこなかった。

そもそも、王宮内に勤めていた僕ですら、ゼウラシア王の凶行など聞いた事もなければ、ルデク王国の双頭が王を諫《いさ》めたなんて話も知らない。

都合の良い噂を流したのはルシファルか、リフレア神聖国か。

今となっては分からない。多分、リフレアが流したのではないかとは思っている。なぜなら、祖国を裏切ったルシファルと第一騎士団の未来は決して明るいものではなかったから。

当初こそ英雄扱いでリフレア神聖国へ迎え入れられ、団長のルシファルは要職へと据えられたものの、就任から僅か2年後に病死する。

ルシファルの死から時を待たずに、ルシファルの私兵となっていた第一騎士団は解散。リフレアにいいように使われ、すり潰されていったと聞く。

◇◇◇

目の前に、祖国を売った裏切り者がいる。

気を抜けば怒鳴りつけそうになる感情を抑えつけながら、僕はゼウラシア王とルシファルの会話を聞いていた。

ルシファルは、王が僕のような文官に目をかけるのは、何か裏があるのではと訝しんでいるようだ。

それでも食い下がるほどではないと判断したのだろう。王が「ならば君も同席するか？」と聞くと「いいえ、公務がございますので」とやんわりと断った。

会談が終わるとルシファルは先に退出してゆく。

僕はその背中が見えなくなるまで、ずっと、ずっと見つめていた。


ルシファルの背中を見送った後、僕らは王が準備させた一室に移動する。慣れた足取りでテーブルに着く王とレイズ様。僕がどうしたら良いのかオロオロしていると、側仕えの人が椅子を引いてくれたので、そこに座った。

すぐに紅茶が供され、僕は少し震える手で一口。うん。緊張のせいで全然味など分からない。

それでも温かい紅茶が喉を通過すると、ほんの少しだけ落ち着けた気がする。

「さて、改めて話を聞かせてもらおう」

王は僕をまっすぐに見据えながら、そのように口にした。

「話……と言いますと？」

「無論、瓶詰めの話だ。今、この話を知っているのは第10騎士団の一部の人間と、私だけだ。念の為聞くが、他の者に話していないだろうな？」

「はい。ですが、あの、ご質問の途中ですみません、レイズ様にお聞きしても良いですか？　先日レイズ様から信用できる文官を推挙せよとのお話がありましたが……」

王の話を遮って申し訳ないけれど、王が情報を統制するような状況。ここまで物々しくなると、気軽に瓶詰めの手伝いを頼めなくなった。下手すれば情報の扱いに際して、なんらかの制限を受けたり、危険にさらされたりするのではないだろうか？

僕の心配に対してレイズ様は軽く頷くと、

「ああ。最終的には私が判断するつもりだ。推す者がいれば、まずは私に名を伝えよ」

との答え。そういう事が聞きたいのではないのだけど、仕方ない。あとで改めて確認しよう。

まずは王様の質問に答える事を優先すると決め、瓶詰めについて説明する。と言っても、レイズ様に説明したのと同じ話になるから、一通り耳に入っていると思うのだけど。

「しかし、そのような技法があるとは、興味深いものだな。南の大陸に存在するならゲードランドに出回っているはず。しかしそのようなものは見た事がない。という事は過去に失われた技術か……。なぜ廃れてしまったのであろうな」

王もレイズ様と全く同じ事を言う。当然の疑問だろうなぁ。なので僕はこの件に補足を用意してきた。元々はレイズ様から疑問を蒸し返された時の準備だったけれど、丁度いい。

「あの、恐らくですが……発明された当時は、容れ物の技術が追いついていなかったのではないかと思います。空気がちゃんと抜けないと、保存が難しいので……」

「……ほう？　どういう事かな？」

王が少し身を乗り出した。

「先ほども申し上げた通り、瓶詰めで重要なのは最後の空気抜きだと思うのです。瓶詰めは開封してしまうと、その後は日持ちしないという事からも、大きく間違っていないかと思います。多分、瓶詰めの発想が生まれた当時は、安定して密閉できる容れ物を製造するのが難しかったのではないかと」

「……なるほど、一理あるな。レイズ、どうだ？」

「十分にあり得るかと。尤も、ならばそのような技術しかない時代になぜ、瓶詰めのような技法が確立したのかという疑問は残りますが」

「うむ。しかし、異国の話だ。その原因を探るのは難しいだろうな。ロアが見たという書物はなんとか探せぬか？」

「すみません。なにぶん子供の頃の記憶なので……」

「仕方のない事だな。まあ良い。この話はここまでとしよう。ところで話は変わるが、ロアは古今の戦の話を集めていると聞く。好きな将などはいるのか。いや、このように聞いた方が面白いか。我が国の10の騎士団の序列を決めるならばどうする？」

……趣味を聞かれて嬉しい反面、なんとも答えにくい質問だ。

「王よ、お戯れを」

レイズ様が苦言を呈するも、

「そうだ、戯れであるから気軽に答えよ」

と、僕が答えない限り、話を終わらせない雰囲気を出す王様。

「……第10騎士団と第一騎士団は別格として良いですか？」

「そうだな。構わぬ」

僕は小さく息を吸って、覚悟を決める。

「では……守備に関して言えば、第四騎士団、第五騎士団、第七騎士団がそれぞれ優れているように思います」

「西部要衝の守備にある第四騎士団や、東の要である第五騎士団は分かるが、第七騎士団は分からんな。なぜだ？」

「第七騎士団の団長は、第三騎士団の経歴が長いのであまり知られていませんが、元第四騎士団の一兵卒から出世してきた叩き上げです。なので第四騎士団のような戦い方もできるのではないかと」

「……レイズ、第七騎士団は現在どのような任務についている？」

「街道の警護や物資の輸送支援ですね」

「ロア、警護や物資の輸送支援に向いているのはどの騎士団だ？」

「……個人的には、第三騎士団か……後は第九騎士団が向いているような気がします」

「ほお？　いずれも我が国でも有数の、歴戦の攻め手だが？」

「だからです。この2つの騎士団の団長は経験を積んだ方々です。特に第三騎士団は、率いているのが歴戦の猛将であるザックハート様。いかなる状況下においても臨機応変に動けます。何が起きても常に最適な行動をしてくれるのではないかと」

「あのザックハートをあえて後方支援で使うか。考えとしては面白いな。あと残っているのは第二騎士団、第六、第八か。その辺りはどう思う」

「……第八騎士団は、第一騎士団や第10騎士団と同じように、少し特殊ですよね？」

表向きの立ち位置は普通の騎士団扱いだけど、主な功績はほとんどというか、皆無。さらに、少なくとも僕の知る限り、王都で見かけた事も一度もない。基本は後方支援活動部隊となっているけれど、団長さえよく分からない。

元々この国に騎士団は8つしかなかった。国庫に余裕ができた事と、帝国の脅威に対抗するために2つの騎士団が追加されたから埋没したけれど、本来最後の番号の騎士団だったのが第八騎士団だ。

多分、第八騎士団に関しては名称こそ騎士団と言っているけれど、諜報部隊とか、暗部のような存在なのではないだろうかと思う。

「……では、残りの第二と第六は？」

ゼウラシア王は第八騎士団について否定も肯定もしなかった。これ以上は聞くな。そういう事だろう。

「残りの2つは攻め手で良いと思います。第二騎士団はルデク有数の騎兵団。機動力を活かすには攻め手一択です。第六騎士団もゴルベルとの戦闘で多くの栄誉を賜っています。それに、第六騎士団の団長は騎士団長の中では一番若く、勢いがありますので」

……とりあえず無難な感じに説明してみたけれど、どうだろう。窺うようにゼウラシア王を見れば、少し考えるような仕草をしてから、

「面白い考察だな。レイズ、君の保証がなければどこぞの間者《かんじゃ》かもしれないと疑うほどだった」などと言う。

しまった、調子に乗りすぎたかな？

「寝食を惜しんで書物を漁っているとは聞いておりましたが、これは確かに大した物です」

話題を振られたレイズ様が少し呆れたように僕を見る。

「うむ。しかし有意義な時間であった。ロアよ、レイズの補佐をすると聞いている。私がレイズをお茶に誘うときは、お前も同行するといい」

「え？　あ、はい」

僕の返事を聞くと、

「では本日はここまでだ」

との王の宣言で、漸くお茶会は終わる。

肩の力が抜けた僕が立ち上がり、レイズ様と退出する頃合いを見て、再び王が口を開いた。

「そういえば、瓶詰めのために信頼できる文官を探しているのだったな」

「はい」

「その人選だがな……私に心当たりがある。任せてもらえるか？　必要な人数は何人だ？」

一応問いかけの体を成しているけれど、これはもう決定事項なのだろう。僕としてはデリクとヨデルにお願いするつもりだったけれど、結果的に2人の生活が窮屈になるくらいなら丸投げの方が楽だ。

「当面は2人もいれば十分かなと思っています」

「分かった。では近々向かわせる。話は終わりだ。ゆけ」

その言葉で今度こそ本当に、僕達は部屋を後にした。

ゼウラシア王とのお茶会というか、どちらかといえば尋問が終わった数日後の事だ。レイズ様に呼び出されて執務室に向かった僕を待っていたのは、王様が用意した2人の文官。

「ネルフィアと申します」

「サザビーです」

え、顔で選んだの？　ってくらい美男美女の2人。特にネルフィアと名乗った女性の方は見覚えがある。お茶会の時に部屋の隅に立っていた側仕えの人だ。

「あの、ネルフィアさんは王の側仕えの方では？」念のため確認した僕に、

「私は書記官としてあの場におりました。側仕えではないのですよ」とふふふと笑う。

なんで王の書記官が、と思ったけれど、すぐにああ、と思い当たる。瓶詰めは王の判断で極秘の計画となっている。その王が信頼出来る者を送ると言っていた。王の書記官を務めるほどの人なら、なるほど確かに適任だろう。

「あの、それから今後はロア様が私達の上官になりますので、ネルフィア、サザビーと呼び捨てでお願いいたします」

「えっ？　王様の書記官なら貴方の方が上では？　呼び捨ては……それに様付けも……」

万年平文官の僕は、相手に様付けをするのには慣れていても、逆に呼び捨てや様付けされるのはどうにも落ち着かない。

視線でレイズ様に助けを求めるも、「私の補佐をするのであれば、遅かれ早かれ慣れるべきだな」とあっさりしたものだ。

そうは言ってもフレインの時とは違って、年も近くはないし所属も違う。すぐには無理だ。少しずつ変えていくしかない。

結局僕は押し切られるままに、ネルフィアとサザビーを部下に迎える事となった。

◇◇◇

ネルフィアとサザビーを連れて、いつもの食料庫にやってきた僕ら。興味深そうにサザビーが室内を見渡しながら呟く。

「ここが瓶詰めの実験室ですか？」

「あ、いえ。実験室というか、第10騎士団の食料保管庫です」

「食料庫……それでは、厳重な鍵がかかるようになっているという事ですね」

「いえ？　鍵自体見かけた事ないです」

「…………国家機密ですよ？」

少し呆れたサザビーの言葉に、ぐうの音も出ない。

「レイズ様にお願いして、部屋を用意した方が良いですかね……」

そんな風に指摘されると急に不安になってきた。言われた僕はどうするべきかと頭を捻る。ところが「むしろ当面はこのままでも良いと思いますよ？」と言ったのはネルフィアだ。

「でも、サザビーの言う通りここには隠せるような場所は……」

「隠そうとすればするほど、どこかから漏れるものです。『何かこそこそやっているけれど、あれはなんだろう』と。人は興味を惹かれた物にはあれこれと想像します。良い場所が見つかれば別ですが、この場所で作業している分には、誰も気に留めないでしょう」

「はー、そういうものですか」と感心する僕。

「ええ。堂々としていればいいのです」

ネルフィアのなんだか妙に説得力のある言葉に、サザビーも折れる。

「……一理ありますね。では、やはりこのままで。俺の思慮が足りませんでした」

謝罪するサザビーに、僕は慌てて手を振った。

「ああ、いえ。僕はそういう事にあまり気が回らないので、気になった事があったら言ってもらえると助かります」

「畏まりました」

うーん。この仰々しい感じ、なんだかやっぱり落ち着かないなぁ。

そう思っているのは僕だけではないみたいだ。ルファやディックも所在なさげに状況を見守っていた。嫌がっているというよりも、どうしていいか分からない感じ。

ルファはともかく、なぜディックまで。どちらかといえば、文官は兵士よりも立場が下なのが一般的だけど？

けれどこのままギクシャクするのは良くないなぁ。何か考えないと……そうだ！

「あのさ、みんな。今日の夜空いてる？」

「突然どうされたのです？」

ネルフィアは首を傾げたけれど、忙しいとは言わなかった。なので僕は駄目元で提案してみる。

「今後この5人で仕事していくんだからさ、顔合わせも兼ねて街に夕食を食べに行かない？」

◇◇◇

交易の利益により、北の大陸の中でも有数の繁華街を抱える王都、ルデクトラド。この街の目抜通りは夕食時ともなればとても賑やかだ。

様々な食堂が声を張り上げて客を呼び込んでいて、様子を見ているだけでもなんだか楽しい気分になってくる。

「ルファはあまり外食はしないのかな？」

僕が興味深そうにキョロキョロと街並みを眺めるルファに聞くと、「夜の外出は禁止されているから」との返事。

あれ、もしかして連れ出したのは不味かった？

僕の不安にフルフルと首を振って答えるルファ。

「夜の街は危ないからって」なるほど、普通の理由だった。

今日のお店はサザビーのお勧めだ。みんなの食べたいものを募集した結果、サザビーが「色々出せるし味も良い店がある」と言うのでお任せする事にした。

「あ、ここですよ」

サザビーが指差したのは小綺麗な宿。1階は食堂になっていて、宿泊客でなくても利用できる。すでに食堂の中からは賑やかな声が聞こえており、美味しそうな香りも漂ってきている。

宿の看板には『トランザ』とあった。

「やあ、スールちゃん、どうもね」

先頭のサザビーが給仕に声をかけながら、慣れた感じで食堂に入って行く。声をかけられた給仕の娘の表情が輝いた。イケメンは強い。

「サザビーさん！　いらっしゃいませ！　あれ、今日は団体さんですね」

「うん。良い席あるかな？」

僕らに話すよりも随分と砕けた感じで話しかけるサザビー。僕らにもそのくらいの方が楽なんだけど。

「大丈夫ですよ！　奥にあるテーブルへどうぞ！」

　案内されたテーブルに着くと、すぐに花の香りのするお茶が供された。鼻腔を通り抜ける優しい香りが、一日の疲れを癒してくれる。

「さて、飲み物はどうしますか？」

　スールと呼ばれた給仕の女性に聞かれて、

「少しお酒をもらおうかな、あんまり強くないやつ」と僕。

「俺は普通に飲みます」と言うサザビーは、実際結構飲みそうだ。

「俺は果実水でいいやぁ。食べる方に集中したいなぁ」ディックらしい理由。

「私も一杯だけいただきます」とネルフィアが言って、

「ルファは果実水でいいよね？」と僕が聞くと、ルファはこくりと頷いた。

「スールちゃん、料理も適当に持ってきて。金額は気にしなくていいからさ！」

　そう、サザビーの言う通り、お金の心配はない。機密に関わる仕事なので、一応レイズ様に親睦会をしたいと伺いを立てた。するとなんと、本日の費用を持ってくれたのだ。

「当然だが、外で瓶詰めの話はしないように」と釘を刺されたけれど。

「さて、それじゃあ、ロア殿に乾杯の音頭をとってもらいましょうか」

　サザビーが取り仕切りながら、僕に水を向ける。

「ええ？　いいよそんなの」

「いえいえ。ここは我らが指揮官たるロア殿に一言いただくところですよ。ついでに簡単な自己紹介なんかもお願いします」

手慣れているなぁ、サザビー。まあ、確かに誘ったのは僕だし、親睦会だし。

「じゃあ、えっと、改めて。ロア、です。元は記録課の文官。よろしく」

僕が簡単に挨拶すると、ネルフィアがスッと手をあげる。

「ロア様はずっと文官なのですか？」

「そうだよ。仕官してからずっと同じ部署だったね」

「そうですか」

まだ何か聞きたげであったけれど、瓶詰め情報を口にできない以上、この場で下手な事を聞くのは避けたのか、それだけ言って引き下がる。

それから順繰りに、本当に簡単な自己紹介を行って、僕がグラスを高々と掲げ、乾杯の一言。

乾杯の後、中心になって話題を取り回してくれたのはサザビーだ。なんというか、酒席慣れしている。全員に話題を振ってくれるので大変ありがたい。

「ルファちゃん、ほらお肉食べなよ。若い子はお肉食べないと！」

「野菜の方がいい」

「なら、俺がもらっていいかぁ？」

「ディック、追加で頼んで良いんだよ？」

「ロア殿は折角だからもう一杯いかがです？　肴《さかな》は何がいいですか？　木の実でいいんですか？」

方々に気を回してくれるサザビー。そして話題は僕の出身地に。

「え、それじゃあロア殿は王都出身ではないのですか？　俺もです。どこの出身なんです？」

「海の方の小さな村だよ。多分、名前を言っても分からないと思う」

「へえ、俺はユーティアって街です。その辺じゃあそこそこ大きい街ですが、行った事あります？

ネルフィアとはユーティアで出会ったんですよ。ね、ネルフィア？」

「そうですね。少し懐かしいお話です」

サザビーとは対照的に、ネルフィアは一杯のお酒をゆっくり楽しみながら微笑んでいる。

その横ですごい勢いで料理を平らげるディックに、目を丸くするルファ。

「ディック、そんなに食べて大丈夫？」

「まだまだ全然足りてないぞぅ」

とりあえずみんな楽しげで良かった。

こうしてサザビーの尽力もあって、その夜僕らは、同じ秘密を抱える仕事仲間として、ほんの少し打ち解ける事ができたのである。


食事会の数日後、僕が朝の日課にしている在庫チェックをしていると、ネルフィアが一人ふらりとやってきた。

「あ、ネルフィア。おはようございます。今日は一人ですか？」

「おはようございます、ロア様。ええ。サザビーは王より仰せつかった仕事をしてから来るそうです」

　そのように言いながら仕事を手伝い始めてくれるネルフィア。僕は少し気になっていた事があり、作業を続けながら彼女に言葉を投げた。

「……なんだか余計な仕事を増やしてしまって、すみません」

　王様の書記官だ。当然忙しい人達である。謝る僕にネルフィアはクスリと笑う。

「むしろ城内で済むのであれば楽な方です」

「そうなんですか？」

「はい。書記官と言っても、私達は王の代わりに各地へ派遣されて、その内容を書き留めて戻ってくるのが主な仕事です。王都での仕事自体、それほど多くはないのです」

「ああ、だから同じ文官でも見かけた事がなかったんですかね」

　こんな目立つ容姿の人がいたら、デリクあたりが大騒ぎしそうなものだ。

「どうでしょうね。王宮内には文官も多くいますから、たまたまかもしれません」

　なんだかはぐらかされたような気もするけれど、相手は王様の側近。話せない事もあるのだろう。

　僕もそれ以上は追求しない。

「それで、本日のご予定は？」

「瓶詰めの数を増やそうと思うんですよ。こんな大事になると思っていなかったので、1種類につき5つしか作っていなかったんです。既にいくつかは失敗したり開封済みなので、在庫がかなり心《こころ》許《もと》ないのですよね」

「なるほど」

「で、今ディックとルファに買い出しに行ってもらっています」

「ロア様はお留守番ですか？」

「はい。普通の保存食の確認を終わらせておきたくて。干し肉以外も色々と増やし始めましたし。瓶詰めだけにかかりきりになる訳にはいきませんから」

「畏まりました。では手早く作業を終わらせてしまいましょう」

「助かります。ルファ達が戻ってきたら新しい瓶詰め作りに移りますね。あ、でも、調理場を借りないといけないないか。今日は空いているかな？」

「調理場の件ですが、さすがに第10騎士団の食堂に何度も集まっていては目立ちます。実は王より別の場所の使用許可をいただきましたので、そちらで行ってはいかがかと思い、お伝えに来たのです」

「そうなんですか？　僕はどこでも構いませんが……」

「ならば良かったです。中央宮の一角に、大きな祝宴の時だけ開放する補助の調理場があるのです。普段は滅多に使いませんから。そちらを」

「……それはまた、大仰ですね」

まさかの中央宮とは……。どんどん事が大きくなってきている気がして、二の足を踏む僕。

「少々難点もございます。出来上がった瓶詰めを持って、ここまで戻ってくるのは目立ちそうです」

「そうですね、そのまま近くに保管できる場所があればいいのですが」と僕が返すと、ネルフィアが少し不思議そうな顔をする。

「ロア様は、ロア様が見つけた手柄を自分の目の届かない場所に置いても良いのですか？　誰かが技術を盗むかもしれませんよ？」

そんな事を言われても、そもそもこれは僕が発見したものではない。なんなら本来最初に発明した人に申し訳ないくらいだ。僕はただ、干し肉だらけの保存食をなんとかしたかっただけ。別に瓶詰めそのものにはこだわっていない。だからそのまま伝える。

「特にこだわりはないですね。たまたま記憶にあっただけで、そこまで興味のあるものでもないですので」

僕の言葉に、ネルフィアは切れ長の目を少しだけ見開いて、

「ロア様は……私が思っていたよりも、器の大きな方なのですね」と言う。

なんでか突然褒められた。

「い、いやぁ。そんな事ないですよ」

あんまり美人に褒められた事のない僕が、しどろもどろになりながら答えると、

「そのように謙遜するのもロア様の良いところかと思います」

と、ネルフィアの賛辞が止まらない。

「ネルフィアは少し、僕を買い被っているんだと思いますよ？」

「そうですか？　これでも人を見る目はあると思っているのですが」

くっ。これ以上は僕の羞恥心の限界をこえる！

「と、とにかく仕事を進めないと……」

「あ、そうですね。失礼いたしました」

ようやくこの話題が終わり、僕は密かに胸を撫で下ろす。実際、無駄話をしている場合ではなかったし。

その後は新しく仕込んだ干し果実《ドライフルーツ》などの状態を確認したり、そろそろ消費しなければいけない干し肉や、焼き固めたパンの数を確認しているうちに、あっという間に時間が過ぎてゆく。

「ただいまぁ」

ディックの声を潮に、今日の通常の作業は終了。ここからは瓶詰めの方へ注力する時間だ。

「おかえり、ディック。ルファもお疲れ様」

「うん。ディックが果実水をご馳走してくれた」

「そう。良かったね。ディック、戻ってきて早々で悪いけれど、買ってきた瓶を別の場所に持っていくから、そのまま持ってきてくれるかい？」

「構わねえけど、まだ買い物終わってねえぞぅ」

「え？　そうなの？」

「瓶だけで結構な量になったから、一度戻ってきた。これからもう1回食材の買い出しに行くの」

ルファの説明で改めてディックの手元を見れば、なるほど確かに食材はなかった。

「それはごめん。僕も一緒に行けばよかった。瓶がないなら僕でも持てるから、今度は僕が行ってくるよ。２人は休んでいて」

　そのように言う僕に、ネルフィアが待ったをかける。

「ロア様が出かけるには及びません。そろそろサザビーも来るでしょうから、サザビーに任せましょう。それから今後は瓶の仕入れについても、方法を考えた方がいいかもしれませんね」

「……そう？　じゃあ、お言葉に甘えて。そういえば、よくまぁこんなに瓶の在庫があったね」

　僕が想定していたよりもずっと多い数だ。

「ジャムをたくさん作るから、瓶をあるだけくださいって言ったら、頼んだお店のおじさんが他のお店にも声をかけてくれた」

「ルファを見て、商人のお使いだと思ったみたいだぁ」

　なるほど、この国に来る純血のサルシャ人といえば、ほとんどが商人か船乗りだ。ルデクトラドまで来ている純血のサルシャ人なら、商人の娘と判断されたのか。

　なんにせよ、目立たぬ結果になってよかった。

　そんな会話をしていたら「すみません、遅れました」とサザビーがひょっこり顔を出す。サザビーにネルフィアが買い物を命じ、「来たばかりなのに」と文句を言いながら出かけてゆくサザビーを見送ってから、僕らも移動するのだった。

◇◇◇

「それで、お前の印象としては？」

　中央宮の最上階にある王の私室、余程の人物でない限り、出入りのできぬこの場所に、ゼウラシア王とネルフィアがいた。

「……今のところ純朴そうな文官としか。所作は隙だらけですし、あのような技法を思いつくような切れ者という印象もありません」

「そうか。私の印象も似たようなものだ」

「ただ…………」

「何かあるのか？」

「思ったよりも器は大きな人物かもしれません。瓶詰めについても頓着していない様子でした」

「ほお……この程度の知恵であれば固執するほどでもない、そう思っているのかもしれぬな」

　ゼウラシアは少しだけ口角を上げる。

「王は彼を随分と買っておられるのですか？」

「どうだろうな。私にも分からぬ」

「分からぬ、ですか？」

「うむ。今まで小指の先ほども噂を聞いた事もない文官を、レイズが気に入ったという。その文官が誰も想像し得なかった事を提案してきたのだ。気にするには十分ではないか？」

「おっしゃる通りでございます」

「ま、すぐに何かが分かるとは思っていない。ロアの人となりはもちろん、瓶詰めの情報が漏れぬよう、引き続き警戒せよ。嗅ぎ回る者がいたら元を探れ」

「畏まりました。では、また」

退室しようとするネルフィアに「ああ、そうだ」と王が声をかけ、ネルフィアは振り向く。

「第八騎士団だが、何か適当に功績の記録を作っておけ。虚偽で構わぬ。自国の一文官に気付かれるだけならまだしも、他国にも見抜かれるのは面白くない」

「……そうですね。何か考えておきましょう」

今度こそ退出したネルフィア。部屋を出てから、そういえば第八騎士団の正体を見抜いた一件を考えると、意外に頭が切れるのかもしれないな、と、ロアの評価をまた少し改めた。

第二章――ハクシャの戦

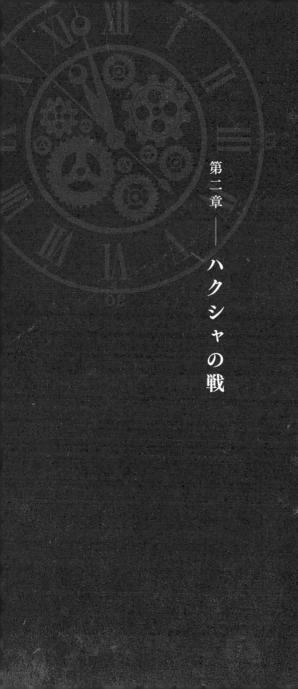

ルデク王国の南西部にハクシャと呼ばれる地域がある。

その場所では広い草原の中央を穏やかな大河が流れ、陽の光を浴びて輝いている。大河は、草原の中程で大きく弧を描いていた。

周辺は人気がない。人々に踏み荒らされる事なく、名もなき草花が風にそよいでいる。

風光明媚、そんな言葉が適当なこの場所はしかし、上流の天気が荒れるとその表情を一変させる。暴れる大蛇の如く襲い掛かる濁流は、ハクシャの曲線をきっかけに大地へと噴き出し、辺りの景色を泥で塗り潰すのである。

上流から運ばれる土砂によって土地は肥沃だが、度重なる洪水で作物を育てるのは難しい上、人命すら危ぶまれる。故に人々は、ハクシャを遠巻きに眺めるだけであった。

そのような場所ではあるが、完全に無人というわけではない。草原から少し離れた場所には、いくつかのほったて小屋がポツリポツリと建っている。

小屋を出入りしているのは、風貌からして堅気《かたぎ》ではない人間ばかり。2人に1人は盗賊家業で日々の糧を得ているような輩《やから》だ。それらが無為にうろついている事で、ますます人々が敬遠する場所となっていた。

ほったて小屋の住民らは、ここで日がな賭け事をしたり酒を飲んで怠惰に暮らし、ただただ大河が荒れるのを待つ。

天候を司《つかさど》る女神、ローレフの配剤によって大河が周辺を水浸しにすると、彼らは水が引くのも待たずにこぞって泥地へと踊り出すのだ。

危険も顧みずに彼らが探すのは、濁流が山の上から運んでくる砂金である。

かつてこの地では、洪水の後に訪れると頻繁に砂金が見つかったという。

その様はまるで、泥の上で輝く白い砂のようであり、人々はそれを白砂《ハクサ》と呼び、それがこの土地の名前となったと伝えられている。

けれど、上流の金が枯渇してしまったのか、ここ20年ほどは、まとまった白砂が見つかったという話はとんと聞かない。

それでも一縷《いちる》の可能性に賭けた者達が、今日も穏やかな水面を欲望の眼差しで見つめているのだった。

◇◇◇

「南部のゴルベル軍に動きがあったようだ」

執務室に集まった部隊長達と僕《ロア》を前にして、レイズ様が厳しい表情で皆に伝える。

「では、出陣ですか？」

部隊長の一人が声を上げると、レイズ様が頷いた。

「ああ。まずは近くの砦に駐屯している第六騎士団が出る事になっている。我らは後詰の役を担う。すぐに出陣の準備を進めよ！」

「はっ」

部隊長が一斉に威勢の良い返事をして、出撃準備のため次々と退出してゆく。部屋にはグランツ様、ラピリア様のいつもの両名に加えて、僕と、レイズ様の指示でリュゼルという部隊長が残った。

「私を残したという事は、先行して出ろという意味ですね？」

リュゼル隊は第10騎士団の中でも数少ない騎馬部隊だ。機動力を活かして先行部隊としても活躍する。

「ああ。確定した情報ではないのだが、ゴルベルの兵を率いている将の旗印が『千手草《せんじゅそう》と雄牛』との情報があった」

「フランクルト＝ドリューの旗印……」

思わずつぶやいた僕に、レイズ様は「流石、好き者だな」と言いながら「では、私が懸念しているのは何か分かるか？」と問題を出す。

もちろん知っている。

相手がフランクルト＝ドリューであれば、時期的にもハクシャの戦いと見て間違いないだろう。

フランクルト＝ドリュー。ルデクにおいては、2年前に大きな痛手を被った苦々しい相手だ。当時の第六騎士団長、ナイソル様を屠《ほふ》った将としてよく知られている。

非常に老獪《ろうかい》な用兵をもちいて、第六騎士団長の本陣を孤立させて討ち取ったのだ。ゴルベル領内での戦闘であり、地の利が向こうにあったとはいえ、王都には激震が走った。

味方の士気を下げぬために詳細は伏せられ、公的には戦闘中に負った傷により帰途の陣中で没したとされたほどだ。

討ち取られた第六騎士団長に代わって、新たな騎士団長に任じられたのが若き勇将、ウィックハルト様。

ナイソル様の秘蔵っ子として大変可愛がられていた人物で、ナイソル様が、「いずれ俺が引退する時はお前に継いでもらいたい」と公言していた事や、第六騎士団の部隊長の後押しもあり、全騎士団で最年少の団長に就いた。

かような経緯があるため、ウィックハルト様にとって、また第六騎士団にとっても、フランクルトは仇敵なのだ。

もちろん、前騎士団長に指名されていたとはいえ、それだけで騎士団長になれるほど甘くはない。ウィックハルト様は優秀だ。若くして大陸屈指の弓の名手としても名を馳《は》せている。だけど、仇敵を前にして冷静でいられるだろうか。

僕の知っている未来では無理だった。今回の戦地となったハクシャで大河を挟んで睨み合う中、フランクルトの挑発に乗り、ウィックハルト様は強引に大河を越えて攻め入った。

フランクルトは上流で悪天候になっている事を把握しており、時をおかず激流へと姿を変えた大河によって、突出したウィックハルト様を含めた部隊を孤立させる事に成功。

孤立した事に気づいた部隊は決死の覚悟で脱出を試み、ウィックハルト様自身は一命を取り留めるが、精兵の多くを失い、当人も右腕と右目を失うという大敗を喫する。

この一件によって第六騎士団は一時的に大きく弱体化し、ウィックハルト様は表舞台から姿を消す。そしてハクシャ周辺の地域は、ゴルベルの攻勢に対して長期間苦しい戦いを強いられる事となる。

「……フランクルト将軍は老獪です。ウィックハルト様も優秀な将ですが、ナイソル将軍の因縁を考えれば、フランクルト将軍に翻弄されて、想像以上の苦境に陥る恐れがあります」

「よろしい。では、我々はどうすべきだと思う？」

「僕がフランクルト将軍なら、ナイソル将軍をだしにして挑発し、第六騎士団の誘引を狙います。うまくすればウィックハルト様を孤立させる事ができるかもしれないと考えるでしょう。とすれば、こちらが最優先にすべき事はウィックハルト様に自重を求める事です」

「……だそうだ。リュゼル。どう思う」

「……正直ロアがここまでとは思いませんでした。お前は本当に戦ごとに詳しいのだな。では、我々は一足先にハクシャ平原に向かい、ウィックハルト様をお止めいたします」

「ああ。こちらもなるべく早く出陣できるように王に進言する。それから、ロアよ」

「はい」

「お前はリュゼルと共に先行せよ。一応私の名代という事にしておけ。何かの役に立つかもしれぬ。なお、お前は戦力としては数えていない。戦闘になったら避難するようにせよ。良いな？　リュゼル、面倒を頼む」

「畏まりました」一礼するリュゼル。

「え、ちょ、ちょっと待って……」

話を遮ろうとしたけれど、２人は完全に聞いていない。それどころか瞬く間に話がまとまってゆく。

「や、あのですね……」

　段取りは進む。

「……そんなところであろうな。不明な点はあるか？」

「いえ。問題ありません」

　2人の会話が終わったところで、ようやくレイズ様がこちらに視線を移す。

「ロアは、疑問点は、あるか？」

「特には……」

「断るなら今のうちだぞ？」

　少し楽しげな視線。実際問題、僕に辞退という選択肢がないのは分かっている。完全に面白がっているなぁ。けれど、いずれにせよ僕は、ここでレイズ様の不興を買うわけにはいかないのだ。未来を変えるためにも。

　僕は密かにため息を吐きながら、

「僕が名代では、レイズ様の評判に傷がつくかもしれませんよ？」

　と、今できる精一杯の皮肉を返す。そんな僕の言葉に、レイズ様は今度こそはっきりと笑い、

「期待している」とだけ言って、僕らに退出を促すのだった。

　こうして、あっという間に2度目の出陣は決まった。

　それからは大忙しだ。なんだかわけも分からないうちに、目まぐるしく準備が進められる。

僕は慌ただしく、ルファに不在の間の管理のあれこれを引き継ぎ。そんな僕の様子を見て、ルファが不安を口にした。

「戦場って、危なくないの？」

「大丈夫さ。どのみち僕は前線には出ないから」

そうあって欲しいものだという願いも込めて、そのように答える僕。

「怪我しないで帰ってきてね」

「うん。気をつけるよ」

なおも心配そうなルファに見送られて、その日のうちに王都を発《た》った。

騎馬隊であるリュゼル隊は全員が馬に飛び乗り、ハクシャへの道を急ぐ。持ち物は数日分の食料と最低限の宿泊道具。非常に身軽だ。他の荷物は本隊が後から持ってくる手筈になっている。

僕はとにかく置いていかれぬように、必死の思いで部隊の後ろについてゆく。こんなところでフレインとの特訓が役に立つとは思っていなかった。

どうにかこうにか遅れずに進む事しばし、リュゼル隊長が後方にいた僕のところまで下がってきた。そうして僕の様子を確認して、少しだけ感心したような顔で小さく頷く。

「もし遅れるようなら2人ほど部下を残して後から追わせようかと思ったが、意外にも馬を乗りこなせるのだな、ロア」

そんな風に気さくに話しかけてくれるのだけど、僕にはまともに答える余裕がない。ハイなのかハフなのかハヘなのか、自分でも分からない返事をしながらとにかく馬にしがみついているような状況。

そんな一杯一杯の状況の中で、僕は先日までのフレインとの騎乗訓練の事を思い返していた。

◇◇◇

「慣れるまでは当面毎日やるぞ」

騎乗に関してそのように宣言していたフレインは、本当に毎日付き合ってくれた。騎士団でもたった10人しかいない部隊長だ。暇な身ではないだろうに、それでも毎日だ。フレインの空き時間に合わせてなので、時間は早朝だったり夜半だったりしたけれど、それでも頭の下がる思いである。

ある夜、どうしてこんなに面倒を見てくれているのか聞いた事がある。

フレインはそんな質問を受ける事とは想像していなかったように、こちらを凝視してから、少し考えて、照れ臭そうに「お前は死なせなかったからな」と言った。

「死なせなかった……って？」

「言葉通りの意味だ。お前の策は人を死なせなかった。俺は、俺みたいな若造を慕ってくれている部下が可愛い。死なせたくない。だから、お前のエレンの村の策は良かった。こちらに被害はほぼなかったからな」

「それは偶々《たまたま》だよ。もし次があっても、同じような事ができる訳じゃない。まあ、次があるかも分からないけれど」

「だが、お前はレイズ様の補佐だ。レイズ様が補佐を求めた事など今まで一度もない。そんなお前の策が採用されない事など……いや、ないかもしれん」

「そこはあり得んとか言うところじゃないの？」

「それはお前次第だろう？　お前の策をレイズ様が気に入れば採用されるし、そうでなければ……それだけの話だ」

「まあね」

「だが、もしお前の策が採用されるとして、お前が献ずる策は、あまり人が死なない方法だろ？」

フレインの言う通りだ。僕はみんなを救うために、この国を救うために今ここにいる。過去に戻ってきた事が、僕の勘違いであろうと、妄想であろうと問題じゃない。可能な限り、やれる事をやっておくだけだ。仮に僕が策を立てるなら、なるべく人がより多く生き残る方法を探りたい。

「……うん。それだけは約束できる」

「ならいい。もしかしたら軍師候補かもしれないお前だが、はっきり言って個人戦はその辺の新兵以下だ。せめて馬ぐらいはちゃんと乗れて、いざという時に逃げられるようにしておけ。さ、休憩は終わりだ。まずは戦場に出られなければ話にならん。もう10往復はするぞ！」

◇◇◇

フレインの厳しくも有難い特訓のおかげで、リュゼル隊になんとか付いてゆく事丸5日。初日は馬を降りた途端に吐いたし、なかなか大変な思いをしたけれど、それでもどうにかハクシャ平原にたどり着く。

幸いまだ戦端は開かれておらず、両軍の睨み合いが続いていた。

僕はリュゼル隊長の後に続き、第六騎士団の本陣へ。中には第六騎士団の諸将が集まっていた。

「貴殿は確か……リュゼル隊長であったな。増援、感謝する」

気さくに話しかけてきたのは陣の中央に座る若い将だ。この人がウィックハルト騎士団長か。

「ウィックハルト様、お久しぶりです。第10騎士団の本隊は、鋭意出撃準備を進めております。数日後には到着できるかと。我が隊のみ先行して罷《まか》り越しました」

「リュゼル隊の勇猛さはよく知っている。心強い」

「恐れ入ります」

ひとしきりの挨拶が終わったところで、ウィックハルト将軍の視線が僕を捉える。

「君は？　申し訳ないが第10騎士団の兵には見えないが……？」

「ロアと申します。レイズ将軍の名代として参りました」

「名代？　君が？　それは、その……」

言葉を選ぼうとするウィックハルト将軍。まあそうなるよね。なんと説明しようか考える僕に、リュゼル隊長が助け舟を出してくれる。

「ロアがレイズ様の名代なのは事実です。先日のエレンの村での騒動は聞き及んでおられますか？」

「ああ、聞いている。廃鉱山に籠っていたのはゴルベルの兵だったらしいな。レイズ様はよくぞ、敵の企みに気づいたものだと感嘆していた」

「実は、廃坑に籠っている輩が単なる野盗ではないと指摘したのが、このロアです。さらに言えば、大軍を派遣すべきとレイズ様に進言したのもこの男です」

「なんだと？　しかし、ロアという将の名は聞いた事がないが、貴殿は第10騎士団でどのような立場にいたのだ？」

「それが……この間までは文官として勤務してました」

「文官が、レイズ様に策を提案する？　全く話が見えて来ないのだが……」

でしょうね。僕だってそう思いますよ。だけど、いたずらに怪しまれて話を聞いてもらえないのも困るので、僕は腰から宝剣を取り出してウィックハルト将軍に見せる。

「疑わしいのも尤もですが、これはエレンの村の功績によってゼウラシア王に謁見を許され、その場で下賜されたものです。ご確認を」

「何？　ゼウラシア王自らだと？　……見せてもらおう。……確かに、三つ目鷲《わし》の紋章。では本当に……。ロア殿、これは失礼した」

「いえ。信じていただけたのなら良かったです」

「では、ロア殿、リュゼル隊長も席へ。ちょうど今作戦会議を行っていたところだ。君達にも参加してもらいたい」

席について面々を見渡せば、若手と歴戦の戦士が丁度5名ずつ座っていた。若い方はウィックハルト様と同じくらいの世代だから、ベテラン勢は古くからの部隊長、若手は将軍就任と共に任じられた隊長なのかもしれない。

僕らは目礼を返し合って、早々に本題へ入る。

「さて、早速ですまないがリュゼル殿は何名で来たのだ」

「ひとまずは騎兵700にて。本隊は5000ほどを準備してこちらへ向かっているはずです」

「それは頼もしい。君らを入れて現時点でおよそ6000。第10騎士団本隊が到着すれば11000か」

つまり第六騎士団は5000強の兵数という事か。

「敵方はどれほどですか？　兵数は、率いている将は？」

リュゼル隊長の質問には、ウィックハルト様の一番近くに座っていた老兵が答えてくれる。

「およそ7000との報告が上がっております。ただし、川向こうには5000程度かと」

「残りの2000は？」

「この後説明しますが、少々事情があります。そして、率いる将は千手草と雄牛の旗印」

やはり、フランクルト＝ドリュー。

「フランクルト＝ドリューの旗印だ。フランクルトと我々の因縁は、貴殿らも知っているだろう」

ウィックハルト様の言葉を受けて、リュゼル隊長は良い機会と思ったのだろう。厳しい表情で進言する。

「ウィックハルト将軍とフランクルトとの因縁は重々承知しております。その上でレイズ様より言付けがございます」

「自重せよというのであれば、無理だ」

リュゼル隊長の言葉を最後まで聞く前に、ウィックハルト様は毅然《きぜん》と言い放った。

一気に緊張がその場を包む中、第六騎士団長は続ける。

「フランクルトが出てきている以上、我々が指を咥《くわ》えて見ている、という事はできない」

それでもリュゼル隊長も簡単には引き下がらない。

「お気持ちは分かりますが、敵は少なく見積もって7000との話でしょう。我々は私の連れてきた700を合わせても6000に届かぬ程度。この辺りは泥地も多く、足をとられる場所も少なくない。さらに言えば渡河《とか》する危険性は説明するまでもないと思いますが……」

そんなリュゼル隊長の説得にも、ウィックハルト様は首を小さく振った。

「勝てる。今、勝機が来ているのだ。ちょうど突撃の計画を練っていたところだ」

「勝機とは？」

「この辺りに屯《たむろ》するごろつきの一人が『情報を買ってほしい』とやってきた。聞けば、ゴルベルからハクシャに至る山間の道で崖崩れがあったという。今、奴らは川向こうに閉じ込められている状態なのだ。動揺しているに違いない。一気に叩けば……勝てる！」

「ごろつきの情報？　そのような不確定なもので進軍を？」

「無論裏はとった。問題の回廊のあたりに敵軍が1000名以上屯しているのを確認した。落石の撤去を行っていると思われる。つまり、奴らの意識は背後に向いているのだ。現に、やつらは着陣時よりも兵を後方へ下げた。これなら渡河を見咎《みとが》められる事はない。さらにこちらは寡兵であるがゆえに、強引に渡河して攻め入るとは思ってもいまい。ここで一気に攻めればどうか？」

今の説明を聞くだけなら、一大好機のようにも思えるけれど、この作戦はだめだ。僕は瞬時にそう確信する。

まず、根拠となるごろつきの情報が不確定だ。ウィックハルト様は回廊に敵兵が集まっていると言ったけれど、『石の撤去を行っていると思われる』、という曖昧な言い方に止まった。これはまず間違いなく、崩落現場の確認まではしていない。

次に渡河の手段についても杜撰《ずさん》だ。見える場所から下がったとしても、当然、監視の目はある。こちらに動きがあれば、指を咥えて見ているわけがないのだ。

そして決定的な情報がもう一つ。これは僕しか知らないけれど、歴史ではウィックハルト様が渡河した後に、河が荒れて退路を断たれる。そう、退路を断たれるのはウィックハルト様の方だ。

つまり罠。フランクルトはウィックハルト様を誘っている。

けれど、本当にウィックハルト様はそれに気づいていないのか。いや、気づいていてあえて目を逸らしているような気がする。

「ウィックハルト様、リュゼル殿がおっしゃる通りです。やはりあの情報は怪しい。もう少し情報を精査してからでも遅くはありません」

若い部隊長の１人がそのように進言すると、

「いや、まごまごしていたら道が復旧してしまうかもしれぬ。好機を逃すつもりか！」

とベテランの部隊長から反対意見が飛び出る。

その様子を見て、僕はおや、と思った。

普通、こういう時は血気盛んな若手が進軍を主張して、熟練の将が諌めるというケースが多いと思うのだけど、会話のやり取りを見ると若手が慎重派、ベテランが出陣派で分かれているみたいだ。

そうか、ベテラン勢は前の第六騎士団長、ナイソル様への想いが強いのか。だから多少怪しげな情報でも、仇敵を倒せる好機ならば、自分の都合の良いように解釈してしまっている。

となるとウィックハルト様の出陣を押しとどめるのは厳しいかも。

ウィックハルト様自身が出陣派というのもあるだろうけれど、ここで動かなければ、騎士団長として経験の浅い自分から、古株の兵達の気持ちが離れるかもしれないと考えそうだ。だから、一度干戈を交え、指揮官としての実力を見せるべきと判断した可能性はあるな。

戦いの歴史を紐解けば、指揮官が部下の信頼を得るためや、自分の力を部下に誇示するために、無謀な進軍をするという事は少なからずある。

ウィックハルト様が騎士団長になって僅か2年。表面上はともかく、本当の意味で信頼を得るに至ってはいないのかも。

それでも僕は、ウィックハルト様達が死地へ向かうのを眺めているわけにもいかない。

「すみません。僕も発言してもよろしいですか？」

控えめに手をあげた僕に、将達の視線が集まる。

「何か？」

ウィックハルト様の許可を確認した僕は、一度小さく息を吸う。

「その奇襲ですが、明日にできませんか？」

僕の提案の意図が分からずに、その場にいた諸将は一様に怪訝な顔を見せた。

「1日遅らせる事になんの意味があるのだ？　その間に落石が片付けられたらなんとするつもりか？」

ウィックハルト将軍の配下の老将が難色を示し、他の出陣派の将も頷く。けれど、僕の次の言葉で彼らは揃って渋い顔になった。

「そもそも1日もかからず撤去できるような落石であれば、フランクルト軍が退路を断たれているという前提が崩れるのではないですか？」

「そんな事は……」

「ないと言えますか？　崖崩れは本当にあったかもしれません。でも、もし大した事がなかったとしたら、落石情報を利用して我々を誘っている可能性もあるのでは？　どのくらいの落石なのか確認できているのでしょうか？」

「いや……斥候《せっこう》もそこまで近づけた訳ではない」

老兵の返答に、やはりか、と思う。

「しかし、それと1日空ける事と、なんの関係がある？」

ウィックハルト様が続きを促す。ひとまず聞いてもらう事は出来るようだ。

「今の状況を、逆にフランクルト側に立って考えてみましょう。もし、これがフランクルトの罠ならば、丸一日こちらが動かなければどうするでしょうか？　誘引策が失敗したとして、なんらかの動きを見せると思いませんか？　そして罠ではなく、本当に背後を塞がれているのなら、翌日もそのまま一部の兵士が撤去作業を行うために現状維持となるでしょう。それなら落石は事実で、さらに1日経った分、敵側に焦りや疲弊が生まれるはず。どちらに転んでも我々に大きな損はないかと」

嘘だ。本当は河が荒れる事を僕は知っている。そこまで時間を稼ぐ事ができれば良いのだ。河が氾濫さえすれば流石に渡河作戦は立ち消える。結果論だけど「昨日渡河していたら退路を断たれていた」という事になるので、大きな不満は出ないはず。

とにかくなんでもいいから適当な理由を並べて、明日まで時間を稼ぐ事ができれば状況は変わる。河が荒れて睨み合いが長期化すれば、レイズ様達の着陣が間に合うかもしれないし、企みがうまくいかなかったフランクルト軍が退くかもしれない。

僕の言葉に大きく腕を組んだウィックハルト様は、眉根を寄せて天井を仰いだ。

「……分かった。明日まで様子を見よう」

「ウィックハルト様!?」

「名代とはいえレイズ様の言葉だ、無下にはできまい」

「ぐっ。畏まりました」

最後まで不満げだった老将が引き下がった事で大勢が決した。

「では、本日の出陣は無くなった。リュゼル殿、ロア殿。急ぎ着陣してくれた事を感謝する。お疲れであろう。一旦体を休めていただき、軍議は明日改めて行うとしよう。いかがか？」

良かった。ウィックハルト将軍が折れてくれた事で、明日以降も出陣は無くなったようなものだ。明日にはハクシャ平原は水浸しだろうから。

水が引くまでの数日があれば、ウィックハルト様達も少し冷静になるだろう。あとはレイズ様の着陣を待てばいい。なら、僕の仕事は終了だ。

「では、お言葉に甘えて」

リュゼル隊長の言葉と共に、僕も立ち上がって頭を下げ、第六騎士団の本陣を辞した。

…………河が荒れない。

第六騎士団の野営地から、少し離れた場所に設営されたリュゼル隊の野営地。そこから僕はじっと河を眺めていた。

第六騎士団の近くに設営しなかったのは、これから来る第10騎士団の本隊のためだ。後発の大部隊が過不足なく着陣できるための下準備も、先行部隊の大切な仕事である。

第六騎士団の野営地に視線を移せば、そこここで煙が上り始めていた。そろそろ夕食の時間。もうすぐ日が沈む。先ほどの言葉の通り、少なくとも出陣の準備をしているようには見えないので、少しだけ胸を撫で下ろす。

となると後は、なるべく早く河が荒れてくれれば良いのだけど……。

この辺りに雨の気配はない。だけど上流の方で大雨が降っていれば、この河は、荒れる。

もしかして、僕がこの場にレイズ様の名代として来た事で、歴史が少し変わったのか？　河が荒れないとなれば困る。進軍が可能となれば、出陣派の筆頭だったあの老将、スクデリアさんはまた強固に出陣を訴えるだろう。

最悪の場合、別の説得材料を考えないといけない。なんとか、レイズ様が到着するまで引き伸ばしたい。そんな事を考えながら河を睨んでうんうん唸っている僕を見かねて、リュゼル隊長が声をかけてくれる。

「どうかしたのか？」

「…………河が荒れないかなと思って……」

「ああ、荒れてくれれば明日の軍議はやり易《やす》くなるな」

リュゼル隊長もスクデリアさんの顔を思い浮かべたのか、少し困った顔をした。

「しかし、これればかりは女神の気まぐれとしか言えんからな。睨んだところでどうにもなるまい。さ、明日のために飯を食ってしっかり休むぞ。ここまで強行軍だったからな。お前も疲れているだろう」

「……そうですね」

僕らが背を向けるまで、河は夕陽を浴びて穏やかにキラキラと輝くばかりだった。

だが、事態はその夜、急転する。

夜半、疲れから早々に寝入っていた僕は、リュゼル隊長に叩き起こされた。

「……どうされたんですか？」

「まずい事になった」

暗がりの中だが、リュゼル隊長の顔が強張っているのが伝わってきた。僕は慌てて居住まいを正し、寝ぼけた頭を振って意識をはっきりさせる。僕が上着を羽織ったのを待ち兼ねていたように、天幕にもう一人の人物が滑り込む。

「ライマルさん？」

暗がりの中入ってきたのは、日中の軍議で奇襲反対を強く訴えていた若き部隊長、ライマルさんだ。リュゼル隊長以上に、深刻な気配を纏っている。

「待ってください、今、灯りを……」

「いや、このままでいい。むしろこのままが良い」

リュゼル隊長の言葉。つまり、ライマルさんは密かにやってきたという事か。

「ロア殿、時間もありませんので単刀直入に申し上げる。ウィックハルト様が出陣を決断された。一部の部隊のみ連れて、深夜に渡河される」

「え!?　どういう――」

「ロア、静かに」

リュゼル隊長に注意されて、僕は声を顰める。

「一体どういう事ですか？　先ほどは明日まで保留と」

「そのはずだった。しかし、想定外の事が起こったのだ」

ライマルさんの話によると、出陣見合わせが決まってからも、奇襲賛成派のスクデリアさんは諦めきれずに対岸を見つめていたらしい。

そんなスクデリアさんが、河岸に数名のゴルベル兵がやって来たのを発見する。隠れるでもなく、何かを抱えて走ってきたそうだ。

ゴルベルの兵士は持ってきたものを槍の先に引っ掛けると、これみよがしに河原に突き立ててみせた。

対岸に掲げられたもの、それは、兜だった。

スクデリアさんは即座に誰の兜であるのかに気付く。何度も、何度もその兜を被った将と戦場を駆けたのだ。

第六騎士団の前騎士団長、ナイソル様の兜に間違いなかった。

ナイソル様がフランクルトに討たれた際、遺骸はゴルベルより返還されたが、剣と兜はそのままフランクルトの戦果となり隣国へ渡っていた。

その兜をスクデリアさんの目の前でゴルベル兵が掲げたのだ。一部の例外はあるけれど、一般的に兜はその将を討った証だ。勝者が首の代わりに持ち帰り、功績を報告する際に誇らしげに見せるのだ。

故に討ちとった将の兜を敵の前で掲げてみせるのは、死者に鞭打つ意味を持つ露骨な挑発行為であり、大変な侮辱である。

スクデリアさんの気持ちはいかほどのものだっただろう。

ゴルベル兵はしばしそのまま兜を見せつけると、日暮と共に兜を持って奥へと引っ込んでいった。

直後にスクデリアさんはウィックハルト様の陣幕に飛び込み、涙ながらに訴える。

「せめて、自分一人だけでも渡河させてほしい。命を賭して、兜を取り返しに行きたい」と。

スクデリアさんは、ナイソル様が討たれた戦いにおいて、崩壊しかけた第六騎士団を叱咤《しった》し、多くの兵を連れ帰った将の一人であるという。また、ウィックハルト様の騎士団長就任においては、難色を示す将官を自ら説得して回った人物だ。ウィックハルト様にとって、厚い信頼を寄せている最側近と言える。

そのスクデリアさんが泣きながら訴えたのだ。これ以上はウィックハルト様も止められぬと思ったのだろう。少数精鋭での奇襲に考えを翻したのである。

ライマルさんの言葉を聞きながら、僕は小さく息を吞む。


僕には歴史が再び、第六騎士団を混沌へと手招きしているように見えた。


背筋が寒くなるような気持ちになった僕の思いをよそに、ライマルさんは続ける。

「この事を知っているのは、奇襲に参加する者達のみです。私にも知らせてはもらえませんでした」

薄暗い陣幕の中、ライマルさんが悔しそうに言葉を絞り出す。

「ライマルさんはどのように知ったのですか？」

「ご存じの通り、私は奇襲には反対です。そのため、第10騎士団が到着するまでは、このまま睨み合いを続けるべき、そのようにウィックハルト様に進言するために天幕へ向かったのです。そこで天幕の外からたまたま2人の会話を聞いてしまって……その後も密かに状況を探っていると、いよいよ出陣が間違いのない状況に」

「それで……なぜ我々の陣に？」

「……お恥ずかしい話、この件に関しては、第六騎士団の誰が信用できるのか分かりません……」

ライマルさんが悄然《しょうぜん》としているのが、暗がりの中でも痛いほど伝わってきた。

言葉に詰まるライマルさんに、リュゼル隊長が理解を示す。

「……俺は正直に言えば、心情的にはスクデリア殿を責める気にはなれん。もし、自分が同じ立場であったなら、間違いなく奇襲に賛成していたと思う」

リュゼル隊長の将としての気持ちも分かるけれど、それとこれとは話は別だ。

「多分、今、ウィックハルト様はかなりまずい立場にあると思うのですが……」

僕の言葉にびくりと肩を震わせるライマルさん。

ウィックハルト様の判断はかなり良くない。何せ、レイズ様の、王直属の騎士団の提案を一度受け入れながら反故《ほご》にした。第10騎士団の騎士団長が王である以上、捉えようによっては、王の顔にも泥を塗るような行為だ。もし、この上で敗北すれば、自国に大きな損害を与えれば……。

「まさかとは思うが、貴殿がここに来たのは、昼間の会談をなかった事にしろというのか？」

リュゼル隊長が僕と同じ懸念に辿り着いて語気を強める。

レイズ様の言葉は間に合わなかった。そうなればウィックハルト様の行動には酌量の余地がある。同時に、リュゼル隊長と僕は無能のレッテルを貼られる事になるのだけど。

これだけ多くの兵士が見ている以上、僕らが出陣前に間に合ったのはもはや誤魔化しようがない。その上でウィックハルト様に伝言が伝わっていないとなれば、僕らは何をしに行ったのだという話だ。

僕はともかく、リュゼル隊長には到底受け入れられない申し出だろう。

「違うのです！　そういう事ではありません！　私としては、今からでもなんとかウィックハルト様を止められないかと。それで知恵を借りにきたのです！」

ライマルさんも慌てて否定する。

「ならば、良いが……ロア、何か説得の方法はあるか？」

多分、無理だ。ここに至って僕らが干渉しても聞きいれてもらえないだろう。最悪内輪揉めが起きる。

僕が黙っていると、リュゼル隊長が続けた。

「しかし、第六騎士団とフランクルトがこのような巡り合わせになるとは……運命の女神ワルドワートは皮肉な事をなされたものだ」

リュゼル隊長のその言葉に、僕は違和感を抱く。

本当に、偶然だろうか？

今、ゴルベルとの主要な前線を持ち場としているのは、第四騎士団と第六騎士団だ。もう一隊、第七騎士団も哨戒《しょうかい》任務に当たっているけれど、基本的には後方支援として機能している。

現在、第四騎士団は北西のエレンの村の要塞化に人手を割いている。この状況でゴルベルが南に進軍すれば当然、第六騎士団の出番となる。

そもそも、ゴルベルがこんな場所に陣を敷いたのもおかしいのだ。ハクシャ平原が足を取られやすく、進軍に向いていない場所である事は、ゴルベル側も把握しているはず。

ハクシャから南北どちらかに向かえば橋があるのに、なぜ、こんな進み辛い場所に陣を敷いたのか。

本当に落石も発生しており、ゴルベルとルデクを繋ぐ山道が封鎖されたから、退路確保のために仕方なく陣を引いたという可能性も無いわけではない。

けれど、僕の知っている歴史通りなら、これは考えにくい。

最初からハクシャありきで布陣して、第六騎士団を引き寄せるのが目的と考えた方が自然だろう。つまり全てが第六騎士団を狙った罠。指揮官の交代の影響で、まだ騎士団としては成熟度が足りないところを狙い撃った。そういう事ではないのか。

いくら老練とはいえ、フランクルト将軍ってここまで凄い将軍だったか？　いや、僕の記憶の中にある彼の活躍は、ナイソル様との戦いと、このウィックハルト様との戦いくらいだ。他に大きな功績はない。

仮にだけど、……もしこれが、エレンの村の一件とも連動する策なら……背後にここまで大規模な策を描いた奴がいるのではないか。

僕の頭に、一人の人物の名前が浮かぶ。

その人物は長く表舞台に出る事はなく、ゴルベルの記録であってもほとんど見かける事がない。

ただ、後世、「ゴルベルの影の頭脳だった」という話が、いくつかの私書に残された。

その名はサクリ。僕が生きた時代でも、結局存在がハッキリしなかった謎の軍師だ。

「おい、ロア？　聞いているのか？」

リュゼル隊長に肩を叩かれた僕は、意識を現実に戻す。

「あ、すみません。考え事をしてました」

「考え事？　ウィックハルト様を止めるための策か？」

2人が僕に少し期待のこもった視線を向ける。昼間、ウィックハルト様の奇襲を一日遅らせた事で、期待を持たせてしまったみたいだ。

けれど、説得は多分もう無理だ。そしてウィックハルト様が奇襲をかけた後、河が氾濫する。

ならば僕らが取るべき方法は2つある。

まずはウィックハルト様を見捨てる事だ。これが一番手っ取り早い。少数精鋭の奇襲となれば、大半の兵士は残される。

残った兵をまとめ上げて……レイズ様の着陣を待てば、一番確実だ。

そうだ、ウィックハルト様の弔い合戦とでも言えば、第六騎士団の士気も上がるだろう。そこまで考えて自分の考えにゾッとする。書物で読んでいる分にはそれでいい。けれど、ここは物語の上じゃない。目の前で人を見捨てる？　できるのか？　僕に？

自分の時間を削ってでも、僕に騎乗を教えてくれたフレインの言葉がよぎる。

――「だが、もしお前の策が採用されるとして、お前が献ずる策は、あまり人が死なない方法だろ？」――

「あ～～～もう！」

僕は頭をガシガシと搔《か》いて、それからほんの少しだけ持っている勇気を振り絞ってから、リュゼル隊長を真っ直ぐに見る。

そして息を吸い込んで覚悟を決め、

「リュゼル隊長、僕と死んでもらえませんか？」と言った。

◇◇◇

「準備は良いか？」

虫も寝静まるような深夜。ウィックハルトはスクデリアに静かに問いかける。

「はっ。万事抜かりなく」

短く答えるスクデリアの背後には500の兵と猿轡《さるぐつわ》を喰《は》ませた同数の馬。いずれの兵士も沈黙を貫いてはいるが、その身体から発せられる熱量を、ウィックハルトは確かに感じていた。

ここにいるのはいずれも、かつて血の涙を流した者達。

自らが生き残り、眼前で指揮官を討たれる失態。いっそ、ナイソル様の死出のお供を。そう考えて殉じるつもりだった。だが、スクデリアの説得によって、ナイソル様が目をかけていた若き将を盛り立てると決め、恥を呑んで生きる事を決めた。

それでも、あの時の悔しさを忘れた事はない、せめて一矢報いてやりたい。その思いをずっと燻《くすぶ》らせていた兵士ばかりだ。

この時間の見張りも、全て奇襲賛成派で固めている。自分達が奇襲を成し遂げたのち、退路確保のために後から追いかけてくる手筈となっていた。

「奇襲が成功したらすぐに引く。フランクルトの首に固執するな。良いな」

ウィックハルトが念を押した。それでも皆、あわよくばと思っている事は分かっている。或いはこの奇襲を、己の人生の花道にしようとしている兵もいるかもしれない。

しかし、もはや止めようがない。ウィックハルトにできるのは、彼らと行動を共にし、この勇猛な者達を一人でも生かして戻ってくる事。

ウィックハルトとて馬鹿ではない。今回の件はフランクルトの罠だと思っている。最初こそ頭に血が上っていたが、落ち着いてみれば条件が整いすぎている事はよく分かる。

リュゼルと……ロア、と言ったか。あの気の弱そうな、文官の方が似合っていそうな男の顔を思い出す。

彼らが水を差してくれた事で、ウィックハルトは少し冷静になれた。だが、そうでない者もいて、ウィックハルトはその者達を見捨てる事ができない。それだけの話だ。

ウィックハルトの、若き将ゆえの美点であり、そして弱点でもあった。

フランクルトはそこを的確に突いたといえる。

第10騎士団のあの2人には迷惑を掛けるな。と、少々申し訳ない気持ちが胸をよぎった。奇襲が成功した場合でも、おそらく2人はレイズ様から説得に失敗したとみなされるであろう。

だが、詮無き事だ。運命の女神ワルドワートは、フランクルトと我々の邂逅《かいこう》を望んだのだから。

一度目を閉じて、息を吐き、そして、開く。

「では、出陣する」

ウィックハルトは静かに宣言し、河へ。

日中は清らかな水をたたえていた河は、濁りを帯びたものに変わりつつある。けれどその僅かな変化は暗闇に隠され、ウィックハルトの目に映る事はなかった。

◇◇◇

フランクルト軍の陣中。

「……ようやく動いたか。しかし、なんと間の悪い男だ」

　フランクルトは苦笑する。

　豊かな白い髭を撫でながら、フランクルトは報告を聞いていた。誘引は悪くない策だと思うが、河を挟んでの対峙《たいじ》という事もあり、情報が入りにくいのが難点だ。夜半にようやくウィックハルトが動いたとの情報が入ったが、詳細はまだこれからとなろう。

　日中、第10騎士団の旗印が確認されている。しかしその兵数は１０００ほど、いずれも騎馬隊だというから、先行部隊とみて間違いない。第10騎士団のレイズは厄介な相手だ。レイズ本隊が来るまでに決着をつけたい。

　そこで例の兜を使って挑発してみたが、青二才《ウィックハルト》はまんまと罠に嵌ってくれたようだ。

　或いは昼間に攻めてくれれば、あの男にもまだ生き残る目も残っていたかもしれない。こちらが奇襲を待ち構えている死地への夜間の突撃では、もはや奴らに万に一つも勝ち目はない。

　早くも勝利を確信すると、フランクルトの中に、別の想いが去来する。

　それにしても恐ろしい方だ。

　フランクルトが俄かに恐怖を覚えたのは敵ではない。味方、それもこの策を講じた軍師、サクリの事。

　彼は第六騎士団が動くとすれば恐らく深夜。若い将が古参を抑えきれなくなった時だろうと断定していた。

　さらに、この日の夜は北の方で天気が崩れるとも予言した。河の上流で大雨が降る可能性が高い。

河が荒れれば奴らの逃げ道は消える。そこを叩けとフランクルトに指示を出していたのである。

半信半疑で聞いていたが、ここまでピタリと当たると些《いささ》か気持ちが悪い。まだ河は荒れてはいないが、それすらも当たるのではなかろうか。

軍師は天候すらも操るのか？

サクリから話を聞いた時、フランクルトはそのように口にした。

「天候は操るのではなく、読むのだよ」

そう言ってサクリはクククと笑っていたのを思い出す。

フランクルトは一度首を振り、目の前の敵に集中するために気持ちを切り替えた。

「河の付近に兵を張り付かせておけ。河が荒れ始めるまで時間を稼ぎ、それから本格的に潰す。それまでは守備に徹するように各将に通達せよ」

部下に命ずると腕を大きく回す。

「さあ、狩りの時間だ」

◇◇◇

「やはり、罠か。しかし……」

ウィックハルト達が敵陣に近づいて見れば、篝火《かがりび》は消され、気味が悪いくらいに静けさを保っていた。通常はあり得ない状況だ。

本来であれば見張りが篝火を焚《た》いて警戒しているはず。それがないという事は、既に迎え撃つ態勢を整えていると考えるべき。

退くか……一瞬悩んだが、ここまで来てその選択は愚策だ。ここで撤退して背後を突かれればひとたまりもない。

残された道はただ、1つ。

「錐行《すいこう》の陣を敷き、一気に駆け抜ける。敵陣を抜けたら右に旋回。そのまま振り返らずに帰還せよ。良いな！」

これが一番被害の少ない方法のはずだ。ウィックハルトはそう思い込むようにして、突撃を指示。

ウィックハルトの命によって兵が突撃を始めるも、何かおかしい。視界がないため判断が難しいが、大きな抵抗がない。敵陣が混乱している雰囲気でもないから、対策している事は間違いない。

にもかかわらず……言うなれば泳がされているような感覚だ。

「ウィックハルト様！　あれを！」

スクデリアが指差すまでもなく、視線の先にはたった一つ、篝火が焚かれた天幕がここだと言わんばかりに浮かび上がっている。

「どの道我らは敵の毒の中だ！　いっそ奴らの毒を味わい尽くしてから凱旋《がいせん》するとしよう！」

ウィックハルト達は天幕を目指して突き進む。そのままの勢いで天幕を突き破れば、その中には、兜が一つ置かれていた。

「ナイソル様！」

スクデリアが馬から飛び降りて兜へ走り寄る。ナイソルの兜に間違いがなかった。

一瞬、兵達の気持ちが切れそうになったところで、ウィックハルトが怒鳴る！

「敵陣の最中ぞ！　気を緩めるな！　もうこれ以上の戦果は不要！　撤退する！」

撤収のため踵《きびす》を返したその時、地面が揺れた。異変を感じた馬達が暴れる。

「なんだ？」

ウィックハルトの脳裏を嫌な予感がよぎる。

地面が揺れるほどの何か…………例えば、河が……。

「いかん！　河の氾濫だ！　全速力で敵陣を抜けるⅱ　急げⅱ」

ウィックハルトがそう叫んだ頃には、既に河の氾濫は始まっていた。

そして、河の異変を待ち構えていたように、ウィックハルト達の周辺に一斉に篝火が焚かれ、無数のゴルベル兵が浮かび上がった。

完全に包囲された。ウィックハルトは血が滲《にじ》むほどに唇を噛む。

しかし悔しがっている場合ではない。罠に嵌められたのはすでに分かっていた事だ。最短の逃げ道が封じられたのは想定外だが、やるべき事は変わらない。敵の只中を突破し、対岸へ戻るだけ。

「者ども！　これより死地を突破する！　誰も欠ける事なく本陣に戻るぞ！」

ウィックハルトの叫びに、僅かな味方はそれでも、気合十分に「応！」と返し、戦場へと駆け出した。

「ベテル！　敵が回り込んできている！　エテンラ！　助けてやれ！」

周囲の兵に気を配りながら、ウィックハルトは弓を絞り、放つ。

暗闇の中にもかかわらず、矢は正確に敵兵の脳天を貫く。偶然ではない、動きや気配を察して、先ほどから多数の兵士を屠っている。

それもそのはずである。ウィックハルトは弓の名手として、大陸にその名を広く知られた存在であった。

味方部隊の中央で矢を放ち続けるウィックハルトは、その肩書きに恥じぬ驚異的な命中率で陣形が崩れそうになった場所を支援する。

ウィックハルトの矢が命中するたび味方から歓声が上がり、少し勢いを取り戻す。しかし、部隊は一向に前に進まない。敵の勢いも凄まじい。こちらを確実に殲滅するために襲い掛かってきていた。

それでもウィックハルトはひたすらに矢を放ち、繰り返し味方を叱咤する。自分がそこにある事で、味方の兵達は自分と共に生き残る事を選択するはずだと信じて。

「少々厳しいですな……ウィックハルト様、申し訳ございません……」

血と埃に塗《まみ》れたスクデリアが近づいてくると、すっと頭を下げた。

「……なんの真似だ、スクデリア」

「ライマルの言う通りでした。私の見込みが甘かった。私の我儘《わがまま》のせいで、ウィックハルト様まで巻き込んでしまいました……」

「……スクデリア。私をみくびってもらっては困る。私は、私が一矢報いたかったのだ。私が、この策は勝機があると踏んだのだ！　良いか皆の者！　ナイソル様の兜という最大の戦果を手に入れたのだ。必ず帰り、ナイソル様の墓前に添えるのだ！　全員で！　全員でだ!!」

「おお!!」

未だ威勢の良い返事が返ってくるが、圧倒的寡兵。全滅は時間の問題だった。

◇◇◇

「思ったよりも耐えておるな」

離れた場所に陣取ったフランクルトの元には、ひっきりなしに伝令が駆け込んでくる。闇夜の戦闘、戦況は伝令の情報が頼りだ。

「さすがはあの若さで蒼弓《そうきゅう》と呼ばれるだけの事はありますな」

側近も少し感心したように言った。

大陸にある10人の弓の達人、国や人によって挙げられる人物は異なるが、ウィックハルトは達人の一人に数えられていた。通称、蒼弓ウィックハルト。

「だが、将としては二流、いや、三流以下よ」

フランクルトは断ずる。

ウィックハルトがどのような思惑で奇襲作戦に加わっているかは分からない。あの若さで騎士団長に任じられるほどだ、ただの猪《いのしし》武者《むしゃ》というわけではあるまい。罠である事くらいは気づいていたはず。

とすれば大方、死なせたくない者がいるか、或いは自分が将として認められるための蛮勇か。それとも、自分がいれば無事に戻れるという過信か。

いずれにせよ話にならない。

見捨てるべきだったのだ。明らかに罠だと分かっている場所へ進軍を希望する者の事など。

僅かな兵のために、全ての兵が危険にさらされる。それが分かっていないなら、将の器ではない。

前将、ナイソルは敵ながら天晴れであった。サクリの罠によって選択を間違えば全滅さえあり得た中で、自らの命という最小の被害で第六騎士団を残した。後の事を考えればこれ以上ない判断であった。

「ナイソルよ、弟子の育て方を誤ったな」

少々哀れに思う。だが、これで第六騎士団は当面機能するまい。南部は大きくゴルベルが押し出せる。

「無理攻めをせずとも良い。もはや河は渡れぬ。逃げ場はない。援軍も来ない。いっそ夜が明けるまで粘らせれば、対岸の者どもに大将の敗北を見せつけられるかも知れぬ」

「畏まりました」

「ただし、必ず殲滅せよ。特にウィックハルトは必ず殺せ」

もう戦況は覆される事はない。そうフランクルトが確信した時だった。

新たな伝令が駆け込んでくる。

文字通り転がり込んできた伝令は叫んだ。

「敵軍！　我が軍が背後から奇襲されています!!」

◇◇◇

「ここまでか……」

矢も尽きかけ、倒れる者も出てきた。悔しいがこれ以上部隊の形を保つ事が難しくなっている。

ナイソル様……申し訳ございません。あなたから託された将達を、第六騎士団を守る事、叶いませんでした。

ウィックハルトの頬を雫が伝う。それが汗なのか、涙なのかは本人にも分からない。

せめて最後は、騎士団長として恥ずかしくない死に様を。

覚悟を決め、腰の剣に手をかけた時だ。おかしな場所から悲鳴が聞こえ、明らかに敵の攻撃の手が緩んだ。

「なんだ？」

闇夜でははっきりとは分からないが、離れた場所で誰かが戦っている？

「内輪揉めか？」

音は徐々に近づいてくる。

「まさか…………」援軍？　馬鹿な。誰が来たというのだ？

そう思っている間に、その部隊はウィックハルトがいる場所まで、敵陣を突き破ってやってきた。

だが、足を止める事なくそのまま反対の部隊に襲い掛かってゆく。そこで初めて騒ぎの逆側でも戦闘が発生している事に気づく。

状況を摑めぬウィックハルトの前に飛び出してきた数名の味方。

その姿を見てウィックハルトは驚愕の声を上げる。

「なぜ、貴殿らが!?」

「説明は後！　後ろについて来てください！　このまま脱出します！　遅れたら死にますよ!!」

そこには、馬にしがみつきながらも必死に叫ぶロアの姿があった。

◇◇◇

ライマルさんとの会談後、僕はリュゼル隊長に頼み、リュゼル隊の大半を引き連れて河の上流へと疾走していた。

目的は北にある橋だ。それなりに距離があるため、河の氾濫を考えればなるべく急ぐ必要があった。

ウィックハルト様達を救出すると決めた以上、援軍を出すしか方法がない。

同時に被害を最小限に食い止めるためにも、部隊を大きく迂回させて敵の背後を突きたいと考えた。

　陣を敷いた場所からだと、南北両方に同じ程度の距離で橋がある。けれど南の橋に向かうには、第六騎士団の横を通過する必要がある。

　まだ奇襲部隊が出撃していない以上、僕らの動きが見咎められれば、なに事かと止められる可能性があった。気が昂《たかぶ》っている相手に、リュゼル隊が横槍を入れれば、最悪内輪揉めとなる。それは避けたい。

　ついでに北側の橋の耐久性も調べておきたかった。河が氾濫しても渡れるような物なのかどうか。ハクシャで河が氾濫するのであれば、多分南の橋は比較的被害が少ないだろう。北から突っ込んで南へ逃げるのが理想だけど、最悪敵を突破できずに逃げ帰る可能性を考えると、退路は多い方が良い。

　結論から言えば、北にかかった橋はかなり頼りない物だった。近くには村があったので、橋が流されるたびに住民がかけているのだろう。どうせ流されるなら、という簡素さが暗がりでもよく分かる。

「思ったよりも時間が掛かったな」

　橋を通過したあたりでリュゼル隊長が呟く。

　出発前、僕はリュゼル隊長に「死んでください」と頼んだ。リュゼル隊長はただ、「策を聞かせろ」とだけ言った。僕の言葉を聞いたリュゼル隊長は、それ以上何も言わず、極秘裏に出陣の準備を進めてくれた。

「南ではすでにウィックハルト様の渡河が始まっているかもしれません。急がないと……」

「ああ……それにしても、俺はお前を少々見直したぞ、ロア」

「……何がですか？」

「お前はこの前の出陣が初陣で、その上エレンの村では戦闘らしい戦闘もなかった。だが今回は違う。これから向かうのは死地だ。それにしては随分と落ち着いている」

とんでもない話だ。今でさえ吐きそうだし、戦場に着いたら漏らしそうだ。ただもう、必死でこんなところで死ぬわけにはいかないという思いだけでここにいる。

素直にそのように伝えると、リュゼル隊長のみならず、周辺の兵も笑った。

「いや、まだ吐いても、漏らしてもいないなら十分に大物だ。初陣で吐かぬ者も、漏らさぬ者も少ない」

そんな話をしながらも、僕らはとにかく急ぎ南下する。ここからは速度も重要だけど、タイミングも大切だ。

ウィックハルト様の部隊に敵兵の意識が完全に向かった時、そして敵が勝利を確信して緩みが出た時。さらに言えばウィックハルト様達がまだ生き残っていて、逃げるだけの余力がある時。その一瞬を突く。

フランクルトが……或いはサクリが河の氾濫を見越して、逃げ道と援軍を封じる策を想定したのなら、僕はその裏をかく。存在しない援軍を生み出す。

戦場に着くとすでに戦闘は始まっていた。篝火に照らされた陣幕の周辺に、ウィックハルト様達がいるのが分かった。

「どのタイミングで突入する？」

リュゼル隊長の言葉に、僕は南へ視線を向ける。ライマルさんは間に合っただろうか。

ライマルさんにも密かに南から背後を突いてもらうようにお願いしてある。ただし、僕らが攻め入らなければ、諦めて退くようにとも。

ライマルさん達は、ウィックハルト様が出立した後に事を進めなければならず、僕らよりも時間的な余裕も動かせる兵士も少なかったはず。

僕の懸念にリュゼル隊長は首を振った。

「……こればかりは分からん。あまりのんびりしていると機を逸する。ライマル達はあくまで助攻と考え、我々の兵で敵陣を切り裂くしかあるまい」

「分かりました。タイミングに関しては僕には分かりません。合図はリュゼル隊長の経験にお任せしたいです」

僕の言葉にリュゼル隊長はニヤリと笑う。

「ならば、まさに、今、だな」

そのように口にすると、短く一言。

「行くぞ！」と命じると、リュゼル隊は一目散に敵陣へと駆け出し始めた。

「敵襲だ！」

悲鳴をあげるゴルベル兵を討ち果たしながら、ウィックハルト様の元へ一直線に突き進む僕ら。

今の所作戦は上手く行っている。暗闇の中、完全に虚をつかれたゴルベル兵は抵抗らしい抵抗もなく切り裂かれてゆく。

「ロアはとにかく真ん中で馬にしがみついていろ」というリュゼル隊長の言葉に従って、僕は言われた通りにひたすら馬にしがみついて敵陣を駆けた。

そうしてあっけない程簡単にウィックハルト様の元にたどり着くと、リュゼル隊は勢いそのままに反対の敵陣へと突入。ここからは正面切っての戦いになるが、状況を把握できないゴルベル兵は、突然の援軍に大きく混乱している事がはっきりと分かった。いける！

僕は呆気に取られているウィックハルト様に叫んだ！

「説明は後！　後ろについて来てください！　このまま脱出します！　遅れたら死にますよ!!」

ウィックハルト様が引き連れた部隊は、歴戦の兵が多い。瞬時にここが好機と判断して、僕らの流れについてくる。

「このリュゼルに貫かれたくなくば、どけや！　どけえ！」

リュゼル隊長の気迫は凄まじい。普段どちらかと言えば冷静な人なのに、戦場では別人だ。

名乗りをあげながらリュゼル隊長に襲い掛かる敵兵もいたが、リュゼル隊長は「ふん」と鼻であしらって駆け抜ける。今はそんな奴を相手にしている状況ではない。

あともう少しで突破できる。そう思ったその時、僕らの先をゆくリュゼル隊長との間を分断するように、３人の騎兵が飛び出してきて行く手を阻まんとする。

3名程度の相手、無視して強引に抜けようとした瞬間、飛び出してきた兵士の一人が前のめりに落馬し、僕らを遮るように転がった。思わぬ動きに気を取られた直後、もう一人も同じように僕らの目の前に飛び出すように落馬し、地面へ突っ伏す。

味方が後ろから突き飛ばしたのか!? そうとしか思えぬ転倒だ。2人の兵士は顔から地面に叩きつけられ悶絶している。

さらに続けて、その兵士が騎乗していたと思われる2頭の馬も突然に横倒しになると、地面に転がりながら暴れ始めた。

人だけならともかく、巨体が地面で暴れた事で、僕らの乗る馬が一瞬怯《ひる》み、その足が止まる。

「何事だ!? ロア、落馬せぬように気をつけろ!」

前方からリュゼル隊長が怒鳴る間に、味方の兵を突き落としたであろうその人物がこちらに向かって剣を構えるのが見えた。

「あの兜……、ジャゼか!」

僕の隣にいたウィックハルト様が語気を強める。

ジャゼ? それは確か、ウィックハルト様の右目と腕を奪った将の名前だ。あの戦いは……。

僕が口を開くよりも早く、ジャゼがこちらに向かって怒鳴る。

「逃げられるなどと思うな! ウィックハルト! ここが貴様の墓場だ!」

ウィックハルト様は一歩前に出ると、僕を一瞥《いちべつ》。

「ここは私がやる。貴殿は邪魔にならぬように下がっていてほしい」

止める間もなく剣を抜き、横たわる馬を飛び越え、ジャゼとの距離を詰めようとするウィックハルト様。

だめだ！　ジャゼは暗器を持っている。毒を塗った吹き矢だ。僕の知る未来では、ウィックハルト様は吹き矢で右目をやられ、直後に右腕を斬られたのだ。

僕は慌ててウィックハルト様の背中に向かって止めるように叫ぶ！

「ウィックハルト様！　だめです！　そいつは吹き矢を持っている!!」

だが僕の声は戦場の喧騒と興奮の中で、ウィックハルト様に届いたのか分からない。

何か、せめて何かジャゼの吹き矢を邪魔できるものはないか？

慌てて腰に手をやり、僕は短剣を腰に下げていた事に気づく。王様から下賜された、宝剣。

僕は考えるより早くその宝剣を摑むと、闇雲にジャゼに投げつけた！

暗闇の中、篝火によって照らし出された宝剣は一瞬、その豊かな装飾によって戦場には似つかわしくない輝きを見せる。

予期せぬ飛来物はジャゼの顔の横を通過。当たりはしなかったけれど、ジャゼはわずかな時間、宝剣の動きに気を取られた。

その間に僕はもう一度ウィックハルト様に叫ぶ。

「ジャゼが吹き矢で貴方の右目を狙っています!!」

今度は声が届いたのか、ウィックハルト様の動きが止まる。そうして、暗闇の中で「カキン！」と剣が何かを弾く音がした。

「卑怯な手を！」

声の状況からウィックハルト様が吹き矢を弾いたのだろう。そこからは瞬く間。ウィックハルト様もまた手にしていた剣をジャゼに投げつけると、空いた両手で素早く、本当に驚異的な速度で弓に矢をつがえ、一閃《いっせん》。

声なく倒れゆくジャゼ。

ジャゼが倒れた事で周辺の敵兵が怯む中、ウィックハルト様が僕を振り向く。

「今が好機！　駆け抜けよう！」

こうして再び加速し始める僕ら。ウィックハルト様は隣に来ると、小さな声で、

「今のが最後の矢だ。あとは運命の女神の加護を期待するしかない」と言った。

文字通り祈るような気持ちで戦場を駆け抜けてゆく僕ら。その時、前方からリュゼル隊長の力強い声が届いた。

「軍師よ！　策は、なったぞ！」

リュゼル隊長の言葉、最初は誰に声をかけているか分からなかった。少しして僕に言っていると気づく。リュゼル隊長が槍で指し示した先からも大きな歓声が起こっている。ライマルさん達の援護に違いなかった。

しばらく揉み合いながら前へと進むと突然、敵陣が綺麗に割れ、はっきりと退路が浮かび上がる。

ライマルさん達が確保してくれたのだ。

「感謝する！」言い捨てながら駆け抜けるリュゼル隊長に「こちらこそ！」とライマルさんが応じる。

「ライマルさん達もすぐに撤収してください！」

通過しながら叫ぶ僕の背中に「しんがりはお任せを！」という返事が届いた。

そしてついに、敵陣を抜ける。

振り向けばすぐ後ろにウィックハルト様がいた。

「無事ですか!?　お疲れかと思いますが、まだしばらく南へ走ります！　もうひと頑張りです！」

僕の言葉に「すまない！」と返す声はまだ元気そうだ。

それから僕らは南へとひたすらに駆けた。逃げ切れるかどうかは、運と、仕込んできたあれにかかっている。

◇◇◇

「奇襲だと!?　どこからだ！」

フランクルト将軍は座っていた椅子を倒しながら立ち上がる。

「北からも南からもです！」

「我が軍、混乱しております！」

「敵軍は一固まりとなり我が軍を突破！」

矢継ぎ早に信じられない情報が舞い込んできた。

「どうなっておるのだ！　河は渡れぬはずだ！」

フランクルトは怒鳴りつけた。近くにいた配下が震え上がる。

「そ……早急に追撃を！　今なら背後を狙えます！」

どうにか進言する配下の言葉に被せるように、さらに新たな情報が。

「対岸北部に巨大な炎が上がっております！」

「今度はなんだ!?　何が起きている!?」

「分かりません。とにかく赤々と炎が！」

「何かの策か……」

フランクルト将軍は虚空を睨んだまま考えを巡らせる。

「将軍……追撃は……」

フランクルトから出てきたのは、「追撃は、せぬ」との一言。

「よろしいのですか……」

恐る恐る確認する兵士を、ギロリと睨むフランクルト。

「河が渡れぬのにありえぬ速さで援軍が来た。すなわちどういう事か……敵は我々の策を読んで潜んでいたのだ。そしてそれは、事前に大きく迂回して準備していたという意味だ……さらに謎の炎。

まさかとは思うが、既にレイズが到着しているのではないか？」

「レイズ＝シュタインがですか？　第10騎士団の？　しかし第10騎士団は昨日先発隊が到着したばかりと……」

「その情報こそが、我々を油断させる罠だとすればどうだ？　我らが追撃に向かえば、さらなる罠を……いや、実は到着している第10騎士団が、手薄になったこの本陣に攻め入るという可能性はないか？」

「まさか……そんな……」

「追撃は、せぬ。青二才の首一つに我が軍の命運を賭ける訳にはいかん……我々の、負けだ」

そう絞り出すように言葉にしたフランクルトは、力なくドカリと地面に腰を下ろしたのであった。

◇◇◇

「橋が見えた！」

僕は思わず叫び声を上げる。振り返る事なく、ひたすらに下流の橋まで走ってきた甲斐があった。

幸いにも橋は流されてはいない。予想通りハクシャより下流の氾濫被害はそれ程大きくはないようだ。

既に空は徐々に明るくなってきている。ここでようやく背後を確認するも、追手の姿はない。

もちろん、まだ気を抜く事はできない。けれど、この状況であれば逃げ切れたと考えていいのではないだろうか。

　おそらくは今頃、第六騎士団の陣営でも大きな騒ぎになっているはずだ。

　河が氾濫しているのに兵士達がのんびり寝ているとは思えない。当然ウィックハルト様の指示を仰ごうとする。そして不在である事が発覚する。

　大将と共に奇襲を主張した将もおらず、対岸に喧騒があれば、何が起こっているかを想像するのは難しくない。

　必然、対岸の警戒と並行して河を渡れる場所を探して動く部隊が出てくるはず。その部隊と合流できればもう安心だ。

「ロア殿、まさか、レイズ様は最初から着陣しておられたのか？」

　僕の近くに馬を寄せてきたウィックハルト様が聞いてくる。

「いえ？」

「しかし、これほどの用兵……それにあの炎の柱。あれはレイズ様の策ではないのか？」

「ああ、あれですか。上手く行ってよかったです。あのはったり」

「はったり？　あの辺りにあれ程火が立ち上るような物があったか？」

「あると言えばありましたよ」

「どういう事だ？」

「少し申し訳ないとは思いましたけど、利用させてもらったんです。あの辺に住み着いているごろつきの小屋を。ま、こちらに偽情報を持ち込んだのですから、お互い様ですよね」

そう、僕は出立前、リュゼル隊長に2つのお願いをした。

一つは奇襲部隊の編成。もう一つがこの大きな焚き火だ。一部の兵士に残ってもらい、付近のほったて小屋を破壊して、即席の櫓《やぐら》を作って燃やしたのだ。

敵の気を引く事ができればいい、その程度の窮余の策だったけれど、それなりに効果があったみたいだ。

「では、これらの作戦は全て貴殿が……？」

「いえ、ライマルさんが知らせてくれなければ何にもできませんでしたし、突撃に関してはリュゼル隊長頼みでしたし……」

「ロアよ、それは作戦立案とはあまり関係ない。ウィックハルト様、おっしゃる通り、策はこの者が立てました」

リュゼル隊長が笑いながら言う。

「そうか……愚かな私達を救って貰った事……この恩は忘れぬ。必ず、必ず報いる」

「そんな大袈裟な。それにまだまだ逃げ切れたとは限りませんよ」と言う僕の言葉に、

「いや、どうやら無事に帰還できたようだ」と返したのはリュゼル隊長だ。

リュゼル隊長が示した先のほう、第六騎士団の兵士達がこちらへ駆け寄ってくるのが見えた。

僕は大馬鹿だ。

リュゼル隊長に『軍師』なんて持て囃《はや》されて勘違いしていたのかもしれない。

犯してはいけない失態を犯した。

確認を怠ったのだ。

それに気づいたのはもう朝日もしっかりと昇り、第六騎士団の野営地が見えてきた頃の事。

その日、どれだけ待っても、ライマルさん達が戻ってくる事はなかった。

◇◇◇

陣中の空気は重い。

ライマルさんと共に救出部隊に加わり、無事に帰還したライマル隊の騎兵の人によると、ライマルさんは最後の最後まで敵兵を引きつけていたそうだ。

そろそろ撤退すべきと言う声に対して「ああ、すぐに下がる！　撤収できる者から駆けろ！」と言ったその言葉を最後に、ライマルさんの姿を見た者はいない。

敵も必死で追ってくる中、最後尾の彼らゆえ、他者に気を配る余裕はない。加えて深夜、見通しは皆無だ。大声を上げれば敵に居場所を知らせるようなもの。帰還したその人は、当然ライマルさんも近くを走っていると思っていたらしい。

ライマルさん達を救出するために再出陣。それは、あり得ない。

第六騎士団やライマルさんが動いたのは、騎士団長であるウィックハルト様を救出するため。ライマルさんのために出陣して、これ以上窮地に陥るという選択肢はないのだ。

陣中にいるみんながそれを分かっている。

だから口には出さないけれど、反対派の視線はスクデリアさんに突き刺さっている。今回の一件、原因はスクデリアさんにある。と、みんなそう考えたいのだ。

本当の原因はウィックハルト様にある。決めたのはウィックハルト様、止められなかったのもウィックハルト様。甘い見込みで出陣したのは、この人だ。

だけど、今、それを責める訳にはいかない。士気に関わる。だから、行き場のない非難の目はスクデリアさんに向けられる。

重苦しい沈黙を破ったのはリュゼル隊長。

「……とにかく、あと数日もすれば第10騎士団が到着するはずです。何か事を起こすにせよ、まずはそれから。ゴルベルの動きを警戒しつつ、このまま時間を稼ぐ。それでよろしいか」

「……異論はない」

ウィックハルト様が口数少なく答え、空虚な軍議は終わる。

それから数日後、第10騎士団の本隊が到着すると、それを潮として、フランクルト軍は速やかに退却してゆくのだった。


レイズ様の率いる本隊が到着すると、早々に呼び出される僕とリュゼル隊長。気は重いけれど、ただ事実を淡々と伝える。

厳しい表情のまま、僕らの報告を聞くレイズ様。

すでにフランクルトの姿は対岸にはない。第10騎士団の数隊が対岸の状況検分及び、追撃戦へと移行している。

また、僕らと共に第六騎士団の使者も状況説明のためにやって来ていたが、第六騎士団の言い分は後で聞くと言うレイズ様の言葉で追い返されていた。

……怒っているよなぁ。

第六騎士団の陣中も重苦しかったけれど、レイズ様の圧はその比ではなかった。凄く恐ろしい。

「それで、帰還できなかったのは何人だ？」

リュゼル隊長が背筋を伸ばして答える。

「はっ！　我らの部隊は負傷者数名のみです。第六騎士団ですが、奇襲作戦に参加した者達から50名ほど、救出作戦に参加した者は10名が帰還しておりません」

その中の一人がライマルさんである事が、僕の心を重くした。

「奇襲作戦に参加した第六騎士団の兵は、ウィックハルトを含めて500だったな」

「はっ！」

「…………そうか。2人とも、良くやった」

「は！　しかし、申し訳ございません。本来であれば奇襲作戦を止《とど》まらせるのが我らの役目。また、レイズ様の指示を仰ぐ事なく勝手に兵を動かしました。出撃判断を下したのは私です。懲罰はいかようでも」

「あ、僕がお願いしたんです！　リュゼル隊長は悪くありません！」

僕らの言葉に少し片眉を上げるレイズ様。

「聞こえなかったのか？　私は良くやったと言ったのだ。実際問題として、第六騎士団を止めるのは難しいと考えていた。最悪は我らの着陣を待たずに決戦に挑み、負ける事だった。それを考えれば、此度の結果は、最小の被害で切り抜けたと言って良い。もう一度言う。良くやった」

「……ありがとうございます」

リュゼル隊長が深々と頭を下げて、僕も慌ててそれに倣う。

その様子を見て、会話がひと段落したと判じたグランツ様が話題を変えた。

「しかし、フランクルトの評価は改めねばなりませんな。正直以前は堅実な将軍というだけの印象でしたが、ナイソル様を破った事で自信をつけたのか、随分と大胆な。引き際も早い」

「ああ。なかなかに厄介だ」

2人の会話を聞いて、僕は今回の件で気になった事を聞いてみる。

「あの、レイズ様。サクリという名前に聞き覚えはありませんか？」

「サクリ？　……いや、ないな？　グランツ、ラピリアは？」

2人も首を振るのを確認してから「それは誰だ？」と逆に聞いてきた。

僕はこの戦いが、先日のエレンの村の一件と絡んでいるのではないかという疑念を、レイズ様に話してみた。レイズ様もどこか思うところがあったようで、口を挟まずにうんうんと耳を傾けている。

「それで、そのサクリというのは誰だ？」

「実はゴルベルの貴族の私的な日誌のような書物の中に、そんな名前が出てくるんです。ゴルベルには表に出てこない策士がいると」

「ゴルベルの貴族の日誌？　そんなものまで目を通しているのか？」レイズ様が呆れる。

「たまたまですよ？　古道具屋に流れて来ていたんですが、貴族目線の戦争記録が面白くて読みました。尤も、古道具屋に流れてくるくらいですから、本物かは分かりませんが」

「その日記は持っているのか？」

「いいえ。目を通したらまた売ってしまいました」

古道具屋に売ったのは嘘ではないけれど、買ったのは今から20年後、ゴルベルを放浪した時の話だ。

「表に出ない軍師？　……なんだか胡散臭《うさんくさ》い話ね」

ラピリア様が訝しげな視線を僕に向け、それから、

「軍師ならあのローデライトではないのかしら？　英雄、ローデライト」

と、一人の将の名を挙げる。

ゴルベルの将の中でも、知将、勇者、英雄、様々な呼び名で呼ばれている有名人。それがローデライトという将軍だ。

華々しい戦績と、派手な容姿で、ルデクでも広く知られた将ではある。

「いやぁ……ローデライト将軍は……ほら、主張が強いというか……」

僕の言葉に、名前を出したラピリア様を含めた、その場にいる全員が納得。

ローデライトという将は、とにかく俺が目立ちたいという将なのだ。なんなら顔を出していない戦いですら勝った戦いには「俺も出撃した」などと嘯《うそぶ》く始末。

それゆえ後世では、ローデライトの戦績の大半は作り話ではないかと疑われてさえいる。

「確かに、ローデライトの仕業なら、自ら喧伝《けんでん》しそうだな。静かにこのような策を弄するのは無理だろう。サクリ、か。その人物が実在するかは分からんが、裏で糸を引いた者がいる可能性があるなら、調べておいた方が良い。正体の分からぬ策士というのは厄介だ」

これでこの話はひとまず終わり、それから今後の流れなどを聞いているうちに、渡河していた兵が報告に戻ってくる。僕がジャゼに投げつけた宝剣も、無事に見つかったらしい。

けれど、今の僕には、宝剣の帰還を喜ぶ余裕はなかった。

ある程度覚悟はしていた事だ、報告の中にはライマルさんの戦死の報も含まれていた。

◇◇◇

「ともかく勝利だ！　今日は飲め！　歌え!!」

レイズ様が第10騎士団と第六騎士団へ向け声を張り上げる。

内容はともかく、僕らは敵を撃退した。

勝利の後の酒宴は騎士団の大切な儀式でもある。死んだ仲間への手向《たむけ》として、どれだけ悲しくても、笑って、騒ぐ。

今回の酒宴は第六騎士団の方が浴びるように酒を飲んで、殊更大騒ぎをしていた。

僕も大変だ。第六騎士団救出の立役者の一人となったので、あちこちで酒を勧められたり、なんだか分からないけど叩かれたり揉みくちゃにされたりと、どこで誰と会話したのかもよく分からないまま時間が過ぎた。

それから皆が酔っ払ってめちゃくちゃに歌を歌い始めたりした頃、僕はそっと祝宴の輪を離れて河の方へ。

調子外れな歌が遠くに聞こえるくらいまで離れると、手頃な場所に腰を下ろし、ぼんやりと対岸を見つめる。

「今回の主役が、こんなところで何をしてるの？」

突然声をかけられて、びっくりして振り向けば、そこにはラピリア様が立っていた。

「なんでこんな場所に!?」

「それは私の台詞《せりふ》よ。酔っ払って川に落ちでもしないかと、心配して様子を見にきたの。で、何をしてるのかしら？」

「……ちょっと、一人になりたくて……」

そんなふうに言う僕の言葉を聞いて、黙って隣に座るラピリア様。僕の話、聞いてた？

「大方、自分の策で人が死んだ、そんな事を気に病んでるんでしょ？」

「そんな事？　そんな事って……僕が無謀な事を言わなければ、ライマルさんは死なずに済んだんですよ？　僕が殺したようなものです」

「代わりに、４００人以上の兵士が助かったのよ、貴方のおかげで」

「数字の話じゃないですよ……」

不意に、両頬に軽い衝撃が走る。ラピリア様が僕の両頬を挟むようにしてそっと叩いたのだ。

そのまま僕に顔を近づける。暗がりの中、形の良い唇にどきりとする。

「いい？　聞きなさい」

ラピリア様の声は真剣そのものだ。

「そのライマルという将は、貴方に助けを求めた。貴方は応じ、ウィックハルト様を助けた。そんな戦いの中でしんがりを請け負って死んだの。私が同じ立場だったら、なんの文句もないわ。むしろ感謝したいくらいよ」

「ふぁけど……」

「レイズ様も言った通り、貴方は良くやった。さ、胸を張ってみんなの元に戻りましょう、ロア」

最後の言葉は、とても優しい響きだった。

第三章——ウィックハルトの誓い

「第六騎士団は一度、王都へ下げる」

レイズ様はそのように決断した。

フランクルトが退いた事で勝つには勝ったけれど、一歩間違えれば大きな敗北に繋がりかねない戦いだった。

ウィックハルト様もひどく落ち込んでいて、素人の僕から見ても、第六騎士団は士気を保つのが難しい状態だと思う。

同時に、ウィックハルト様は将としての資質を問われかねない一戦となった。王都で進退を迫られる可能性があるらしい。

僕としてはなるべく穏便に済ませてもらいたい。折角、ライマルさんが命を賭して助けたのだから。

ともあれ、別の騎士団の着任までは、僕ら第10騎士団が第六騎士団に代わって、ルデク南西部の警戒にあたる事となる。騎士団の入れ替えとなれば、完了までに早くても2ヶ月は必要だ。その間僕らの借宿となるのはリーゼという大きな砦。

リーゼの砦はハクシャ平原から東南、風向きによっては潮風を感じる場所にある。

ハクシャ平原を含めた周辺の警戒と同時に、沿岸部からの襲撃を哨戒するための要衝だ。砦、というけれど、このくらいの規模の砦の中には酒場や雑貨屋などの店がある。兵士相手の商売で生計を立てる民間人もそれなりに住んでいるので、感覚的には普通の街とさして変わらない。

さすが、ルデク南西の要と呼ばれるだけの場所である。

用がなければ簡単に出入りできる場所ではない。見るもの全てが新鮮で、軍事好きの血が騒ぐ。

僕はこの機会を逃さぬようにと、さまざまな場所を見て回っていた。

「なんだ。楽しそうだな？　もう到着してから5日も経っているのに子供みたいだぞ」

砦の中をあちこち見聞して回っている僕に、フレインが軽口を叩いた。

「いやぁ、リーゼなんて普通は入れないからね。目に焼き付けておかないと」

そう口にする僕に、

「ここで2ヶ月は住むんだぞ？」

と少し呆れながら口を挟んだのはリュゼルだ。

今回の一件でリュゼルとはとても親しくなった。フレインとリュゼルが比較的仲が良かった事もあり、最近はよく3人でつるんでいる。

「それはそうだけどさ……2人は何度も来た事があるの？」

僕の質問に、フレインは当然とばかり頷いた。

「そりゃあ、重要拠点だし、宿泊施設も整っているからな。この辺りの任務なら、ほぼ立ち寄る」

「ま、ロアも今後は嫌でも来る事になるだろうさ」

そんな話をしながら、僕らは砦の中枢部にある大きな館に入ってゆく。

この建物には司令室や宿泊施設が集中していて、現在は第六騎士団が大掃除の真っ最中。

第六騎士団が今後どのような任務につくか分からない。けれど、第四騎士団とともに長期に渡りルデク西部の守りを担っていたのだ。私物なども多くあるだろう。

一応、宿舎以外に各騎士団の倉庫が用意されているが、戻ってくる見込みがない以上、何でもかんでも置いてゆくというわけにはいかない。

そんなわけで、次の騎士団が滞りなく砦に滞在する事ができるようにするため、現在建物内は大騒ぎとなっている。

僕らとしては手伝いたいのだけど、第六騎士団の方からやんわりと断ってきていた。

この砦にも色々な思いがあるのだろう。僕らも無理にとは言わず、最低限の居住空間を確保した後は第六騎士団に任せて、哨戒任務などを引き受けている。

と言ってもゴルベルは撤退したばかりだ。すぐにとって返してくるとは考えにくく、警戒してはいるものの、緊張感は低い。

言い方は悪いけど、つまるところ暇である。なので僕はリュゼルやフレインの案内の元、砦の中を見て回ったりして時間を潰しているのだ。

「あ！　ロア！　ここにいたか！」

慌ただしく兵士達が行き交う中で、僕は遠くから声をかけられた。振り向けば見知った兵士がこちらに走り寄ってくるところだった。

「見つかって良かった。レイズ様が呼んでいたぞ！」

「あ、はい！　すぐに向かいます。知らせてくれてありがとうございます。リュゼル、フレイン、じゃあまた後で！」

「ああ、迷子になるなよ」

　フレインの言葉を背中で聞きながら、僕はレイズ様のいる司令室へ急いだ。

　司令室に入ると、そこには大柄の兵士が所在なさげに立っている。

「ディック！」

　僕が声をかけると、ディックは少しホッとした顔を見せた。他にいるのはレイズ様にグランツ様とラピリア様。いつもの人達だ。

「来たか」

　レイズ様はディックと対照的にリラックスした表情でこちらを見ている。僕はまず、遅れた事を詫びると、レイズ様は軽く頷き、「呼び出された用件は分かるか？」と聞いてくる。

　先日の本隊到着の際、ディックは同行していなかった。そのディックが今ここにいるという事は、何か別の任務を任されていたという事だろう。そして僕が呼び出されたのであれば……。

「……瓶詰めですね」

「そうだ。試験的に食料の箱に交ぜ、瓶詰めを持ち込んだ。今回は第六騎士団の動きに不安があったので、本隊も急ぎ進軍したからな。輜重隊《しちょうたい》はようやく今日、到着したというわけだ」

「なるほど、ディック、お疲れ様」

「なんだか大変だったみたいだなぁ〜」

　僕らが互いに労いの言葉をかけていると、

「再会の挨拶は後よ。早く結果を見に行きましょう！」

　と、ラピリア様が急かしてくる。少し口元が緩んでいるのは、ジャムも持って来たという事だろうなぁ。

実はラピリア様、ジャムに対する熱い情熱が溢れすぎて、自分専用のジャムもいくつも仕込んでいたのだ。少し分けてもらったけれど、ふわりと漂う花の香りが心地よい手の込んだ代物だった。紅茶などに入れて楽しむらしい。

「遠征中に作るのは難しかったの。だから持ち歩けるようになるのは、すごく嬉しい」

などと可愛らしい事を言いながら、気がつけば保管場所にラピリア様のジャム用の棚が確保されるほどになっている。

鼻歌でも歌いそうな程にご機嫌なラピリア様に追い立てられるように、僕らは早速、瓶詰めがどうなったか確認に行く。

瓶詰めは第10騎士団用の倉庫の中、他に持ち込んだ携帯食と共に、隅の方の木箱に入ってひっそりと保管されていた。

さて、結果は……。


「瓶が割れている……これも、これもダメか……」

箱の中に大量のおが屑《くず》を入れて、瓶同士がぶつからないように緩衝材としていたけれど、それでも3分の1ほどの瓶が破損していた。

破損が早かったものは悪くなり始めているし、腐敗した匂いがおが屑に移って悪臭を放っていた。

「割れていないものは、見たところ問題なさそうだな」

レイズ様が無事だった瓶を透かしながら、状態を確認。

保存自体はうまくいったけれど、輸送に難がある。

「……やっぱり、問題は道だよなぁ」

僕の呟《つぶや》きをレイズ様が拾った。

「やっぱり、とは？　また何か面白い考えがあるのか？」

「ルデクに限りませんが、どこの街道も細くてでこぼこしていますよね。曲がりくねった場所も多い。今後を考えたら、広くて平坦《へいたん》にできないかなぁと」

僕の言葉を聞いたラピリア様が首を振る。

「それは難しいわね。敵が攻めて来やすくなってしまうもの」

「いえ、国境付近は広くする必要はないんですよ。それに、王都から主な街まで大きくて広い道ができれば、逆に、より早く援軍が到着できると思いませんか？」

ラピリア様の疑問に僕が答えると「むう、確かにそうだけど……」と難しい顔をした。

予算や人手の問題もあるからそう簡単な話ではないけれど、街道整備はのちの恩恵も多い。

「……ここだけの話だが、実は街道を整備する計画が提案されてはいる」とレイズ様。

現在砦の補強などに割いている人手を街道整備に回してはと、とある商売に明るい変わり者の文官から提案があったそうだ。

その文官は、ルデクトラドからゲードランド間の街道を手始めに整備したいらしい。王都と港を繋げば、より経済が活性化すると。

なかなか話が進まないのは、軍備に使っている人手を割くほどの価値があるのか、予算はどうするのかの問題が解消されていないからだそう。

「…………保存に関しては、瓶詰めはある程度目処《めど》が立ち始めている。ならば、瓶詰めから得られる利益と、街道整備の費用の相殺を考えるとどうか……」

レイズ様は完全に思考の海に沈み、独り言を呟きはじめる。

こうなるとしばらくはこちらの声は届かないので、僕らは思い思いに無事だった瓶詰めを確認したりして時間を潰す。

「やはりドリューに聞いてみるしかないか」

レイズ様の中で何か結論が出たようで、不意にそのように口にする。

「あ、やっぱりさっきの文官とはドリューでしたか」

商売に明るい文官の前に『変わった』という枕詞《まくらことば》がついたから、多分そうかなとは思ったけれど。

「知っているのか」

「特に親しいわけではないですが、文官仲間では有名ですからね。奇人、ドリューって」

「夜な夜な戦争の記述を読み漁るロアも、十分奇人だと思うわよ？」

ラピリア様が混ぜっ返すけれど、無視する。……太ももを軽く蹴られた。

「そうか。確かに変わっているが、先見の明がある者だ。ドリューに瓶詰めの件を明かすかどうかも踏まえて王と相談しなければならんな。無論、街道以外に割れない輸送方法を考えなくてはな」

レイズ様が結論付け、ひとまず瓶詰めの輸送方法については各々の宿題となってその日は幕を下ろした。

◇◇◇

「ロア、お前明日非番だよな？」

リーゼに駐屯して1ヶ月ほどが過ぎたある日、共に夕食を摂っていたフレインが唐突にそのように言う。

「うん。休みだけど？」

「そうか、なら身体を一日空けておけ。いいところに連れて行ってやる」

「お、まさか、あそこに行くつもりか？」

塩気の効いたベーコンと根菜の炒め物にかぶりついていたリュゼルが、話題にも食いついてくる。

「ああ、頃合いだと思ってな」

「そうか……フレインが頃合いだと言うなら、そうなんだろう。よし。俺も行くぞ」

「リュゼルは当番だろう？」

「替わってもらう。俺もあの場所に行くのは久しぶりだからな」

「よし、なら決まりだ。明日は早いぞ、寝坊するなよ？」

「ぬかせ、お前こそな」

と言って、拳を突き合わせるフレインとリュゼル。

「ちょっと待って！　どこに行こうっていうのさ？　勝手に話を進めないでよ！」

そう訴える僕に、一瞬2人で顔を見合わせてから、「明日のお楽しみだ」と揃って笑った。


翌朝、指定された場所に行ってみると、馬を引いた2人に加え、フレインの爺やさんであるビックヒルトさんが待っていた。ビックヒルトさんも馬を連れている。

「遅いぞ、ロア」

「ごめんごめん……って、時間通りのはずだけど？　それに馬？　遠出するの？　僕は馬を連れていないよ？」

「そりゃあそうだ。今日はお前の愛馬を探しに行くのだからな」

ここでリュゼルがようやく説明してくれる。リーゼの砦から西に行ったところに、ルデクでも一番大きな馬牧場があるらしい。近い、と言っても往復すれば馬でも一日がかりの距離だけど。

本来であればこの牧場で訓練した馬を、各町の馬屋が買い取って行く。騎士団もその馬屋から軍馬を購入するのが基本。

馬屋は各地で馬を購入するのに手頃な方法ではあるけれど、難点もある。馬屋の目利き次第で仕入れの馬の質が大きく異なる事だ。

目利きの良い馬屋ともなれば、特定の騎士団と専属契約を結んでいる事さえある。例えば騎馬専門の騎士団である第二騎士団などは、持ち場の変更に際してお抱えの馬屋も付いて行くらしい。

「その点、馬牧場なら馬屋の目利きに影響されずに、良い馬を選び放題だ。ロアも騎乗技術は一応及第点に達したからな。この機会を逃す手はないだろう？」と言うフレイン。

「やはり自分のお手馬となれば乗り心地は違うし、乗り手の気持ちを汲んで動いてくれる事すらある。ロアも今回の事で愛馬を持った方が良いと思っただろう？」と畳み掛けるリュゼル。

リュゼルの指摘は間違いない。今回借りた馬が駄目とは言わないけれど、やっぱり馬によって微妙に乗り心地が違う。馬の良し悪しが生き死にに直結する事もあるというのは、つい先日深夜の救出作戦で実際に体験したばかりだ。

「でも、結局目利きの人がいないと良い馬も分からないんじゃないの？」

そんな単純な疑問からくる僕の発言は、後から考えれば失敗だった。

「おいおい、ロア、お前は何を見ているんだ？　この俺の愛馬、スタンリーの美しい毛並み、そしてこのトモの張りを！　もはや軍馬の理想型と言っていいだろう。ああ、やはり黒鹿毛《くろかげ》は美しい！　お前にも素晴らしい黒鹿毛の馬を選んでやるから安心しろ！」

普段の冷静さを置き去りにして、両手を広げ高らかに宣言するリュゼル。確かにリュゼルの愛馬は筋骨隆々って感じで、逞しくて強そうだ。でも同時に威圧感がすごい。鼻息もすごい。ずっと睨んでる気がして怖い。

そんなリュゼルの宣言に横槍を入れるフレイン。

「おいおいリュゼル、確かにスタンリーはいい馬だ。それは認める。だが、この俺の愛馬、グリエンを差し置いて理想型というのは言い過ぎだろう？　俺達は騎士団だ。見た目にも気品を求めなければならん。見ろ、この美しく賢そうな顔を。もはや輝きすら発している栗毛に、整った流星。これこそが軍馬の完成形といえよう」

フレインの愛馬はリュゼルの愛馬より一回り小さいけれど、どこか気品が漂っている。同時に、僕を見下すような視線なのがとても気になる。

「ははは、面白い冗談だ」

「何、お前の冗談ほどではない」

不穏な空気があたりを包む。そんな中で、のんびりと言葉を発したのはビックヒルトさんだ。

「どちらも良い馬です。それよりも出発しなくてよろしいのですか？　牧場にいられる時間が減りますが？」

ビックヒルトさんの言葉に、2人は即座に反応。

「そうだ、こんな不毛な話をしている場合ではない。急ぐぞ！　ロアはビックヒルトの馬に乗せてもらえ！　俺は先に行っているからな！」

「では俺も出発させてもらおう。俺だけあまりに早く着いてしまったら、お茶でも飲んでいるから声をかけてくれ」

「安心しろ、リュゼル。一人でお茶をしているのは俺だ」

「ははっ。寝言は寝て言え」

そんな風に言い合いながら、2人はあっという間に僕の目の前から消えていった。

「……えーっと……？」

困惑する僕に、ビックヒルトさんが微笑む。

「いつもの事なのでお気になさらず。さて、我々も出発しましょう。何、それほど急がずとも、牧場に滞在する時間は十分に確保できます」

ビックヒルトさんの愛馬の背に相乗りさせてもらい、今の一連のやりとりは一体何だったのか、説明を受けながら進む。

元々フレインとリュゼルが仲良くなった理由が馬だった。リュゼルは第10騎士団の騎兵隊を率いるほどのウマ馬鹿で、フレインは僕に乗馬を教えるという、全く利にならない事に毎日嬉々として時間を割くようなウマ馬鹿だ。

文字通りウマの合った2人だったが、愛馬への愛情が尋常ではなく、愛馬の事に関しては割とちょくちょく言い合いになるらしい。

一応、お互いに相手の馬が名馬である事も認め合ってはいるので、遺恨を残すような事はないけれど。

「お二方が牧場に行くと聞いて、おそらくこのような有り様になるのではと思っておりました」

というビックヒルトさん曰く、下手したら出発前に僕がどちらの馬の背に乗るかで、一悶着起こる事が予測されたという。そのため、急遽《きゅうきょ》ビックヒルトさんもスケジュールを調整したそうだ。

ビックヒルトさんは優秀だなぁ。

「ところで、ロア殿は先ほどから随分と周辺を警戒されているようですが？　刺客などの心配が？」

僕がやたらと周辺を窺っていたのが気になったようで、ビックヒルトさんを心配させてしまった。

けれどそんな大袈裟な話ではない。

「違います、違います。実はもう少し道を良く出来ないかと思って……」

「道を。ですか？」

僕は瓶詰めの事は伏せて、街道が良くなれば行軍効率が上がるのではと説明。

「なるほど、一理あるかもしれませんな。やはり軍師候補と言われる方は、考える事が違いますなぁ」

「あの……先日リュゼルにも軍師って言われたんですけど、僕はそんな大層なものじゃないのですが……」

「おや、聞いておられませんか？　貴方が入団する前に、レイズ様より『軍師候補』として迎え入れると幹部には通達されたと、ぼっちゃまから伺っておりますが？」

……初耳だ。

「少なくとも現時点では、貴方は期待に応えていらっしゃると思いますよ。ああ、そろそろ見えてきました。あれがハウワースの牧場です」

ビックヒルトさんの言葉に視線を走らせてみれば、そこにはいかにも牧歌的な風景が広がっていた。

徐々に目的地が近づいてくると、非常に大きな牧場である事がよく分かる。見渡す限り放牧地。そこかしこで馬がのんびりと草を食んでいる。馬達の向こうでは、大きな倉庫のような建物が影を伸ばしていた。

暇だのなんだの言っても、砦というのは常に多少の緊張感を伴う場所だ。だから、こんな風にのんびりした雰囲気は少し久しぶりな気がする。

ビックヒルトさんにお礼を言って入口で馬を降り、のんびりと中を歩いてゆく。

「あ、いた」

僕の視線の先のほう、遠目から見ても場違いに感じる服装の2人組と、何やらオロオロしている中年男性の姿。

「おおい！」

僕が声をかけても2人は全く気づかずに熱心に話し込んでおり、中年男性だけがこちらを見てホッとした表情を見せる。

「騎士様のお連れ様ですか？　私はこの牧場の主人でヴィゼルと申します」

僕らの元に駆け寄ってきて名乗るヴィゼルさんに、状況を聞く。ヴィゼルさんはよくぞ聞いてくれたとばかり、早口で捲《まく》し立てた。

突然やってきた騎士2人が「馬を見せろ」と言うので、慌ててヴィゼルさんが出てきて案内を始めたところ、途中から「軍馬の良さは瞬発力か持久力か」で言い争いが始まってしまい困っていたそうだ。

すごくどうでも良いし、ヴィゼルさんには大変申し訳ない。

「それにしても、言い争っているにしては静かですね」

2人を見れば口振りは熱心だけど、まるで密談のように声量は小さいのだ。

「馬は大きな声を嫌がりますから、多分、気を遣っていただいているのかと……」と言うヴィゼルさん。

……2人の馬への愛が深い。

「ああ、やっと来たか。ここは当人に選んでもらおう。ロア、やはり馬というのは長く力強く走る事こそが名馬の条件だと思う。長距離の行軍も安心して委ねられるからな」

……リュゼルは持久力派のようだ。と、いう事はフレインは……。

「待て待て、ロア。お前の場合はとっさに逃げられるような反応の良い馬がいい。それなら瞬発力を重視するべきだ」

「……2人の言い分は分かるけどさ……僕としては乗りやすい大人しい性格の馬がいいよ」

「なるほど、乗り心地か。おい、ヴィゼル。気性の良さそうな馬の中から、お薦めをいくつか見繕って見せろ」

「は、はい！　で、では、こちらへ……」慌てて奥へと誘うヴィゼルさん。

僕は身近に最上級に偉い人《レイズ様》がいるからあまり気にしていなかったけれど、騎士団の部隊長クラスとなれば、一般の人からすればものすごく気を遣う相手だ。重ね重ね、ヴィゼルさんには申し訳ないと思う。

ヴィゼルさんの先導で進んでゆくと、ちょこちょこと僕らに近づいてくる馬もいる。好奇心が旺盛な性格の馬は、こうして来客があると様子を見に来るそうだ。

「この馬は比較的気性も良いですよ。あとそちらの馬なども」

5頭ほど見せてもらい、その都度フレインとリュゼルが真剣な表情で品定め。

僕はそれを眺めるだけ。

と、なんだか首筋がくすぐったい気がする。2人の会話を聞きながら、なんだろうと首に手をやると、フニッとした柔らかいものが手に当たった。

「うわっ」

びっくりして振り向くと、そこには一頭の芦毛《あしげ》の馬が。どうも、僕の上着の襟《えり》を食んでいたようだ。僕が驚いたのを見ると、そいつはニヤリと笑ったようにも見えた。

「あ、こら！　アロウ！　またお前は。大切なお客さまのお洋服を！　大変申し訳ございません！　騎士様の衣服を汚してしまって！」

青くなるヴィゼルさんを「安物ですから気にしないでください」と宥める僕。実際、文官時代から愛用している安物の上着だ。なんて事はない。

「全くこいつは悪知恵ばかり働かせおって……すぐに向こうに連れて行きますので……」

謝罪しながら手綱を引こうとすると、それをリュゼルが引き留めた。

「待て、ヴィゼル。その馬も中々悪くないトモをしているが、気性に問題でもあるのか？」

リュゼルは顎髭に手を当てながら、興味深そうにアロウと呼ばれた馬の品定めを始めた。そんなリュゼルに対して、ヴィゼルさんはあまりお勧めしないという声音で説明を始める。

「気性難というか、悪知恵が働くというか……私共も馬体の評価は低くはないのですが、馬屋が来ると逃げ出したり、こうして悪戯を仕掛けてみたり、とにかく言う事を聞かないので中々買い手がつかず……」

「……なるほど、賢い馬なのか」

フレインも真剣な表情でアロウを検分し始める。

「先ほども申し上げましたように、アロウは従順とは程遠い馬ですよ？　軍馬に向いているとは……」

「いや、確かに騎兵の馬というのは従順で力強い馬が好まれるが、将官の馬となれば、賢さは重要だ。いざという時に将を生かすための行動が取れるからな」

「リュゼルの言う通りだ。ロア、ちょっとこの馬に乗ってみろ」

急に息の合い始める2人の勢いに、僕は少したじろぎながら隣を見れば、アロウも少し首を引いて困惑の表情を見せていた。

何でもいいからまずはとにかく乗ってみろと急かされて、僕はアロウの背にまたがった。存外素直に乗せてくれ、暴れる素振りも見せない。

ひとまずほっとすると、アロウが首をこちらに向け、僕をずっと見つめている。何か言いたげだな……。

アロウはしばしして、今度はフレインとリュゼルに視線を移す。2人は再び議論が白熱しており、僕の事はそっちのけだ。

そんな様子を見ていたアロウは不意にゆっくりと歩き出す。

そうして密かに首を伸ばすと、フレインの後ろ髪を食み出した。

「うおっ」

驚くフレイン。しかしさすが馬好き。アロウを怒りはしない。

「……こいつは確かに癖のある馬だな」

そう言いながらも、フレインはどこか楽しそう。

「ロアも大概癖があるからな、ちょうどいい組み合わせかもしれんぞ」

こんなに癖のない小市民を捕まえて、リュゼルが失礼な事を言う。

2人の会話を理解したのか、アロウは今度はリュゼルの顔を舐めようと首を伸ばし、リュゼルが慌てて身をひいた。

そんなリュゼルの動きが面白かったのか、ブルルとハナを鳴らしてから、再び首をこちらに回し視線を向ける。

視線があった僕とアロウ。なんとなくお互いに目を細めちょっとだけ笑ったところで、僕はこの馬と上手くやっていけそうな気がしたのであった。


「名前はそのままでいいのか？」

真新しい鞍とあぶみをつけ、購入したばかりのアロウの背に揺られていると、並走するフレインが聞いてくる。

「うん。僕の名前に似ているし、このままで良いよ」

「そうか。ちゃんと面倒を見てやるんだぞ。手入れの仕方は俺が教えてやる」と、本人よりもやる気満々だ。

分かれ道に差しかかったところで、一歩先ゆくリュゼルが僕らの方を振り返り、

「思ったよりも早く終わったな。せっかくだから海岸線でも走ってから帰るか？」

と機嫌良さげに遠回りの提案。2人とも、本当に馬に乗っている時が一番楽しそうだ。

「ああ、いいな。ロアの練習にもなる」

2人に勧められるまま馬首を南へ。天気も良く、アロウの速度を上げると、顔に当たる風が心地良い。

そのまましばらく走っていると潮風が鼻をくすぐり始めた。漁村の生まれの僕には気持ちが落ち着く匂いだ。

「お、海軍の船が見える。哨戒中のようだな」

フレインの指差す先、岸から離れた場所を一隻の軍用船が航行していた。

海軍。有力な港が少ないこの大陸では、各国共に海軍が重視されない傾向にある。

ルデクの海軍も、元はゲードランドの自警団から発展していった。実際は自警団ではなく沿岸部に住む海賊だったなんて話もあるほど、変則的な歴史を持つ。その経緯ゆえにか、騎士団には数えられず、直接王の管轄下に置かれている独立独歩の集団だ。

騎士団に比べて規模も小さく、総勢でも1000人ほどだけど、海の専門家として騎士団からも一定の敬意を払われている。

フレインもリュゼルも、珍しいものを見つけた子供のように、軍用船を追いかけながら海岸線を

進んでゆく。

なんだかんだで良い気分転換になりつつも、自分の愛馬を手に入れた僕。充実の一日であったと考えながら、砦への帰路を楽しむのだった。

◇◇◇

僕らがリーゼに滞在する事はや2ヶ月。

リーゼの砦に第七騎士団がやってきた。僕ら第10騎士団との引き継ぎのためだ。

「第七騎士団の団長に挨拶しておけ」

そのようにレイズ様に呼び出されて執務室へ行ってみれば、レイズ様から開口一番、「第七騎士団を推挙した男、ロアだ」と紹介されて、僕は首をかしげる。

全く心当たりがない。

「ほお、貴殿が」

頷きながら目を細める第七騎士団の団長は、癖毛の赤い髪と少し赤みがかった目をした、異国情緒溢れる人だ。

第七騎士団トール＝ディ＝ソルルジア。確か、曽祖父が南の大陸から来た商人だったはずだ。まぁ、王宮内にも南の大陸の血の入った人は結構いるから、トール将軍が殊更珍しいわけではないけれど。

トール将軍の経歴はともかく、「あのう……なんの話ですか？」と、僕が全く分からずに困惑していると、レイズ様がいたずらっ子のような笑みを浮かべる。

「王に進言していたではないか。『第七騎士団の団長は、あまり知られていないが、元第四騎士団の一兵卒から出世してきた叩き上げで、守備も上手い』と」

「ええっ!?　あれは戯れだって言っていたじゃないですか!?」

僕の抗議に対して、「家臣の有用な進言を戯れで流すほど、我らが主人は狭量ではないぞ」などと当然のように言うレイズ様。もう、絶対に王の前で余計な事は言わないようにしよう……いや、それは無理か。

「レイズ様の見出した知恵者殿に、そのように評価されるのは面《おも》はゆいが誇らしい事であると思う。しかし、よく私が第四騎士団にいた事を知っていたものだ」

少し感心しながら、爽やかに言うトール将軍。

僕の勝手な他人評を本人を前にして話されるという羞恥行為によって、今にも逃げ出したい気持ちだけど、逃げるという選択肢は存在しない。くっ、レイズ様め！

気を取り直して「確か、第三騎士団の隊長の熱烈な勧誘で、第四騎士団から第三騎士団に移籍したんですよね？」と答える。

「どこでそんな話を？　驚いたな？　君は……何者だ？」

少し表情を改めたトール将軍は、ほんの少し警戒心を滲ませる。しまった。調子に乗りすぎた。

「面白いだろう。各国の将軍を調べるのが趣味だそうだ」

レイズ様が助け舟を出してくれるけれど、それは微妙に語弊がある。

「あの、別に将軍を調べるのが趣味じゃなくて、戦争記録を調べるのが趣味なのですが……？」

そのように訂正すると、トール将軍は今度は少し困惑したように眉を寄せた。

「面白いだろう」

再び言うレイズ将軍に、トール将軍は曖昧な笑みを見せる。完全に変わり者認定された感じだなあ。

「……まあ、今後何かの世話になる事もあるかもしれん。よろしく頼む」

無難な感じに握手を交わし、僕と第七騎士団の団長との出会いは、なんとも微妙な感じで終わった。


ともかく、リーゼの砦の生活はようやく終わりを告げ、僕らは王都に帰還する事となる。

◇◇◇

「やあ、みんな。留守の間お疲れ様！」

帰還した僕は、早速瓶詰め研究の仲間の元へ。ルファもネルフィアも、サザビーもディックも元気そうだ。

「ロア様、おかえりなさいませ」

丁寧に出迎えてくれるネルフィア。

「お土産はなんですか？」

サザビーも元気そうで何よりだ。

そんな中、ルファだけが下を向いて黙っている。

「ルファ？　どうしたの？」

僕が声をかけて初めて、ちょこちょこと近づいてきて僕の服の裾を握った。

「ロアが危ない目にあったって聞いた……」

「え？　誰から？」

「サザビーから……」

すっとその場を立ち去ろうとするサザビー。まあ、事実だけどさ。死にかけたけどさ。僕は努めて笑顔を作って、ルファに優しく話しかける。

「うん。ちょっと危ない目にはあったけれど、全然大した事ないよ。怪我もしなかったし」

「本当？」

「ほら、この通り！」

僕が腕をぐるぐる回して見せて、ようやく笑顔を見せるルファ。

ちなみにディックはわざわざリーゼの砦まで瓶詰めを運んできたのに、到着翌日にはラピリア様のジャム以外を持って帰る羽目になっていた。

今回はあくまで輸送の試験であって、瓶詰めそのものはまだ極秘事項。なので、瓶詰めの入った木箱をリーゼの砦に置いておく訳にはいかなかったのだ。そのためディックと会うのもほぼ2ヶ月ぶりとなる。

「ディックは何事もなく帰って来れた？」

「おお。けど帰りにまたいくつか瓶が割れたぞぉ」

一通り挨拶を交わすと、僕は早々に気になっていた事を聞く。

「ところで誰か、第六騎士団はどうなったか知ってる？」

第六騎士団が王都に戻ってからどうなったのか、リーゼの砦には全く情報が入ってこなかったので、ずっと気になっていた。

答えてくれたのはネルフィアだ。

「特に何も動きはありませんよ」

「何も？」

「ええ。ウィックハルト団長は謹慎中。第六騎士団は処分保留でそのまま王都に留め置かれています」

「どういう事？」

「多分ですけど……レイズ様の帰還を待っていたんじゃないですか？」とはサザビー。

あー、なるほど。それなら理解できる。

レイズ様は軍事のみならず、内政や外交、そして人事でも王が頼りにしている人だ。今回は現地の状況を知る人物でもあるし……って事は、レイズ様が帰還した以上、いよいよ処分が決まるという事か。

それから数日後、

「本日の午後、第六騎士団の処分を決める会議が行われるみたいですよ」との情報がネルフィアからもたらされる。

僕にできる事は、レイズ様に穏便な処分を願うくらいだ。今回の当事者であるリュゼルと連名で嘆願書をしたためて提出した。

どれほどの効果があるか分からないというか、多分ほとんど効果はないだろうけれど、それでもやれる事はやっておきたかったのだ。

その日の夜、第六騎士団の処分が僕らに知らされた。

「ウィックハルト様の解任!?」

「解任ではなく辞任だ」

食堂に集まった第10騎士団の兵達は、レイズ様の説明を受け口々に驚きの言葉を放つ。

第六騎士団はウィックハルト団長が辞任。スクデリアさん達、無謀な奇襲を計画した主だった者は、軒並み一兵卒への降格処分となった。

新しい団長に関しては第六騎士団以外から王が任命する。騎士団長決定後の持ち場は未定。

「思ったよりも重い処分だな……」

誰かが呟く。僕もそう思う。落とし所としては減給とか、謹慎とか、他の騎士団がやりたがらない任務に就くとか、そんな感じだと思っていた。

何せ、内容はともかく結果としては勝っているのだ。勝利の後に第六騎士団の団長の解任では、事情を知らぬ世間は何事かと訝しがるだろう。

「先ほども言った通り、処分ではなく、本人の意思で辞任したのだ。勘違いするな」とレイズ様がその場にいる者達を注意。

そりゃあ、自分から辞めた事にすれば、影響は少ないだろうけどさ……。

食堂全体をしらけた空気が漂う。

「そして、ウィックハルトの処遇だが……入ってきなさい」

レイズ様の声に従って、少しだけ恥ずかしそうに入ってきたのは、ウィックハルト様その人だ。

ウィックハルト様は僕らの前に立つと真っ直ぐに前を向いて、

「本日より第10騎士団にお世話になる事になりました！　ウィックハルトと申します！　よろしくお願い申し上げます」と深々と頭を下げて見せた。

「ウィックハルトは私の直属とする」みんなが呆気に取られている中で、レイズ様が言えば、

「私の事をご存じの方もいらっしゃるでしょうが、新兵の心持ちでやり直すつもりです。ウィックハルトと呼び捨てに。敬語も不要です」とウィックハルト様が添える。

「聞いた通りだ。ウィックハルトへの敬語は当面私が禁止する。良いな」

レイズ様が宣言するまで、僕らは唖然としたままだった。

みんなが言葉を失った食堂での挨拶の後。食事を終えた僕は、リュゼルと共にレイズ様に執務室に来るように命じられる。こちらとしても望むところだ。

執務室にはいつもの人達とウィックハルト様……じゃなくてウィックハルト。

「来たか。お前とリュゼルには色々説明する必要があったからな」

レイズ様の言葉に、僕らは黙って肯首。それからリュゼルが問いかけた。

「ウィックハルトさ……ウィックハルトが辞任したというのは本当なのですか？」

「事実だ」

レイズ様が簡潔に答える。ウィックハルトはただ穏やかに、何かを悟ったような顔でレイズ様の横に立っており、ひとまず口を開くつもりはないようだ。

そしてレイズ様は事の顚末を話し始めた。

元々、王はウィックハルトを騎士団長から降格させる案には消極的だった。対外的な部分でも聞こえは良くないし、蒼弓と呼ばれるほどのウィックハルトの才能を惜しんだのだ。

逆に、ウィックハルトへの温情に難色を示した方の中心人物が、第一騎士団の団長、ルシファル。「部下の言葉に流され、全体を危機に陥れるなど言語道断。解任してしばらくは謹慎させ、復帰するにしても一兵卒からにするべきだ」と主張した。

主張には一理あるのだけど、裏切りが確定しているルシファルが言うと、なんだか裏がある気がして仕方がない。

温情派と厳罰派の意見は拮抗《きっこう》していた。ただ、厳罰派の提案にも難点がある。王が気にしている対外的な部分だ。

如何なる理由であれ、王が任じた騎士団長が安易に変わるのは芳しいものではない。まして、今回の場合は戦いに勝っているのだ。にもかかわらず首をすげ替えては、実際は負けていたとか、王の不興を買ったなどと人々から噂されかねない。

停滞する議論。

そんな中で、レイズ様が言ったのはたった一言。

「まずはウィックハルトの意見を聞いてみては？」と。

「……そして、ウィックハルトは辞任を希望した、と？」

リュゼルの言葉にレイズ様がウィックハルトへ視線を移す。ここからはお前が話せという事だろう。

ウィックハルトは小さく頷き、ゆっくりと口を開いた。

「……思い知ったのです。私は人の上に立つ器ではない、と。私の曖昧な決断で多くの人の命を危険に晒しました。結果はともかく、攻め入るのであれば最初の段階で決断すべきであったし、そうしなかった以上、定めた方針を安易に変えるべきではなかった。最終的に私が選択した、個人の心情に依《よ》って無謀な奇襲をかけるのは、将として最もやってはいけない事です。ですが、多分今後も、私はその心情を無視はできないでしょう。それは将として不適格である事を意味します。結局私は、ナイソル様の部下であった時のように、補佐官が性に合っているのです」

ウィックハルトの言葉を噛み締めるように聞いたリュゼルは「なるほど……本人がそう思っているのなら、これ以上は何も言いません」と一歩後ろに下がった。

「さて、ロア、君に質問だ」

不意にレイズ様が僕に声をかける。

「なんでしょう？」

「団長辞任を希望したウィックハルト、落とし所として私が引き取った。なぜ、そうしたのだと思う？」

僕は少し考え、

「そう……ですね……蒼弓を、王が所望した事にするとか？」

「うん。続けなさい」

「理由なき騎士団長の解任は何事かと思われるでしょうが、王が側近にする事を望んだとすれば、それは昇進に近い印象になります。多少、王が我儘を言ったような形にはなりますが、相手は蒼弓と呼ばれるほどの達人です。側近にしたいという気持ちも分かりやすい。だから、王直属の騎士団に移した……これなら、周囲も納得するのではないでしょうか」

僕の返答にレイズ様は満足そうに目を細める。

「概《おおむ》ね正解だ。だが、まだ足らん。ウィックハルト」

「はい」

指名されたウィックハルトは僕の前までやってくると、僕に対して跪き、己の弓を両手に置いて掲げるような姿勢になる。

「な……何を？」

「このウィックハルト、貴殿にこの弓を捧げ、今後は貴殿の矢として身命を賭して忠誠を誓う。お許しいただけるだろうか」

「ええ!?　どういう事ですか!?」

動じる僕と、隣でのけぞるリュゼル。他の人達は冷静だ。事前に聞かされていたのか。

「ロア、これは騎士にとって、非常に神聖な儀式だ。受け入れる場合は頼むと」

そのようにレイズ様が説明してくれるけれど、儀式の問題ではない。

「あの、なんで僕に？　こういうのはレイズ様にするものじゃあ？」

「ロア殿、私が貴殿を支えたいと思ったのです。だからレイズ様に頼み、第10騎士団に入れていただきました。迷惑でなければ許しを得たい」

「そんな事言われても……そもそも、なぜ？」

「レイズ様に聞きました。貴殿は今回が実質初陣だったそうではないですか。にもかかわらず、果断な決断力と初陣とは思えぬ勇気、とても素人とは思えぬ綿密な策……感嘆しました。貴殿は河が氾濫すると読んでいたのでしょう？」

「ま……まぁ」

読んでいたというか、知っていたのだけど。

「貴殿はいずれ大きな事を為す人物であると思います。ですが、失礼ながら個の武力はそれこそ新兵以下です。ならば、私が貴殿の矢となり、貴殿に迫る脅威を排除して見せましょう」

どうしていいか分からない僕に、グランツ様が言葉を添える。

「ロア、迷惑でなければ受けてやりなさい。私もかつて、レイズ様に同じように誓ったものだ。これは、互いの誇りでもあるのだ」

さらにウィックハルトが畳み掛ける。

「ライマルのためにも、私はこの国のために私のやれる事をしたい。2ヶ月間ずっと考えていた。指揮官としては不適格な私に何ができるのか、と。レイズ様と話して思い至ったのが、この命を助けた、貴殿の補佐であったという事です」

ライマルさんを引き合いに出すのはずるいと思う。

でも、そうまで言われて断る理由はない。

「分かったよ…………頼む。よろしく、ウィックハルト」

こうして僕にとって最初の側近が誕生したのだった。

幕間

ウィックハルトが僕の直属になった数日後、僕はレイズ様に呼び出される。

「呼び出したのは瓶詰めの事だ」

「何かありましたか？」

「ある。今回の試験運用で、色々と問題点も浮かび上がってきたからな。やはりこの辺りで知恵を加えたいと思っている」

「知恵、ですか？　瓶詰めに詳しい人間はいないと……あ、もしかして」

「技術面で役に立ちそうな者がいる。恐らくお前の予想通りだ。リーゼでも少し話をした、ドリュー。あの者を加えたい」

「ドリューを……」

天才、ドリュー。

表向き、彼女をそう呼ぶ人間は多い。ただし、少しの嘲笑を含んで。

彼女はある商家の次女として生まれた。商都ゲードランドでも有数の屋号で、僕でも名前を知っているほどだ。

文字通り箱入り娘であるはずの彼女だけど、彼女の興味はまだ見ぬ良家の子息ではなく、自分の店が扱っている商売の一つ、造船業へと向けられた。

特に工作関係に強い興味を持ち、一枚板から船の模型を作るなど、幼少から非凡な才を発揮したらしい。

けれど大商家の次女としての役割は一切省みなかった事により、父親と言い争いの末に実家を飛び出し文官へと仕官。

元は造船に関する知識を買われての採用だったので、当初は海軍への配属だった。

だけど、ドリューは次第に暴走し始める。造船そっちのけでおかしなものを次々と作り始めたのだ。彼女の興味は造船にあったのではなく、創るという行為そのものにあった。

おかしなものを作るなと注意しても全く改めない彼女に、ついには海軍の上役も匙《さじ》を投げて、配属を決めた王宮へ突っ返してきた。

本来であれば、彼女は閑職に追いやられて終わるところだったのだけど、王都に戻ったドリューに目を付けた人がいる。レイズ様だ。

レイズ様は彼女の作る工作に興味を持ち、実際に使えるレベルに落とし込んで実戦に採用し、一定の戦果を上げてみせたのである。

これをきっかけに彼女の評価は改められ、現在は兵器部門に籍を置いている。

ちなみにこの兵器部門、人員は彼女一人であり、別に兵器ばかり作っているわけでもない。好き勝手に作りたいものを作っているだけだ。つまり、レイズ様がドリューのために作った部署なのである。

1名の部署とはいえ、まがりなりにも部門の責任者であり、文官も参加するような会議には駆り出される。

基本的に頭の回転は恐ろしく速いし、商家の娘らしく数字にも強い。さらに発想の柔軟さで会議では想像以上に有益な事を言ったりするので、周辺からは「扱いづらいがたまに役に立つ奴」として、なんとなく放置されている。

つまりこの場合の天才とは、理解できない奴という意味が多分に含まれているのだ。


そんなドリューが今、僕の目の前にいる。

「それで、なんなのです？　ジブン、暇じゃないのですが？」

この場にはレイズ様も、つい先日まで第六騎士団長だったウィックハルトもいるのに、不機嫌そうな表情を隠そうともしない。

これがドリューの平常運転。

「まぁ、そう言うな、ドリュー。お前にも興味深いものが見られると思うぞ」

レイズ様がなだめながら、着席を促す。

ここ、瓶詰めの秘密研究所である中央宮の調理場に集まっているのは、僕ら瓶詰めのメンバーと、ウィックハルト、ドリューに加えて、レイズ様とラピリア様。

ドリューとウィックハルトに瓶詰めをお披露目するために集まったのだ。

ドリューは技術面の補助に加えて、街道整備の方でも力になってもらいたい。そのためにもしっかり取り込んでおきたいところだ。ウィックハルトは言わずもがな、僕の側近となったので情報を共有しておく必要があった。

情報開示に際し、ゼウラシア王から許可を取るのに数日かかり、本日、満を持してその日を迎えている。

「ウィックハルトとドリューに見てもらいたいのは、これなんだけど……」

僕が瓶詰めを2人に手渡すと、ウィックハルトは不思議そうに掌に乗せ、ドリューは摘むようにして瓶底を覗き込む。

「これは……?」

訝しがるウィックハルトに対して、

「多分、保存食ですね、これ。中に入っている液体は何? どのくらい保つですか?」

僕が口を開くよりも先に、ドリューが特定。見ただけで気づくとは。

「中に入っているのは水だよ。どのくらい保つかは今、実験中。ドリューが持っているのはもう2ヶ月以上そのままかな」

僕の答えに先に反応したのはウィックハルト。

「2ヶ月!? しかし、中の野菜はまだ瑞々《みずみず》しく見える……」

驚きの声を上げながら、改めて繁々《しげしげ》と瓶詰めを見つめる。

「ひとつ開けて味を見てみようか?」

ウィックハルトの持っていた瓶詰めを引き取り、蠟を剝がしてコルクを抜くと、「プシュ」と空気の抜ける音。

「先に食べられるか試すからちょっと待って」

水を捨て、中身を出す。匂いを確認して、ほんの少し齧ってみる。問題なさそうだ。

「本当は簡単に調理した方がいいけれど、今回はそのままどうぞ」

皿に出した野菜はそれぞれ思い思いに摘んで口に。

「ほお、確かに全く問題なく食べられるな」

最初に感心したのはレイズ様。レイズ様が瓶詰めの中身を実際に食べるのは2回目。前回食べた瓶詰めは保管期間が10日ほどだったけれど、それほど大きく味は落ちていないはず。

対して瓶詰め初体験の2人は無言。

ウィックハルトは目を丸くして、齧りかけの野菜を持ったまま固まっていた。

ドリューの野菜はすでに口の中。コリコリと小気味の良い音を立てながら、目を瞑《つぶ》って眉根を寄せている。

ドリューの口の中の野菜が全て消えたのだろう。音が消えた口から言葉が溢れてきた。

「さっきの音は、空気ですよね？　空気を入れる……？　いえ、抜くのですかね。なんで空気を抜くと保存ができるのか？　そもそもどうやって空気を抜くです？」

と次々と自問自答を繰り返す。しかし、この短時間でそこまで行き着くのか……本当にすごいな。

「熱湯を注いで、そのまま瓶ごと煮るんだよ」

僕が少し説明すると、ドリューの思考はいよいよ加速を始める。

「熱で……空気が瓶から逃げる……？　空気が逃げると保存できるなら、より空気を抜いて、瓶の密封度が高くなれば保存性が増すですか？」

ものすごい勢いで瓶詰めに対して理解を深めてゆくドリュー。ウィックハルトはそんなドリューの勢いにも押され、視線だけドリューに向けて未だに固まったままだ。

「なるほどなるほど。これは面白いです。これは面白いですよ」

何か自分の中で答えが出たのだろう。突然僕の両手をガッと掴む。

「ロアと言いましたね。これは面白いし、流通に革命が起こります。とんでもないですよ」と興奮しながらブンブンと振った。

興奮するドリューが少し落ち着くまで待って、レイズ様が口を挟む。

「実は瓶詰めを運ぶ過程で、ロアから街道を広げるべきだと提案があった。ちょうどドリューが似たような事を提案していたからな、瓶詰めの利益を街道整備に繋げられないか検討してもらいたい」

未だに僕の手を摑んだままのドリューに、そのように伝えるレイズ様。ドリューはうんうんと頷く。

「計算するまでもないでしょう。まずは広くこの商品を売り、瓶詰めが定着したところで技術を売りますです。なんなら技術者を各国に貸し出しても良いです。人を出し、技術は隠せば定期的な利益が入りますです」

一気に捲し立て終えたドリューは、「今からでも説得に行きましょう！　さあ！」と言い出して、まだ機密だからと説得するのに小一時間かかるのだった。

ドリューとのやり取りから数日後、ウィックハルトとルファと共に王宮内を歩いていると、後ろから声をかけられた。

「確か君は、ロア、だったかな」

振り向くとそこにいたのは最悪の相手、第一騎士団長ルシファル＝ベラスだ。

ルシファルの背後には３人の部下の姿。いずれもこちらに鋭い視線を向けている。

「あ……ルシファル、さま。どうも」

僕がペコリとお辞儀を返すと、大股で近づいてきたルシファルは手を差し出してきた。

「先日のハクシャの戦いの話は聞いた！　実に素晴らしい活躍だった！」

屈託のない笑顔に僕が目を白黒させながら固まっていると「握手だ」と、手を差し出したまま待つルシファル。

正直に言えば断りたいけれど、この場で断っておかしな遺恨を残すのもなぁ……僕が渋々ながら、表面上は緊張している風に「あ、ありがとうございます」とその手を握り返せば、爽やかな笑顔で満足げに手を戻す。

「過日は失礼ながら、特に実績のない文官に王が興味を持つとは、何か裏があるのかと思ったが……なるほど、王やレイズの目は確かだったという事だな。我が国に将来有望な将が誕生したのは喜ばしい事だ」

何やら上機嫌で僕を褒めそやすルシファル。僕が未来を知らなければ、この国の英雄にして一番人気の将軍にここまで言われれば感激するのだろうけれど、僕にはどうしても何か裏がある気がして落ち着かない。

「そうだ、なんなら第一騎士団に欲しいくらいだ！　どうかね？　今からでも移籍しては？　歓迎しよう！」

　と、突然ぶっ込んできた。

「ええ!?　いえ、申し訳ありませんが……」

「冗談だ。いや、歓迎するのは冗談ではないが、強引に引き抜いたらレイズに恨まれるからな！」

　などと言い放つ。

「ルシファル様、そろそろリフレアの使者とのお時間が……」

　側近に促されて、

「ああ、そうか。すまないがこれから同盟国の使者を迎えねばならん。また今度、時間のある時にでも話を聞きたいものだ、では」

　と、さっと身を翻すルシファル。

　けれどほんの一瞬、ひどく暗い瞳がこちらを見たのを、僕は見逃さなかった。

「僕達も行こうか」

　2人に伝えてルシファルに背を向けてから、まだなんだか背中に視線が突き刺さっているような気がして振り返ると、一人の騎士がこちらを睨んでいる。

　僕が振り向くと、何事もなかったように踵を返したその姿には見覚えがあった。

　あの人は……確か……。

「あの男が睨んでいたのは私です。放っておきましょう」

　そうウィックハルトが言い捨てた。ああ、そうか、と納得する。

最後までこちらを睨んでいたのはヒーノフという騎士だ。第一騎士団の中でも弓の腕が自慢。ただ、大陸の十弓に数えられてはいない。その人が蒼弓、ウィックハルトを睨む。つまりそういう事か。

「対抗心が強くて、面倒な男です」

ウィックハルトの顔は心底うんざりしている。今までも何かしらあったのだろう。

ふと、ルファがずいぶん大人しいなと思ったら、少し下を向いて、僕の服の裾を摑んで歩いていた。

「どうしたの？　大丈夫？」

「私……あの人達、苦手……」

……奇遇だね。僕もだよ。


それにしてもリフレア神聖国の使者か。

同盟国である以上、使者がやって来るのは普通の事だし、歓待となれば王の親衛隊である第一騎士団が対応するのは当然だ。だけど、心がざわりとする。

同盟国である僕らの国に、リフレア神聖国が攻め込んだ理由。それは未来でも結局よく分からなかった。

原因が分かれば対処のしようもあるかも知れないけれど……難しいかな。第10騎士団が歓待役だったら良かったんだけど……。

◇◇◇

第一騎士団の執務室。

本来は主人であるルシファルの座る場所に、法衣を纏った痩身の男が座っている。

ルシファル以下、側近の将達は床に跪いて、法衣の男を見上げていた。

「ルシファル、お久しぶりですね」

「はっ」

「計画は順調ですか？」

「多少の変更はございますが、概ね順調でございます」

「……それならば重畳《ちょうじょう》。我らの理想のために、貴方にはもうしばらく骨を折ってもらわねばなりません。よろしくお願いします」

「はっ。もったいなきお言葉にございます」

この場所に全く状況を知らぬ者が居たのであれば、その姿は主従のそれにしか見えなかっただろう。

第四章――漂流船騒動

その日はいつもと変わらぬ朝から始まった。

瓶詰めの管理やチェックがひと段落したので、「一旦、お茶にしようか」とルファと話していたところで、ディックが巨体を揺らして駆け寄ってきた。

「どうしたの？　ディック？」

「探していたんだぞぅ！　レイズ様が呼んでるんだよぉ！」

「レイズ様が？　分かった、すぐに行くよ。それじゃあルファは瓶詰めの管理をよろしくね」

後の事をルファに託して部屋を出ようとする僕を、ディックが手を広げて止める。

「違うぞ」

「違う？　何が？」

「呼ばれているのはルファもだぞぉ」

そのように言うディックに、僕とルファは顔を見合わせて小首を傾げる。ルファには全く心当たりが無いようだ。

「何があったんだろう？」

ともかく僕らは、レイズ様の執務室へ急ぐ。

執務室に入るとレイズ様は唐突に、「これからお前達はすぐにゲードランドに行け。そこで、漂流船に乗っていた人物の相手をしろ」と僕らに命じた。唐突すぎて全く意味が分からない。

「漂流船、ですか？」

「ああ、救難信号を出して漂っていた船を、海軍がゲードランドに曳航《えいこう》してきたのだ。一週間前の海が荒れた時に舵をやられたようだ。運が良かった。もう数日発見が遅れたら、どうなっていたか分からないと聞いた」

難しそうな顔をしたレイズ様が説明してくれる。なるほど。それは理解した。

「えっと、それと僕……というか、ルファとなんの関係が？」

「ただの漂流船ではなかったのよ」

そのようにラピリア様が口を挟む。続いてレイズ様が苦々しい口調で、「船籍が帝国なのだ」と言い放つ。

「ええ!?　じゃあ帝国の船を連れてきたんですか!?」

「ああ。流石に放置しておくわけにはいかないからな。ただし船員は全て軟禁させてもらっている。その中に困った御仁がいてな」

「困った御仁《ごじん》？」

「本人は身分を明かしていないが、どうも、サルシャの血を持つ国の要人の可能性が高い。他の帝国の人間と同じようには扱えん。そこで、ルファ、お前が相手をしてやってほしい」

なるほど、ルファと同じ容姿の特徴を持つ人物という事か。しかもルファも向かわせるという事は、相手も女性かな？　けれど、敵国の船に乗っていたのに、随分と手厚い配慮だな。

ルファは少々困惑気味だ。

「私が……」

と言い淀み、不安そうにレイズ様を見る。しかしレイズ様は淡々とルファに再度同じように命じた。どうしてもルファに頼みたいという意思が垣間見える。

「可能であればルファには、その者がどの国の御仁なのか、どのような目的で帝国へ向かおうとしているのかを確認して欲しい」

これは、中々に大役だ。ルファでなくても躊躇するような。それでもルファは少し考えて、「私にできるかな？」と呟く。

「無論、無理強いしなくていい。相手が何者か分からん以上、こちらも強引な事はできんからな。とにかく相手をしながら時間を稼いでもらうのが最優先だ。それからロア、それとウィックハルト」

「はい」

「お前らは護衛としてついて行け。ウィックハルトは騎士にしては見た目が柔らかいからな。それからロアは、こう、騎士にはない庶民的なところがあるから、相手も安心するだろう」

と、少し釈然としない説明ながら、僕らのやる事は理解できた。

「我々は色々と段取りを済ませて、後から向かう。お前達は準備が出来次第出発してくれ。そうだな、連絡担当も兼ねてリュゼル隊をつける。頼んだぞ。では、行け」

こうして追い立てられるように、僕らはルデクトラドを出発したのだった。

◇◇◇

王都ルデクトラドからゲードランドの港までは、徒歩なら3〜5日。馬なら全力で進めばどうにか丸1日かけて行く事ができる距離だ。

ただし、馬に不慣れなルファが同道する僕らは、そこまで急ぐのは無理。リュゼルにゆっくりと先に出発する事を伝えて、街道沿いにある3つの町の一つ、ルエルエに向かっていた。今日はここで一泊する。

あとからリュゼルが出陣の準備を整えて出発しても、僕らがゲードランドに到着するまでに、彼らは先に到着して段取りを整えてくれる予定。

リュゼル隊から派遣されるのは30名ほど。あまり大人数で行く必要がないためだ。理由は簡単。ルデクの最重要拠点であるゲードランドには、一つの騎士団が駐屯しているためである。

ゲードランドを持ち場としているのは第三騎士団。率いるのは猛将、ザックハート様。ザックハート様は騎士団の団長の中でも最古参であり、歴戦の猛者《もさ》として広く知られる将だ。美しく長く伸ばした白い髭が自慢で、美髯公《びぜんこう》などとも呼ばれている。

ルデクトラドとゲードランドを繋ぐ道はルデク国内でも最も人通りがあるため、治安はかなりいい。だから大袈裟な護衛は不要だ。僕らも身の安全を心配する事なくルエルエに向かっていた。

僕の愛馬、アロウの背にルファも乗せて、無理のない速度で街道をゆく。慣れないと酔ったりするから急がない。

アロウは結構乗せる人を選ぶ。どうやら初対面の相手に対してまずは揶揄ってみて、その反応を確認。それから背中に乗せて良いかどうか決めているみたい。

気に入らない相手が無理やり乗ろうとすると、急加速や急停止など様々な手を使って振り落とし、転がっている相手に「ししし」と笑うので中々タチが悪い。

そもそも、気に入らない相手は自分に触れる事さえ嫌がったりする。

そんなアロウを面白がって、アロウの騎乗に挑戦するのがいっとき第10騎士団の中で流行ったりした。

様々な人が騎乗に挑んだ中、どういう基準なのか、アロウが揶揄う事もなく、なおかつ嫌がる素振りも見せずに簡単に背に乗せる人間が数名だけいた。

一人はレイズ様、そしてラピリア様。最後にルファ。

レイズ様とラピリア様に関しては、多分、空気を読んだのではないかと思う。そのくらいの事は考えていそうな馬なのだ。ちなみにグランツ様は挑戦しなかった。大人である。

ともかく、無事アロウのお眼鏡に叶ったルファは、こうしてアロウの背に揺られていた。

街道を行き交う人が、僕ら、というか主にウィックハルトとルファを横目で見ながらすれ違う。

そりゃあね、目立つもの、この2人。主に見た目が。

先ほどのレイズ様の発言といい、深く考えると少しモヤッとするので、考えないように空を見る。

実に空が青いなぁ。

「ロア、どうかした？」

僕の様子を見て、ルファが振り向きこちらを覗き込んできた。

「なんでもないよ。それよりも、大丈夫？　酔ってない？　お尻、痛くない？」

僕は最初の頃、尾てい骨が痛くて大変だった。

「全然平気」

返事するルファの顔は本当に平気そうだ。

……もしかして、馬に乗った事があるのだろうか？　馬に乗る……？　こんな少女が？　庶民ではありえないように思う。ルファは一体、どういう経緯でレイズ様の元にいるのだろうか？　最初の頃の疑問が再び頭をよぎる。

気にはなる。けれど今までルファが過去を話した事はなかった。やっぱり話したくない内容なのだろう。レイズ様に聞いても良いのだけど、それもちょっと違う気がする。僕の目的はルデク滅亡の未来を変える事だ。そのためには第10騎士団という、せっかく手に入れた強力なカードを手放す事はできない。

ルファの素性は気になるけれど、藪《やぶ》をつついて蛇を出して、レイズ様の不興を買うつもりはない。結局本人が話すまでは聞かないのが一番だと思う。

「ロア様、見えてきましたよ。ルエルエの町です」

並走していたウィックハルトの言葉で、僕は思考の海から引き戻される。

声の向く方を見れば、町の塁壁がすぐそこまで迫っていた。

僕らが騎士団員である証明を見せると、門番の人はさして詮索する事なく迎え入れてくれる。

「賑やかだね……」

町へ入ってみれば、随分と活気が感じられ、こんな町だったかなと少し違和感を抱く。

疑問はすぐに氷解、お祭りの真っ最中だったのだ。

港からルデクトラドに向かう商人で賑わうルエルエの町は、綺麗に整備されて裕福である事が分かる。お祭りも一見してお金がかかっているのが伝わってきた。

「夜には有名な歌姫が来るらしいぞ。楽しみだな」

僕らの横を通り抜ける商人が、そんな会話をしているのが耳に入る。

「これだけ賑やかだと、宿がとれないかもしれないね」

僕が懸念を口にすると、心配ありませんとウィックハルト。

聞けば各地の領主館の一角に、騎士団の将官専用の宿泊施設があるのだという。流石騎士団。

慣れた足取りで領主館へ進むウィックハルトについてゆく。来訪を告げると領主がやってきて、祭りの最中なので満足なもてなしができない事を詫びた。

ウィックハルトは「突然訪れたのは我々です。かえって申し訳ない。せっかくのお祭りですから、夕食は町で適当に摂るので、宿泊施設だけお借りしたい」と伝える。

それでも恐縮しきりの領主は「ならばせめて、歌姫の歌を良い席でお楽しみください。すぐに手配して参りますので」と言って、僕らが止める間も無くどこかに走っていってしまう。

「歌姫……」

ルファが呟く。歌姫、か。確かに町中でもその話で持ちきりだったなぁ。有名な旅一座なら名前を聞いた事があるかもしれない。歌でよく知られたところだと、レイ・パ・エラドとか、ル・プ・ゼアあたりかな。

「折角だから、お言葉に甘えて鑑賞しようか？」

僕がルファに聞くと、

「うん！」

と大変元気な返事が返ってきた。

◇◇◇

それは、とても不思議な歌声。

歌い出しはまるで少女のよう。いつの間にか声変わり前の少年に変わり、そうかと思えばハスキーで重厚感のある囁《ささや》きが耳に届く。

これが一人の声だというから驚きだ。そして、声の変化に全く違和感がない。背後で掻き鳴らされる音曲と相まって、歌姫という名前の楽器を鳴らしているような錯覚に陥るほど。

「すごい……」

ルファが年頃らしい表情で目をキラキラさせながら、歌姫を食い入るように見入っている。

「ルファ、あんまりバルコニーから乗り出して落ちないようにね」

領主が準備してくれた観覧席は、舞台を見渡せる建物の2階の特等席だ。確かにここなら人混みに揉まれる事なく歌を楽しむ事ができる。

庶民の僕はこういうお祭りは、人が多い場所の方が楽しい気もするけれど。

歌姫が率いる旅一座は、ル・プ・ゼア。

各国を自由に廻り、興行で糧を得る旅一座は、大陸に一定数存在している。それぞれの一座に特技があり、軽業《かるわざ》を家業としている者もいれば、演劇を得意としている一座も多い。歌と音楽、軽業、演劇は旅一座の定番演目だ。

彼らがやってくると街は盛り上がる。一座を見るために商人や旅人が宿泊してお金を落としてくれるし、住民のいい息抜きにもなるから、領主は喜んで受け入れる。

別に取り決めがあるわけではないけれど、領主は宿と食事を提供し、お金は芸事に対して観客が払うのが通例。

腕のいい旅一座は行く先々で十分な旅の資金を得られるし、その逆の場合は早晩立ち行かなくなる。ル・プ・ゼアは、大陸でも有名な方だと思う。

税も払わず気ままに生きている彼らには、各国を渡り歩く自由が許される代わりに、芸事とは別に、一般の人々には知られていない大切な役割があった。

各国で聞いた噂話を、その土地の領主や王に話す。つまり情報屋である。

興行を終えて酒が振る舞われる頃こそ、一座のもう一つの仕事の時間となるのだ。各国で見聞きした酒の肴を手土産に、彼らは市民の輪の中にするりと入り込む。

そして真偽定かならざる情報を集めてゆく。たかが市民の噂話と侮るなかれ。数が集まれば信用性の高い話も浮かび上がってくる。時に、その国にとって隠したい事なども。

身近なところで例えるならば、ウィックハルトの一件が分かりやすいかな。公式な発表がどんなものであれ、事情を知る兵士から家族へ、家族から知人へ、話はゆっくりと広まってゆく。

そんな情報を集めてみたら、ウィックハルト辞任の真実が浮かび上がる……なんて事にもなるかもしれない。いや、実際そうやって真実が明かされる事は、無数にあった。

僕がなぜこんな事に詳しいかというと、未来で放浪していた際、旅一座に同行していた事があるからだ。

本当に一時的なものだったけれど、「このまま一緒に旅をしないか」と誘われる程度に気の合う奴らだった。

彼らは元気だろうか……いや、元気なのは間違い無いだろう。ずっと先の未来で出会うのだから。未来で聞いた話の通りなら、多分まだ、旅一座を立ち上げてもいない。

僕の思考が遠い未来へ飛んでいると、今日一番の大きな歓声が起こり、僕は現実に引き戻された。

どうやら最後の演目が終わったみたいだ。

ダメだな。途中からほとんど歌が頭に入ってこなかった。過去に戻ってきて以来、こんな風に思考の海に沈む事が多くなった気がする。レイズ様の影響かな？

「どうですか？　素晴らしかったでしょう？」

我が事のように両手を広げる領主さん。半分聞いていなかったとは間違っても言えない。

聞けばル・プ・ゼアとは懇意にしているそうで、このルエルエの町に定期的にやってきてくれるのだと言う。

年に2回訪れるル・プ・ゼアを市民も楽しみにしており、話を聞き付けて町に来る旅人や近隣住民も多い。

外から来た客が多ければ、町の実入りも増える。ゆえに領主も通常よりも鼻息荒く力をいれて準備をするのだと。なるほど、そんな事情があっての先ほどの言葉に繋がるのか。

「これから歌姫ゾディアと会食の予定なのです。よろしければご一緒されませんか？」

領主様に誘われて僕は一瞬迷った。元々は外で適当に食べるつもりだったから。けれど、ルファの顔がパッと輝いたのを見てしまっては断りづらい。結局、誘われるままに僕らはお言葉に甘える事にした。

「ゾディアです。どうぞよろしくお願いします」

しゃなりという音が聞こえてきそうな、蠱惑的《こわくてき》なお辞儀と共に名乗るゾディア。こちらも名乗り返すと、すぐにウィックハルトの名前に反応する。

「ウィックハルト様？　そのお名前にその容姿、まさかとは思いますか、第六騎士団の蒼弓、ウィックハルト＝ホグベック様でいらっしゃいますか？」

「ええ、ですが王に請われて第六騎士団から移籍しましたので。現在は第10騎士団に所属しています」

「……そうなのですか。では、本日は任務でこちらへ？」

「そうですね。内容は言えませんが」

そつなく答えるウィックハルト。ただ会話しているだけなのに、絵になる2人である。

大きな問題もなく、会食はつつがなく進む。ゾディアの旅の話や、ウィックハルトの当たり障りのない軍部の話を中心に盛り上がり、程よく酔いが回ってきた頃、領主が「そうだ」と手を叩いた。

「ゾディア殿は歌も一級品ですが、占星術も見事なのです。余興……と言ってはゾディア殿に失礼ながら、どなたか占っていただいてはいかがですか」と言う。

「ほお」とウィックハルトはルファを見て、「ルファ、どうだい？」と水を向ける。

先ほどまで楽しそうにしながらサンドイッチをはむはむしていたルファだったけれど、そのままの体勢でぴたりと止まり、少し考えてからフルフルと首を振った。

「そうか、では、ロア殿はいかがです？」

僕に振るあたり、ウィックハルトは自分が見てもらうつもりはないようだ。

「え？　僕なんか見てもつまらないと思うけど？」と、僕も辞退しようとしたところで、「貴方は……」とゾディアが僕を見て何か言いかけた。

「はい？」

「あ、いえ……頼まれてもいないのに、星を読むのは礼を失した行いです」

「え？　そんな簡単に占いってできるんですか？」

僕の問いに少しだけ首を振る。

「正確に言えば、下準備のようなものでしょうか。占いを頼まれる前は、つい癖で意識的に相手を見てしまうもので……」

「へえ」

素直に感心する僕に、ゾディアは少し悩んでから、思い立ったように口を開く。

「あの……不躾なお願いですが、貴方を占わせていただけませんか？」

ゾディアの熱をはらんだ視線に見つめられた僕は、思わず言った。

「……ちょっと、遠慮します」

……………だってなんか怖かったんだもん。

僕が占ってもらう事をお断りした結果、ゾディアもさして固執せずに話題は変わる。

それからしばらくして、領主が「すみませんが私はそろそろ休息させていただきます。明日も祭りの手配で忙しいので」と中座。気がつけばすでに、翌日を迎えようかという時間だった。

領主に歓待の礼と明日の朝には出立する旨を伝え、簡単に別れの挨拶を交わす。領主の退出を潮に「私もそろそろ寝る」と言ってルファも席を立った。

僕はどうしようかなと迷っていると、「もし、よろしければもう少しお付き合いいただけませんか？　これからは少し、お仕事の話でもいかがです？」と、ゾディアがこちらにグラスを傾ける。

踏み込んだ情報交換をしよう、そういう意味だ。

僕はウィックハルトをチラリと見る。それから、「君の話をしても、いいかな？」とウィックハルトに聞くと、ウィックハルトは小さく頷いた。

ウィックハルトの了解を得た僕は、ゾディアに向き直って先手を打つ。

「じゃあ。こちらからお話ししましょう。対価はゴルベルの話、もし知っていたら、ある人物の話を聞かせてください」

僕がそのように伝えると、ゾディアは少し驚いた顔を見せた。

「構いませんが……あの、その前に、ロア様は旅一座との交渉のルールをご存じなのですね？　失礼ですが……それは、どこで？」

未来でとある旅一座と同行していたので、とは言えないので、「その情報は高いですよ？」と誤魔化すと、ゾディアはクスリと笑う。

「確かに、対価の必要なお話でしたね。私とした事が、失礼しました」

ゾディアが引き下がったところで本題へ。

僕は過日のハクシャの戦いの顛末を話した。

「……なるほど。そして、ウィックハルト様はロア様に心酔して忠誠を誓った、と。まるでおとぎ話のようですが、ウィックハルト様の顔を見れば、どうやら本当のようですね。これは面白い話を伺いました。さて、ロア様に対価を払えるような情報があるかどうか……」

口では自信のなさそうな事を言っているけれど、表情は全くそんな事を思っていない。

「それじゃあ、サクリという人物の事を聞いた事がありますか？　知っていたらなんでもいいので教えて欲しいのですが」

僕が伝えると、ゾディアは表情を変えぬまま固まった。

「……本当に、貴方様は、何者ですか？」

先ほどよりも余裕のない問いに、僕はなるべく笑顔で答える。

「言ったとおり、その質問は高くつきますよ？」と。

笑顔の睨み合い。

先に音を上げたのはゾディア。

「正直に申し上げて、こちらの国でそのお名前を聞く事があるとは思っておりませんでした」

「って事は、何か知っているんですね？」

「……ただ、申し訳ありませんが、ロア様から聞いたお話では、こちらの情報の対価として少し不足しているようです」

それもそうか。敵国が隠している軍師だ。実在している事が確認できただけでも十分といえるけれど、ゾディアは何か知っている。それなら聞けるだけの情報は聞き出したい。

でも、こちらにもこれ以上は払えるだけの情報がない。流石に瓶詰めの話をするわけにはいかないし、今回の漂流した船の話もできない。

僕がどうしたものかと思い巡らせていると、ゾディアが口を開く。

「一つ、お願いがございます。それを聞き入れていただけるのであれば、こちらもお話しいたします」

「なんです？」

「ロア様の星を読ませてはいただけませんか？　貴方様ほどの星回りの方は、そうそう出会う事はございません。いかがですか？」

ゾディア、諦めたと思ったけれど、全然諦めてなかった！

さっきは何となく恐怖を感じて断ったけれど、僕の星回りを見たところで、大したものがあるとは思えない。精々、人よりも多少運がいい程度だろう。燃えさかる王都から逃げ出せる程度には。

「……分かりました。良いですよ」

僕が了解すると、ゾディアは魅力的な笑顔で微笑む。多分、最初からこのつもりだったな。

交渉ごとはゾディアの方が何枚も上手だ。

「では、失礼して」

いそいそと準備するのは、八角形に削られた小さな水晶。それが鎖に繋がれてゆらゆらと揺れている。

「ロア様はそのまま。あるがままにいてください」

あるがままとか言われると、逆になんだか緊張してぎこちなくなるのだけど。

僕の気持ちはゾディアに伝わる事はなかった。ゾディアは真剣そのものの表情で水晶を見つめている。

「……こんな事が……」

ゾディアの呟きが、静まった室内に妙に響いた。

それから少しの間、沈黙が続く。

何だか少し不安になってきた。

「あの……」

「あ、すみません。決して悪い意味ではないのです。あまりに珍しかったもので、つい」

そんな風に言われると、嫌だったとは言え興味が湧いてくる。

「何が見えたのですか？」

「……何と言って良いのでしょうか……逆なのです」

「失礼、逆、とは？」

ウィックハルトも気になったのだろう、口を挟んできた。

「……通常の方の星は、ゆっくりと左に回っています。その途中にある光や、揺れによって私は吉凶を読み解いたりするのですが……ロア様は……」

右に回っている。

「正確には、逆回転していたものが、減速して元に戻ろうとしている？　いえ……ごめんなさい。初めて見た事象で、適切な言葉が見つかりません」

ゾディアの言葉に、ちょっとだけ納得できる気がする。

過去に戻ってきた僕の星回り。

しばらく睨むように水晶を見つめていたゾディアは、ふー、大きく息を吐いてから、

「ありがとうございました。貴重な体験をいたしました。では、今度は私がお支払いする番です」

と言った。

　それから少し考える仕草を見せて、ゆっくりと再び口を開く。

「サクリ様はゴルベルでもごく一部の人間しか知らない人物です。普段は表に出る事はありません。私もお会いしたのは一度だけ」

　それは僕にとっては少々驚きの言葉。

「え!?　直接会った事があるのですか」

「はい。詳細はお話しできませんが、とある方と会食した際にご同席されました。そのとある方が、我が頭脳、サクリだと紹介されておりました」

「とある方……」

　ゴルベルの要人か、或いは王……まぁ、ここは聞き出せないだろうな。

「無口な方でしたから、ほとんど言葉を交わす事はありませんでしたが、とある方が、数年前にゴルベルにいらした事、それまでは私達と同じように、放浪していた事などをお話になられました」

「サクリの歳の頃は?」ウィックハルトの問いに、「それなりにご高齢に見えました」との返答。

　記憶を弄《まさぐ》っているというよりは、話していいラインを探っているんだろうな。

　僕もダメもとで聞いてみる。

「サクリは何か、僕らの国に対して仕掛けるような事は言っていましたか?」

　ゾディアは小さく首を振る。

「……特には、何も。とある方の方は意気軒高でございましたが」と少しだけ笑う。

まぁ、ゴルベルの要人なら、ルデクなど物の数じゃないとか、そんな事言いそうだなぁ。ルデクでも似たような事を言う人はいるし。

「サクリというお方に関してお話しできるのは、これくらいです。大したお話でなくてすみません」

「いえ、実在が確認できただけでも大きな収穫です。貴重な情報でした」

僕はゾディアに頭を下げて謝意を伝えた。存在が不明瞭な相手を探るよりもずっといい。この情報をレイズ様に伝えれば、本腰を入れて調べてくれるかもしれない。

「そろそろ夜も更けて参りました。ここまでにいたしましょうか？」

ゾディアの言葉で僕らは席を立ち、ささやかな情報交換は終了したのだった。

翌朝、領主と共に見送りに来てくれたゾディア。

「ゾディア達はこれからどこに向かうんですか？」

僕が何の気なしに聞くと、

「一箇所、いつも立ち寄らせていただいている町へ向かって、それからグリードルへ」

「帝国へ……」

「ええ、あちらでも懇意にさせてもらっている町がございますので」

さすが旅一座。国の諍《いさか》いなど関係なし。行きたいところへ行くのが彼ら、彼女らだ。

「旅のご無事をお祈りいたします。風の神、ローレフの加護がありますます様」

僕が、旅一座が好んで使っていた別れの挨拶を述べると、ゾディアは目を丸くした。

「貴方様は本当に不思議ですね。旅一座の者達以外はあまり使わぬ挨拶を……」

「たまたま知っていただけです」

「……私は貴方に興味があります。また是非、お会いしたいですね。貴方様の行く道にも、ローレフの加護を」

「ありがとうございます。また機会があれば」

そんな僕の言葉に、

「多分、また会えると思いますよ」と、断言するように送り出されたのである。

◇◇◇

町を出た僕らは、淡々と歩みを進める。アロウの足取りも軽快だ。順調なら今日中にはゲードランドに到着できるだろう。

道中の話題は自然と、ゾディア達ル・プ・ゼアの事が中心になる。

「ゾディアの歌、すごかったね～」

ゾディアをすっかり気に入ったルファ。それに対して、ウィックハルトは、「なかなか、一筋縄ではいかない相手でしたね」と若干警戒気味だ。

「ロア殿はどのように感じましたか？」

ウィックハルトに聞かれて、僕は少し考える。

「なんというか……つかみどころのない人だったけど……」

「けど？」

「まあ、悪い印象ではなかったよ」

それが僕の素直な気持ち。

「ロア殿がそのように言うのであれば、異論ありません」

そんな会話を交わしながらも、進む事しばし。街道の先に僕の見知った街が小さく見えてきた。

「着いた！　ゲードランドだ！」

懐かしさに思わず声が大きくなる。僕にとって、ゲードランドは久しぶりの馴染みの街だ。

僕の生まれ育った漁村は、ゲードランドから東に半日ほど歩いたところにある。子供の頃は父親に連れられて、よく魚を売りにゲードランドにやってきた。

村を出て王都に居を移してからは足が遠のいていたけれど、久しぶりに来ると、何だか懐かしい気持ちが込み上げてくる。

ゲードランドの街並みに郷愁の念を感じていると、後ろの方から先を急ぐ馬蹄の音が聞こえてきた。振り向けばよく知る人物がこちらに向かって馬を走らせている。

「あ、リュゼル。お疲れ様」

僕らに追いついて速度を緩めるリュゼル。

声をかける僕にリュゼルは、「すまん、出立時にちょっとした混乱があってな、遅れた」と頭を下げた。

「そう？　ちょうど良いくらいじゃない？」

僕はそう答えたけれど、生真面目なリュゼルは自分に納得がいっていないようだ。

「いや、任務としてはそうはいかん。申し訳なかった。さて、俺は先に行って第三騎士団に挨拶をしておく。護衛に2名ほど残すから、ゆっくりと来るといい」と言い残し、再び走り去ってゆく。

そんなリュゼルの背中を見送ってから、僕らは速度を上げずに街を目指すのだった。


「まずはザックハート様に挨拶に行きましょう。リュゼルも待っているはずです」

先導してくれるウィックハルトに連れられて、第三騎士団のいる駐屯本部へ。

本部で待っていたのは、身がすくむほどの視線をこちらに向ける偉丈夫だった。久しぶりに見ても、規格外の大きさだ。

「お前がロアか。レイズから話は聞いている」

レイズ様より鋭い視線と低い声。

僕の倍以上はありそうな巨体。床につきそうなほど伸ばした綺麗な髭。

これが美髯公と呼ばれる第三騎士団長、ザックハート様だ。迫力が凄まじい。

第三騎士団を率いるザックハート様を一言で言い表すなら「厳格」という言葉がしっくりとくる。

たとえ王が相手であっても、正しくないと思ったら毅然と反論するお方だ。

先の王をザックハート様が怒鳴りつけた話は、もはや伝説として語り継がれている。

僕らがザックハート様に挨拶している間、両側に並んだ将兵は後ろ手を組んで微動だにしていない。この雰囲気がザックハート様の性格をよく表していた。

統制の取れた第三騎士団は強い。過日のゼウラシア王の質問に対しては、波風立たないように言葉を濁したけれど、多分、第一騎士団、第10騎士団と比較しても遜色ない戦力だと思う。

先代の頃より騎士団を率いて戦場をくぐり抜けてきた古兵《ふるつわもの》。経験と、その経験に裏付けられた戦術は他の騎士団長を凌駕《りょうが》する。

そんな第三騎士団だからこそ、王都の次に重要なゲードランドの港を任されているのだ。

そしてもう一つ、僕にとっては感慨深い人物でもある。と言っても、一方的にだけど。

僕の知る未来では王都炎上に呼応するように、東からは帝国、西からはゴルベルが攻め込んできた。

王都炎上までのルデクは、とある一件によりゴルベルには優位を保っており、帝国に対しても領土侵入を許していなかった。

しかし王都炎上の知らせとともに、突然三方から攻め立てられた各地の騎士団は、満足に連携をとる事もままならず、個々に壊滅に追い込まれてゆく。

特に第一騎士団の手引きで侵入してきたリフレアの勢いは凄まじく、多くの領土がリフレアの手に落ちた。そんな中で唯一、最後までリフレアの軍勢を手こずらせたのが、この第三騎士団だ。

第三騎士団はゲードランドを拠点にして敗走する騎士団を迎え入れると、圧倒的な兵力差を前に徹底抗戦の構えを見せた。

戦闘は実に3ヶ月にも及び、最後はゲードランドの街が灰燼《かいじん》に帰するほどのものだったという。

実際、ゲードランド制圧後、リフレア神聖国は近くに別の港を造らざるを得なくなった。

ちなみにゲードランドの市民は事前に海軍が港から逃しており、ゲードランドでの死者は騎士団の将兵のみだ。

最後の一兵まで戦い抜いて散ったザックハート様と第三騎士団は、のちに戯曲となり旅一座によって大陸中で広く語られる事になる。

「ルデク、最後の戦い」として。

僕はこの戯曲が嫌いだ。

2度と見たくない。

僕が戯曲の事を思い浮かべ、心の中で顔を顰めていると、ザックハート様が再び口を開く。

「何を呆けている」

ザックハート様が不機嫌そうに僕を睨み、僕は慌てて非礼を詫びた。

「噂に名高いザックハート様と第三騎士団に見惚れてしまい、つい」と伝えると、

「そのような世辞は不要だ」とにべもない。

「いえ、お世辞ではないですよ。現役の中で最も長く戦い抜いた騎士団長が率いる騎士団。王からの信頼も厚い第三騎士団……それに、僕にとっては一番馴染み深い騎士団ですし」

「一番馴染み深い？　先ほど初めて見たような口ぶりだったであろうが？」

「あ、そうですね。大人になってからこうしてまじまじと見るのは初めてだったので。実は僕の出

身は近くのクゼル村なんです。小さい頃は魚を売りに父に連れられて、よくゲードランドに。その時に、騎士団の人によくしてもらった記憶があって……」

規律正しい第三騎士団ではあるけれど、長くゲードランドの港を拠点としているだけあって、市民との交流は深い。

漁港で遊んでいる子供らにはよく将兵がこっそりとお菓子をくれたものだ。

そのように話すと、ザックハート様の表情が少しだけ緩んだ気がした。ほんの少し。ほんっの少しだけど。

「そうか、クゼルか」とだけ言い、黙ってしまう。

……何か怒らせちゃったかな？

僕に失言があったのか聞こうとすると、絶妙なタイミングでリュゼルが戻ってきた。

「お待たせしました。例の御仁との面会の段取りが整いました……と……何か？」

何だか微妙な空気を察したのか、途中からキョトンとした顔になるリュゼル。

「いや、何でもない。では、貴様らは貴様らの任務をまっとうすれば良い。こんなところで無駄に時間を使う暇などなかろう」

それだけ言い残すと、さっさと奥の部屋へ引っ込んでしまう。ザックハート様が退出すると、場の雰囲気が少し緩む。

「ロア……何かあったのか」と心配そうにこちらを見るリュゼルに、僕は「……さあ」としか答えようがなかった。

◇◇◇

漂流船に乗っていた要人と思しきサルシャ人は、領主館の一角に部屋をあてがわれていた。正確には別館が丸々だ。外は第三騎士団の兵がしっかりと見張っており、監獄のような物々しさ。

リュゼルから既に話が通っていたため、僕らはあっさりと中へ通される。

屋内にも警備の女性の兵士がおり、当人は2階の部屋で大人しくしているという。

少し息を整えてノックすれば、「どうぞ」と小さな声がした。

ルファを派遣した事から、おそらくは、と思っていたけれど、部屋にいるのはやはり女性か。

なるべくにこやかに部屋に入ると、目に入ってきたのは深い青い髪と、少し赤みがかった眼。なるほど、サルシャ人の特徴を持つ若い女性が優雅に姿勢良く椅子に座っている。

その隣にもサルシャ人の女性が侍《はべ》っており、こちらはお付きの人であるようだ。お付きの人はこちらを見て警戒感を露わにした。

逆に座している女性は僕ら、というかルファを見て目を丸くする。

「このような場所で同胞の女の子に出会う事になるとは思いませんでした」

「…………ルファと言います。ルデク王国第10騎士団副団長、レイズ＝シュタイン様の命により、貴方のお相手をするため、伺いました。失礼ですが、名前を伺っても？」

普段のルファの口調からは、想像もできないほどしっかりとした挨拶。その様子を見て、お付きの人も少しだけ居住まいを改める。

「騎士団の方なのですか？　そのお年で？　まぁ、その辺りもゆっくりお話ししましょう。退屈で参ってしまっておりましたの。せっかく海を渡って異国に来たというのに、街も歩いてはいけないだなんて、あんまりじゃありませんせん事？」

漂流して命からがら曳航され、目的の国と敵対している国に辿り着き、さらには軟禁状態にあるとは思えないほど落ち着きを払ったその人は、ルルリアと名乗る。

僕とウィックハルトも名乗ってすぐに、ルルリアは身を乗り出して話を切り出して来た。

「それで、何が聞きたいの？　話せない事は話せないと言うけれど、できる限りは話すわよ」

僕らが入室してから、さして時を置かずにそのような事を言い放つルルリア。ルルリアから情報を引き出さなければと気負っていたルファを始め、僕らは少し毒気を抜かれたように立ち尽くす。

「そんなところでぼうっと突っ立っていないで、お座りなさいな。あ、そこの将校さんは私の隣ね。貴方のような人が隣でお茶をしてくれたら眼福《がんぷく》だわ」

誘われるままに席に着くウィックハルトに僕らも困惑しながら続く。何というか、ずいぶんと印象が……最初の優雅さ、どこいったの？

「ルルリア様、また、そのような言葉遣いをなされて」

お付きの人が苦言を呈するけれど、ルルリアはお構いなしだ。

「いいじゃない。見たところ貴方達、私から情報を聞き出すために来たのでしょ？　正直言って、もう、飽き飽きしているの。一体何日こんな部屋に押し込んだままにするつもりなのかしら？」

どうも随分と鬱憤が溜まっているみたい。元々こういう性格なのだろうけど。

「ちなみに、私が話すには条件があるわ」

一方的に話を進めてゆくルルリア。

「条件とは、どのような？」

ご指名で隣に座ったウィックハルトが問うと、ルルリアはにんまりと何かを企むような笑みを見せた。

「それは、もちろん……」

「もちろん……？」

ウィックハルトがごくりと喉を鳴らし、いっとき部屋を緊張が包んだ。

しかしそれもわずかな時間。ルルリアはにこりと笑顔を作ると、

「この国の、大陸の美味しいものを教えてくれるかしら？」と言い放つ。

僕らはルルリアの言葉に拍子抜けし、思わず顔を見合わせる。大陸の美味しいもの？　聞き間違いじゃないだろうか。でも、いったい何と？

「えっと……そんな事で良いのですか？」

困惑しながら確認するルファに対して、ルルリアが大袈裟に首を振る。

「あら、そんな事なんてとんでもない！　もしかすると私、このまま祖国へ強制送還されるかもしれないのでしょう？　漂流までして、やっとの思いで海を渡ってきたのに、この有様よ!?　せめて美味しいものくらい口にしたいじゃない。そのための事前調査よ！」

「えっと……別に話したからって、食べられるとは……」

ルファの言葉に、ルルリアは先ほどよりも大きく首を振る。

「いいえ。そこだけは譲れないわ。どうせ貴方達、上官に報告するのでしょう？　なら、必ずこのように伝えて。ルルリア＝フェザリス＝バードゥサは、この国の美味しいものを食べなければ意地でも動きません。って」

「お嬢様！」お付きの人が語気を強め、ルルリアは少しだけしまったという顔をする。

「フェザリス……貴方はフェザリス王国の？」ルファの質問に舌を出したルルリアは、

「やっぱり同胞には気付かれるわよねぇ、失敗、失敗」と笑う。

「……フェザリス？　どこかで聞いた記憶が……あ！　名軍師ドランのいた国か」

思わず口にした僕の言葉に、ルルリアは目を細めて僕の顔をまじまじと見た。それからやおら立ち上がると、僕の近くへとやってきて、上から下まで確認してから、もう一度僕を覗き込むように視線を向ける。

「……どう見てもサルシャ人……じゃないわよね。あなた、何者かしら？　なんでドランの名前を知っているの？　名前は？　南の大陸に、フェザリスに来た事があるの？」

あれえ、おかしいな？　さっきウィックハルトやルファと一緒に名乗ったはずだけど？

「えーっと、名前はロアです。南の大陸に行った事はないですが、ドラン様の噂はルデクにも届いていますよ？」

「嘘ね。ドランが優秀なのは事実だけど、彼の方の采配で大きな戦いに勝ったのはつい一月前よ。

とても、北の大陸まで伝わっているとは思えないわ」

……しまった。活躍した時期を知っているだけに、ついつい伝わっていると答えたけれど、僕らの大陸に軍師ドランの噂が届くのはもう少し後だったか。

僕がどんな言い訳をしようかと考えていると、ウィックハルトが口を挟む。

「僭越《せんえつ》ながら、ロア殿は我が国の誇る名将レイズ＝シュタイン様自らが請うて、第10騎士団に引き入れたほどの御仁。私が忠誠を誓ったお方でもあります。その知識が海を越えていても何ら不思議はありません」

「ウィックハルト、それは言い過ぎじゃあ……」

「いえ、ロア殿、言い過ぎではありませんよ。貴方は先程も、旅一座の者しか知らぬような挨拶すら存じておられた。その知識の広さに私は密かに感嘆していたのですよ」

なんか、ウィックハルトの思い込みが止まらない。

「え……？　そこのイケメンが貴方に忠誠を誓っているの？　貴方に？？？」

ルルリアが改めて僕をまじまじと見る。

……まあ、言いたい事は分からなくもない。

「お嬢様……」

お付きの人に注意されて、ルルリアは漸くハッとして口に手を当て、

「あ、これは流石に失礼でしたね。お詫びいたしますわ。ほほほ」

などと嘯いたけれど、今更そんなお嬢様ぶられても……もう、何だか面倒臭くなってきた。流れ

で聞いてみよう。

「あのう……僕の事はともかく、その、ルルリア…さんは、何をしに帝国へ向かっていたのですか？」

「え、私？　帝国の王子と政略結婚するためにここまで来たのだけど？」

…………え？　その情報以外に言えない事とか、なくない？

「……それ、言っちゃって良いのですか？」

流石にどうかと思ったのか、ルファがやんわりと聞くも、ルルリアは気にもしていない。

「問題ないわよ。どうせ、強制送還になるなら関係ないから」

開き直っているなぁ、この人。

「ん？　って事は、ルルリアって……」

「ええ、フェザリスの第三王女よ。あ、口調はそのままでお願いね。私、こう見えて堅苦しいの嫌いなの」

うん。どう見ても、堅苦しいの嫌いでしょうね。

「他に質問はある？」

「えーっと……王女なのに、お付きの人、1人だけなんですか？」

「違うわよ？　他の護衛は別の部屋に連れて行かれたけれど？」

……なるほど。明らかに粗雑に扱ったら問題になりそうなルルリアだけ隔離したのか。

「まだ何かあるかしら？」

ルルリアの質問に、僕とルファとウィックハルトは顔を見合わせる。

目的も身分もはっきりした。入室して半刻も経たずに仕事は終わった感がある。

僕らの質問がなさそうだと判断したルルリアは、「じゃあ私の番ね！」と椅子に座り直す。

そうして一呼吸置いてから「さ、この国の美味しいもの、たっぷり聞かせてもらうわよ！」と高らかに宣言。

意気込むルルリアに対して申し訳ないけれど、ルデクの美味しい物の話は一旦置いておいて、まだ僕らにはやる事がある。僕がウィックハルトに目配せすると、心得たと頷くウィックハルト。やおら立ち上がり「今伺った話を、リュゼルに伝えてきます」と言って、ルルリアに許可を得て退出。

リュゼルは警備も兼ねてドアを挟んだ廊下に待機しているはずだ。ウィックハルトの話を受けて、急ぎ部下をレイズ様の元へ走らせるだろう。

あまりにも簡単に任務が終わってしまったので、僕は少々肩透かしを食らった気持ちで「どうして今までの兵士には話さなかったんですか？」と聞いてみる。

「どうしてって……聞かれなかったからよ？」

「聞かれなかったんですか？」

「ええ。別にルファちゃんのように同族の方が来なくても、私は然るべき立場の方にならら話す気満々だったのだけど、だーれも聞いてこないの。逆に怖くなったわよ。私このまま殺されるんじゃないかしらって」

ま、まぁ、海軍にせよ第三騎士団にせよ、彼らの気持ちも分からなくもない。帝国の漂流船を拿捕《だほ》してみたら、中からやんごとなき雰囲気を醸し出す女性が現れたのだ。どうして良いのか困惑しただろうなぁ。

ウィックハルトはすぐに戻ってきた。ウィックハルトが再び着席するのを待って、ルルリアが仕切り直す。

「さ、それじゃあ、お話を続けましょうか。今度は私の要望に答えてもらう番よ！」

鼻息荒くそのように言いながら、王女様は大きく手を広げたのだった。

◇◇◇

「へえ、それじゃあこの大陸には全部で8つの国があるの？」

ルルリアの質問に、中心となって答えるのは僕だ。

「専制16国を1つと数えるなら、ですけどね。ルルリアは幾つ知っているんですか？」

「専制16国？　それも国なの？　……えっと私が知っているのは、まずグリードル帝国でしょ。もちろんルデク王国の事は知っているわ。それから北の大国、ツァナデフォル……あとは、リフレア神聖国くらいかしら」

「ツァナデフォルを知っているのは少し意外ですね」

ツァナデフォルはリフレアより北、大陸の最北にあり、北方の守護者なんて呼ばれる強国だけど、南の大陸との交流は少ないはず。

「そりゃあ、自分が嫁ぐ国の隣国くらいは勉強してきているわよ」

それもそうか。グリードル帝国と隣接しているのは、ツァナデフォルとリフレア、そしてルデク王国だけだ。他の東部の国は全て帝国に吸収された。

ルデクは説明するまでもなく帝国と険悪な状況にあるけれど、ツァナデフォルも大概だ。どちらかと言えば守勢に回っているルデクと違い、ツァナデフォルは帝国にゴリゴリと攻め込んだりしている。地理的条件もあるのだけど、血気盛んなお国柄である。

目下のところ、ツァナデフォルと帝国は一進一退の激戦を繰り広げている。ここのところ帝国からルデクへの圧が少ないのも、ツァナデフォルの存在が大きい。

ちなみにリフレアも表向きはルデクと同盟中なので、帝国とは消極的敵対関係にある。けれど、直接的に干戈を交えた事はない。そう考えるとリフレアと帝国の関係は、本当のところどうなのだろう。リフレアがルデクを陥れた時、帝国も僕らの国に攻め込んだ事を考えれば、裏で繋がっている事も考えられるか？

うーん……いや、ちょっと考えにくいかな。

王都炎上の際、リフレアの動きを見て帝国も攻め込んできたけれど、結果的にほとんど領土は得られていない。むしろリフレアにいいように使われた感じがあった。とすれば、リフレアが攻め込んでから、帝国にも共闘の誘いがあったという方が自然かもしれない。

「ロア、どうしたのかしら？」

黙ってしまった僕の様子を見て、ルルリアが首をかしげる。ついつい考え込んでしまった。

「ああ、すみません。ちょっと考え事を。では、その他の国を説明しましょう」

僕は軽く咳払いして続ける。

「ルデクの西にはゴルベルという王国があります。当国とは戦争の最中ですね。さらにその西に2つの国が。あとはツァナデフォルの西に、専制16国。ここは16の小国が寄り集まった連合国家です」

「連合国家……なるほど、だから1つの国として数えるのね。私の国と少し似ているわ」

「似ているというのは？」

「私の母国フェザリスは、六州と呼ばれる小国連合の1つよ。自分で言うのも何だけど、南の大陸でも特に田舎の国ね。6つの国が仲良くやっているかと言えばそうでもなくて、小国同士で腹を探り合いながら、結局近隣の大きな国を恐れて寄り集まっている感じ」

……何とも返答し難い事を言うなぁ。

「お嬢様、またそのような……」

渋い顔で苦言を呈したのは、ルルリアのお付きの人だ。

「あら事実でしょ？　その現状を打破しようとして、北の大陸の大国に支援を求めたのだから」

なるほど、話が読めてきたなぁ。ルルリアの国は大国の後ろ盾が欲しい。帝国は南の国に新しい貿易の窓口が欲しいといったところかな。

「私の国の話は今は別に良いわ。それじゃあ、各国の名物を教えて頂戴」

別に良い事ないと思うけど？　ルルリア、結構重要な役どころじゃないの？

そんな僕の気持ちをよそに、今度はルファがルデクの名物について話し始める。レイズ様から直々にルルリアの歓待も仰せつかっているからか、本人の頑張りが伝わってきて微笑ましい。

「ルデクの名物って言ったら……まずはやっぱりポージュ、だよね？」

僕とウィックハルトに同意を求めるルファ。ルデクにも色々な美味しいものはあるけれど、最初にポージュを挙げる事に異論はない。

ポージュ。酸味と甘味豊かな、トリットという野菜を下地にした煮込み料理だ。地域、街、各家庭によって、実に多彩なポージュが存在している。

具材は何でも良い。肉でも魚でも、何なら具なしでも。とにかくトリットをベースに煮込んで味を整えたものであれば、それはポージュだ。

例えば僕の母がよく作ってくれたのは、貝を中心に煮込んだ少し汁気の多いポージュだった。貝の風味ともよく合っていて、とても美味しかった記憶は今でも鮮明に思い出せる。

「ポージュ……それはどこでも食べられるの？」

「ええ。ルデクでポージュを食べられない場所はないと思います」

記憶の中の味を思い浮かべながら答える僕。つい、楽しげな顔になっていたのかもしれない。ルルリアがポージュに対して強い興味を示した。

「……食べたいわね。ねえ、私は情報を話したのだから、もう外出してもいいんじゃないかしら？どう思う？」

どう思う、と言われても、絶対ダメだと思う。少なくとも僕らが判断できる話ではない。

「えー！　何でよ！」とふくれっ面されても困るのだ。

「あ、でも、ポージュだったら材料はどこでも手に入るから、料理人を呼んできて作ってもらう、とかなら……」

ルファの言葉にルルリアは目を輝かせた。

「それは良いわね！　是非とも食べたいわ！　ね、ちなみに貴方達もその、ポージュという料理を作れるの？」

「まあ、一応は……」と答える僕。

ウィックハルトは「私は、料理は戦場で焼く煮るくらいしか……」とやんわりと否定。

ルファも「私はこの国出身じゃないから……」と及び腰だ。

そんな様子を見たルルリアは「じゃあ、決まりね！　ロア、貴方が作ってよ！」と、有無を言わさない口調で宣言。

僕は気づかれないように小さくため息をつく。けれど考えてみれば外出を求められるよりはましか。そう考えて了承したけれど、この状況下では料理ひとつ始めるにしても大事だ。

まず僕が必要なものを書き出してリュゼルへ渡し、リュゼルから事情を含めて第三騎士団の警備の人へ伝え、警備の人が第三騎士団の本部に問い合わせて許可をもらって、警備の人とは別の人が買い物へ。

恐ろしく面倒な手順を踏んで待つ事半刻後、僕の前に食材がずらりと並ぶ事になった。

僕らはルルリアや侍女、ゾーラさんという名の方なのだけど、みんなで連れ立って1階に据え付けられている台所で具材を眺める。頼んだものよりも様々な食材を買ってきてくれたみたいで、テーブルは随分と賑やかな事になっていた。

ちなみに僕らが2階から降りてくると同時に、1階で警戒していた兵士は姿を消しており、代わりにリュゼルが少し離れた場所に立っていた。

ルルリアへの配慮だろうけれど、僕らが来るまではこんな感じだったのか。まさに腫れ物扱いだなぁ。

ともかく、僕らに届いた食材を手に取ってみる。当然だけど、萎《しな》びたものなどない。新鮮で程度の良いものばかりだ。

「それで、まずはどうするの？」

興味津々といった感じで食材を覗き込むルルリア。

「えっと、水煮のササールは短冊に切って、トリットは潰して、魚は捌《さば》いてあるから、このまま使えるね」

「その、ササールってなに？　固そうだけれど、食べられるの？」

ルルリアがササールを見ながら不思議そうな顔をする。確かにササールの見た目は、知らないと食材とは思えないかもしれない。

「もちろん食べられるよ。新芽のうちは新鮮ならそのままでもいけるけど、火を通してから料理に使うのが一般的かな。繊維質が多いから、しっかりと火を通してもサクサクとした食感が残って楽しいんだ」

ササールはルデクでは身近な野菜だけど、南の大陸にはないのかな。何をしても食感が損なわれないし、保存もしやすいから、一番最初に瓶詰め野菜の候補に入れたくらいなんだけど……。

待てよ。それならササールの瓶詰めは南の大陸で需要があるかもしれないなぁ。

そんなふうに考えていると、ルルリアがとんでもない事を言い始める。

「とにかく、そのササールという野菜を切るのね！　じゃあ私が切ってあげる！」

「お嬢様！」

流石にゾーラさんが声を荒らげるも、ルルリアはもうナイフに手を出し始めている。僕はそんなルルリアを慌てて止めて、念の為確認。

「……えーっと……ルルリアはナイフを使った事はあるの？」

「ないけど？」

清々《すがすが》しい返答。姫様だもの。

「……ルルリアはトリットを潰してもらえる？　話した通り、トリットが全ての下地だから。粗めに潰せばトリットの食感を楽しめるし、徹底的に潰せば舌触りが滑らかになるよ。ルルリアの好みで味わいが変わるんだ」

「それは面白そうね。分かった！　私に任せなさい！　世界で一番美味しくなる潰し方を見つけてあげるから！」

密かに胸を撫で下ろす僕とゾーラさん。そっと視線を交わして静かに微笑む。裏方の苦労を知るゾーラさんとは、何となく仲良くなれそうな気がする。

楽しそうにトリットを潰し始めるルルリアを横目に見ながら、「ルファはササールを短冊に切ってね。僕は魚の表面を軽く焼くから」と指示を出す。すると、「ロア殿……私は？」と、ウィックハルトが子犬のような目で聞いてくる。え、君、参加したいの？

「それじゃあ、ウィックハルトはルルリアを手伝ってくれる？　トリットを潰すのって結構力仕事なんだよね。多分途中で疲れちゃうだろうから」

「了解です」

嬉しそうにルルリアの元にゆくウィックハルト。

……僕は今、一体何をしているんだ？　いや……深く考えるのはやめよう。多分、考えたら負けだ。

誰にも気づかれないように小さく頭を振って、他の食材の下準備に取り掛かった。

◇◇◇

「できたわ！　これが究極の潰し方よ！」と、非常に満足げなルルリア。

差し出された器の中には、まぁ、ほどほどに果肉の残った……すごく平均的な潰し方のトリットの姿。ある意味大衆が認めた究極であると言えるので、間違いではない。

「ありがとうルルリア。それじゃあ、この鍋に入れてくれる？」

「ええ、ちょっと、ウィックハルト、手伝って！」

「あ、はい」

慌てて手伝うウィックハルト。息を吸うように人に命令できるあたり、お姫様だなぁ。

「ここからは火を弱めてゆっくりと煮込むだけ。ササールはもう入れて。魚は煮崩れしないように後から入れるのでそのままで」

以降の作業を僕は自分では行わず、ルルリアに任せる事にした。ゾーラさんも刃物を使わないのであれば煩《うるさ》く言わないようだ。

「そろそろ魚を入れて。匙でトリットのスープの中に沈めるように。あ、そうそう、ゆっくりとで大丈夫。これで魚に火が通るまでしばらくそっとして。最後に塩と、それからこのスパイスを入れて、魚の身が崩れすぎないように軽く混ぜれば完成だよ」

鼻息は荒く、手つきは恐る恐る。ルルリアが締めの味付けを行ってゆく。

「……できた…………できたわ！」

感無量のルルリアの横で、僕はそっと匙にポージュを乗せて味見。

「……うん。良いね。ウィックハルト、お皿を……」

「すでに用意してあります」

万時そつのない男であるウィックハルトは、僕の気付かぬうちに早々に準備を済ませていた。

「……じゃあ、盛り付けようか」

僕の言葉に、ルルリアがビシッと手を上げる。

「私がやるわ！　貴方達は座っていて！」

ゾーラさんに視線を走らせると、ゆっくりと頷く。

「……じゃあ、お願いするね」

これじゃあ、どちらが主賓か分かったものじゃないなぁ。


みんなで作ったポージュは美味しかった。

「んんん！　やっぱり私のトリットの潰し方、完璧ね！　ルファもそう思わない？」

「うん！　美味しい！」

「ほら見なさいよロア、私に任せて良かったでしょ？」

「そうだね。初めてにしてはかなり良くできていると思う。白身魚もいい塩梅だよ。ウィックハルトはどう？」

「ええ。美味しいです」

自炊慣れした僕から見ても、今回のポージュの出来は良いと思う。

特にルルリアは大いに感激しながらスープを口に運んでいる。概ね予想はついていたけれど、ルルリアは初めての料理体験だったそうなので、感動もひとしおだろう。

「ゾーラも、ぼうっとしていないで食べてごらんなさい！　それにリュゼルさん、せっかくだから貴方も！」

入口付近で警備していたリュゼルは、

「いえ、私は任務が……」

と断ろうとしたけれど、ルルリアの強引さには敵わない。

こうして僕らはわいわいと食卓を囲む。

この一件で僕ら、というか僕は、ルルリアに大いに気に入られたみたいだ。

翌日、レイズ様から「段取りに時間がかかっているから、もう少し任せる」という連絡が来たけれど、何の心配もないほど数日を過ごした。

ルルリアは料理がお気に召したようで、主な時間の使い方は僕の料理教室だ。

40年も未来で各地を放浪していた僕だ、料理の引き出しはそれなりにある。

そうして待つ事十数日。

ようやくレイズ様がやってきた。

◇◇◇

「レイズ＝シュタインと申します。ルルリア＝フェザリス＝バードゥサ姫に拝謁の機会を得、嬉しく思います。此度はこのような場所にお留めしてしまい誠に申し訳ございません。当国の事情もご理解いただき、何卒ご容赦くださいませ」

「ルルリア＝フェザリス＝バードゥサです。我が大陸でもご高名なレイズ＝シュタイン様とこうしてお話しできた事、嬉しく存じます。また、この度は漂流していた船をお救いいただき、さらにはこのようにご厚遇いただきました事、感謝の念に堪えません。このご恩は必ず、我が父、マーズ王にご報告する事をお約束いたします」

「恐縮でございます。何かお困りごとはございませんか？　可能な限りは便宜を図りますので、このレイズにお申し付けください」

「感謝いたします。貴方様の手配してくださいました、ロア様、ウィックハルト様、ルファ様のおかげで、慣れぬ場所でも楽しく過ごさせていただきました。本当にありがたく思っております」

「それは何よりでした」

なんだか胸焼けしそうな挨拶の応酬がようやく一段落し、横で聞いていた僕らもなんだかホッと息を吐いた。

レイズ様とルルリアが会談をしているのは、領主館の別邸。つまり僕らがここしばらく滞在していた館だ。

入ってきたのはレイズ様、ラピリア様、グランツ様の3人だけだったけれど、外は第三騎士団の護衛も含めて、相当物々しい事になってそうだなぁ。

通りいっぺんの挨拶の後、早速ルルリアが切り込んできた。

「これは……あくまでお願いなのですが、せっかく北の大陸に足を踏み入れたのです。強制送還となる前に、せめてこの街をお散歩させていただけませんか？」

その言葉に、レイズ様は少しだけ困った顔をする。

「ルルリア様のお気持ちは十分に理解できますが、ここで貴方様に何かあっては、マーズ王に合わせる顔がありません。どうか、グリードル帝国に足を踏み入れるまでは、ご容赦いただきたいと存じます」

　レイズ様のその言葉に、あれ？　と思ったのは僕だけではないはずだ。見れば、ルルリアも怪訝な顔をしている。そしてルルリアが確認するように、ゆっくりと言葉を重ねる。

「あの……私の聞き間違いでしょうか？　フェザリスへの送還ではなく、グリードル帝国に向かうのですか？」

　ルルリアの確認に涼しい顔で頷くレイズ様。

「ええ。そのように申し上げました。お待ちいただいておりました間、我々は帝国と今回の件について折衝しておりました。その結果、此度の船舶に乗っていた者達は、ルルリア姫も含めて、当国が責任を持って帝国へ送り出すという事になったのです」

「こちらの国と、グリードル帝国は戦争中と伺いましたが？」

「左様ですね。しかし戦争相手であっても外交の窓口があるのは、貴方もよくご存じでしょう。ましてや今回の件に関しては、帝国も予期せぬ事態。南の大陸との関係性を考えれば、こちらの両国間で済ませてしまった方がお互いに都合が良い、という事です」

　そうか、ここでルルリアを送り返せば、フェザリスを始めとした南の大陸の国はどう思うか。下手すればルデクの評判を下げかねない。それならばルデクとしても懐の大きなところを見せておきたいわけだ。そうは言っても、帝国に対しては無償の譲歩ではないからこそ、時間がかかったのだろう。

「……なるほど、そういう事ですか。理解いたしました。それならば余計にこの街を拝見してみたいという思いが強くなりました」

「ルルリア姫……それは……」

レイズ様の視線が困った相手を見るものに変わる。普段接している人間でないと分からない程度の変化だけど。そんなレイズ様にルルリアは食い下がる。

「今後、貴国とグリードル帝国の関係がどのようになるか分かりませんが、敵対関係のままなら、私はこの街を訪れる機会はおそらく二度とないでしょう。ならば、一度で良いので街を歩いてみたいのです。ここは私に恩を売っておくのも良いのではありませんか？　いずれ新しい外交窓口になるかもしれませんよ？」

「……」

レイズ様が黙っているので、もう一押しと思ったのか、ルルリアは続ける。

「こちらの港は南の大陸の者も多く来訪するほど、治安の良い街なのでしょう？　ならば心配はございません。もし、何か危険な目に遭ったとしても、決して貴国の責任は問わぬと誓いましょう。なんでしたら、一筆認《したた》めても構いませんわ」

2人は笑顔の睨み合いになり、折れたのはレイズ様の方だ。

「そこまでですか……分かりました。では、一筆認めていただきましょう。それから護衛を手配させていただく」

「護衛はここまでお付き合いいただいた御三方、それに、リュゼル様、とおっしゃるのかしら？　あの方にもご一緒いただければ十分です」

そんな風に言うルルリアに、待ったをかけたのは僕。

「自分で言うのもなんですが、僕はどちらかといえば護衛される側のような実力ですよ？　それにルファも」

流石に護衛は無理だ。何かあっても役に立てる自信がない。けれどそんな僕の言葉に、ルルリアはコロコロと笑う。

「私もロア様に守っていただこうとは思っておりません。気心の知れた方とお出かけしたいと言っているのですよ」

そんなルルリアの言葉を受け、レイズ様はやっぱり少し呆れたように、

「……随分と3人を気に入ったのですな」と言った。

「ええ……こういうの、なんて言ったかしら？　ああ、そう、同じ釜の飯を食べた仲、ですもの」

レイズ様の視線が僕に刺さる。その目は余計な事はしていないだろうなと語っていた。

ちなみに料理教室を始めて数日経つ頃には、ルルリアもナイフを使って野菜を切ったりしていたので、これは、ちょっと怒られるかも知れないなぁ。まあ、仕方ない。

しばし沈黙した後、レイズ様には珍しく、小さく息を吐いた。

「分かりました。ですが、離れたところに別の護衛を配備させていただく」

「それは構いません。ご配慮に感謝いたします」

ルルリアは「やったよ！」みたいな視線を僕らに向けたけれど、僕らは苦笑するしかなかったのである。

◇◇◇

レイズ様との交渉を経て、ルルリアは念願の外出権利を勝ち取り、その翌朝早々に僕らはゲードランドの街中にいた。

港町の朝は早いので、街にはすでに活気がある。早朝は漁師達が喧騒の主役。漁師の仕事の時間が終わると、街を彩るのは商人と観光客へと移ってゆく。時間帯で行き交う人々が目まぐるしく入れ替わるのがこの街の大きな特徴だ。

海に面した一等地の商店は、主に後者に対して商売している。そのためまだ早朝のこの時間は開いていない。それでもルルリアは興味深そうに店構えを覗いたりしている。

「ね、どのお店も必ず階段がついていて、入口が通りよりも少し上にあるのはなぜかしら？」

ルルリアはとにかく何にでも興味を示し、都度、僕らが答えてゆく。

「ルルリアの母国で見た事ない？　海が荒れた時に浸水しないように、できるだけ高い場所に入口を構えているんだよ」

「へぇ〜、そうなの。フェザリスは内陸部の国だから、こうして港町を見るのはこれで2回目よ。1回目は出発の時だったから、ほとんど馬車から出してもらえなかったし……」

それはそうだろう。普通はこれから帝国に嫁ぐ姫を、港町で遊ばせはしない。

「改めて見てもやっぱり大きな港ね。遠くの方まで船が並んでる。こんなの初めて見たわ！」

「そりゃあ、北の大陸でも一番の港だからね。こう言ってはなんだけど、ゲードランドの港を見てから帝国の港を見ると少しがっかりするかもよ？」

「それなら私が大きな港を作るから問題ないわ！」

……なかなか野心的なお姫様である。あのレイズ様を言い負かした辺り、本当にやりかねない気もする。僕の知る未来ではどうだったかなぁ？　そもそもこの港も灰塵に帰したからなぁ。

「そうだ！　お店が開くまでに、私、見てみたいものがあるんだけど」

不意にぽんと手を叩くルルリア。

「何を？」

「馬を見たいのよ！　できれば軍馬！」

「馬？　なんで？」

僕らの会話を聞きながら、黙ってついてきていたリュゼルがピクリと反応する。

ルルリアの説明によると、南の大陸の馬は北の大陸の馬よりも一回りか、二回りくらい小柄なのだそうだ。故に、荷物の牽引などが主な仕事で、将官の騎乗はあっても、騎馬隊というものは大陸全体を通しても珍しいらしい。

言われてみれば南の大陸の戦闘に関する書物で、騎馬部隊に触れている物は少なかった気がする。

「だから北の大陸に着いたら一度は近くで見てみたいと思っていたの！　馬車とかじゃなくて大きな軍馬を！」

それは帝国に行けばいくらでも見る事ができそうだけど。いや、姫ともなれば簡単に馬屋に行く事もないのかも知れないな。

　ふと気配を感じて振り向けば、リュゼルが何か言いたそうにすぐ近くまで来ている。うん。言いたい事は分かっているし、ここは任せよう。

「ルルリア、リュゼルは第10騎士団の騎馬隊を率いている部隊長なんだ。だからすごく立派な馬に乗っているんだよ」

　僕の言葉に目を輝かせるルルリア。

「本当に!?　素敵ね！　ぜひ見せていただけないかしら」

「頼むよ、リュゼル」僕もお願いすると、

「……確かに、大陸広しといえど、スタンリーは五指に入る名馬と言えるでしょう。分かりました。ルルリア様たっての願いとあらば、私の愛馬をお見せいたしましょう。厩《うまや》はこちらです。私の後についてきてください」

　リュゼルはそう言いながら俄然張り切って先頭へ躍り出る。愛馬を褒められて嬉しそうだ。鼻がぴくぴく動いている。リュゼルが嬉しい時の癖である。

　しかし、大陸で五指とは大きく出たなぁ……僕はこの場にフレインがいなくて本当に良かったとしみじみ思った。

　リュゼルの愛馬の待つ厩にやってくると、リュゼルの愛馬、スタンリーを見たルルリアは、開口一番大絶賛。

「素晴らしい馬ね！　素敵な体験だわ！」

大興奮のルルリアに、愛馬をすごく褒められて気をよくしたリュゼル。ルルリアをスタンリーの背に乗せてあげて、少し周辺を散歩なんかしたものだから、ルルリアも大変ご機嫌である。

その様子を背後から見ていたルルリアの侍女、ゾーラさんは顔を青くしていたし。少し遠くで僕らを見守っていた護衛の兵士も慌てていたようだったけれど、とりあえず何ごともなく乗馬体験は終了した。

「少しお腹減ってきたわね」

お昼には少し早いけれど、早朝から動き回っているのだ。ルルリアの言葉に呼応するように、ルファのお腹も「くう」と鳴って、恥ずかしそうに頬を赤らめる。

「そろそろ開けるお店も出てくる時間だから、お昼にしようか？　ルルリアは何が食べたい？」

南の大陸の船が多くやってくるこの街では、様々な料理を口にする事ができる。ルデクの人々の場合、南の大陸の料理を楽しみにやってくる観光客も多い。もちろん、南からの客向けにルデクの料理を出す店も多数ある。

「そうね……ねえ、ロアは幼い頃からこの街をよく知っているのよね」

「うん。話した通り、近くの漁村の生まれだからね」

「なら、観光客向けじゃないのでお勧めはないかしら？　こう、穴場的な」

「ええ!?　そりゃ、あるにはあるけれど、味はともかく本当に普通のものしか出ないよ？」

「そういうのがいいんじゃない。そういうお店のポージュを食べてみたいわ！」

「表通りのお店に比べれば、店構えも古いし狭いけど……」と言いながら、ゾーラさんに視線を走らせると、ゾーラさんはこくりと頷く。乗馬に比べればどうという事はないという認識か。

「じゃあ、ちょっと細道に入るから、護衛の人達にも伝えてくるよ」と、僕は遠巻きにしている兵士さんの元へ。

「頼みますからあまり無茶な事はしないでください」

少し困惑気味の護衛の人達に謝罪しつつ、僕らは細道へ滑りこむ。

「へえ〜これはこれで趣があるわね」

細道は階段のように細かい段差があり、両側は背の高い建物がひしめき合っている。それでも僅かなスペースに花壇があったり、ほんのささやかな広場も確保され、広場では地元の子供達が遊んでいた。

「あ、あった。開いているかな？」

僕が子供の頃からある食堂だ。当時すでに老齢の夫婦がやっていたので、閉めてしまっていないか心配だったけれど、幸い店先には開店の札が掛かっている。

「こんにちは」

声をかけながらドアを開けると、僕の記憶にあるままの老夫婦が出迎えてくれた。んん？　この店、時間が止まっているのかな？

と思ったら、昔はいなかった息子夫婦が手伝っているのを見て少し安心。

「いらっしゃい。どうぞ」

ものすごくキョロキョロしているルルリアを始め、他の人達も興味深そうに店を見渡しながら店内へ入る。

内装は昔ながらの港町の食堂。落ち着くなぁ。

出てきたポージュも昔と変わらず絶品だった。

ルルリアは「これは……究極ね」と真剣な顔で口にしたポージュを見つめていた。随分とポージュを気に入ってくれたみたいだけど、帝国に嫁入りするのにお気に入りがルデクの家庭料理というのは、大丈夫だろうか？

「さあ！　お腹いっぱいになったら、もっと色々観て回るわよ！」

僕の頭をよぎった一抹の不安になど気づくはずもなく、元気よく宣言するルルリアの言葉に、店の老夫婦が優しく微笑んだ。

◇◇◇

希望通り無事にゲードランドの観光を終えたルルリア。その後は特にわがままを言うでもなく、出立の日を迎えた。

街外れに停められた貴人用の馬車の前には、見送りのために第三騎士団の主だった面々も集まっている。

帝国に嫁ぐ事が決まった以上、ここは敵国の真っ只中という事になるルルリアだけど、その立ち姿には一切の怯えもない。堂々と見送りの者達を見つめ、ザックハート様の前に歩みでる。

「ザックハート様。これまでのお骨折り、誠に感謝いたします」

深々と頭を下げるルルリアに、第三騎士団長のザックハート様は「不作法な者が多く、ご不便をかけ申し訳なく思います」と無難な返答。

その表情は極めて不機嫌そうだけれど、余計な事は言うつもりがないようだ。

2人のやりとりを見ていたレイズ様が、なんだか笑いを噛み殺しているように見えるのが気になる。こちらも極力無表情で厳格な雰囲気を醸し出そうとしてはいるけれど。

「それからノースヴェル様も。私共の命をお救いいただき、本当にありがとうございました。この御恩は忘れません」

続いてルルリアにお礼を言われたのは、日に焼け真っ黒で髭もじゃ。背は低いけれど筋骨隆々の海賊……じゃなくて、海軍司令のノースヴェル様。

態度もふてぶてしく「おう。帝国に嫁ぐんだってな。次は俺達の手で沈められないように気をつけろよ」などと、笑えない冗談を……冗談だよね？

「その時は私の乗る船がノースヴェル様の船を沈ませても、恨みっこなしですよ？　でも、恩はあるので命は助けてあげます」と宣《のたま》うルルリア。この姫様も大概だなぁ。

ノースヴェル様はルルリアの返答がかなり気に入ったみたいで、「おいおい、姫にしておくにはもったいねえな！」などと言いながら豪快に笑った。姫より上の職業ってなんだろ？

「名残惜しくはありますが、ルルリア様、そろそろ」

さっきからなんか笑いを堪えている気がするレイズ様が出発を促し、ルルリア以下漂流船に乗っていた者達は、第10騎士団の護衛のもと帝国へ向け出発したのだった。

ルルリア一行を帝国へ送り届けるルートは、何度も帝国の侵入を拒んだヨーロース回廊だ。峻険な山々が連なるルデクと帝国の間の中で数少ない、広い街道である。

広いと言っても、一番狭い場所では馬車が2台並べば通り抜けるのが精一杯。ゆえに大軍が通過するにはあまりに不向き。ルデクはこの回廊を利用して、再三に渡り帝国の侵攻を撃退してきた歴史がある。

ゲードランドの港からヨーロース回廊までは、馬車を連れているから10日くらいかな。回廊を通過するのにも丸一日かかるから、予備日も考えると半月ほどの道程だ。

それにしても……さっきのザックハート様、なんだったんだろう？　僕はアロウの背に揺られながら、出立前の出来事を思い返していた。直前になってザックハート様が唐突に僕に声をかけてきたのだ。

『おい、貴様。ロアと言ったな？　お前だ』

『はい。なんでしょうか？』

『……いや、なんでもない』

それだけ言うとさっさと踵を返してしまう。そのまま呆気に取られている僕の方を振り返る事はなかったので、すごく気になっていた。

「どうした？」

思案顔に気づいたレイズ様が僕に声をかけてくる。

「あ、いえ。実は……」

先ほどの出来事を話す僕。初対面でも不愉快そうだったから、何か怒らせてしまったのかも。と、一応挨拶の時のやりとりも話す。

するといよいよレイズ様は肩を震わせ始めた。

「あの、ゲードランドにいる時から、笑うのを我慢してませんか？」

たまりかねて聞く僕に、返ってきたのは忍び笑いだ。

「なるほど、これでようやく話が繋がったな。いや、これは面白いものを見せてもらった」

「僕は全然話が見えてこないのですが……？」

「それはそうであろう。実はな、ザックハート様がずっとソワソワしていたので、何があったのかと思っていたのだ。あのようなザックハート様を見るのはかなり珍しかったからな。あの方には悪いが、興味深く観察させてもらった」

「ソワソワしていた？　あれでですか!?」

あれでソワソワしていたのなら、平時の状態が想像できない。

「ああ。最初はルルリア様に対しての複雑な感情の発露かと思ったのだが……」

「えーと、つまり、敵国である帝国に嫁ぐ相手にどう対応していいのか迷っていた、と？」

「そうだ。だが、違った。ザックハート様が気にされていたのは、ロア、お前だ」

「僕ですか？　全然心当たりがないんですけど？」

「本人はそうだろう。正確に言えばロアと言うよりも、ゲードランドや近隣の子供達にザックハート様はとても気を配っている。第三騎士団は長くゲードランドに駐留している騎士団だ。ゲードランドや周辺の子供達を我が子のように思っているのだ」

ああ見えて情の深い方なのだ。と付け加える。

「でも、ゲードランド出身の子供なんてたくさんいるのでは？」

「そして、ザックハート様は意外に繊細な方だ」

……嘘でしょ？

「おそらく、無愛想にあしらったロアが、この街に縁のある子供であったと知って、密かに対応を後悔したのだろう。ましてロアはルルリアの歓待をしっかりとこなしてみせた。心の中では喜んでいたに違いない。だが、中々それを伝える機会を得られずにいた。そんなところか」

「ええ～」

物語の中で語られるザックハート様と違いすぎる。乙女かな？

「そうがっかりするな。あのようなお方だからこそ、部下は慕ってくるし、先代をお叱りになられた時も、先代は耳を傾けたのだ。あのザックハートが言うなら、と」

確かに、びっくりはしたけれど。それで僕の中のザックハート様の評価が下がる事はない。貴重な話を聞けたとは思うけど。

「へえ、面白いお話ね」

いつの間にやら馬車から顔を出していたルルリアが、僕らの話に口を挟んでくる。

「ルルリア、いつの間に？」

「結構最初から聞いていたわよ？」

レイズ様はまったく動じていないので、聞き耳を立てていたのに気づいていたっぽいな。

「それで、ザックハート様が貴国の先王様をお叱りになられたお話も、ぜひお聞かせ願いたいわ！」

瞳を輝かせるルルリア。

帝国への道のりは始まったばかりだった。

◇◇◇

ヨーロース回廊への道中、街道沿いの町で一夜を明かす事になった。

ルルリアは今まで通り、ロア達と共に時間を潰す。ルルリアのために特別に確保された場所だが、流石にゲードランドの一軒家のように料理をするというわけにはいかない。

そのため、お茶を飲みながらおしゃべりして過ごす。主な内容は北の大陸の風土について。お互いの国の話を聞きたいところだけど、敵国に嫁ぐ身の上だ。ルルリア自身も、ロア達も話せない事も多くあり、なかなか気を遣う。

故に食べ物の話題が一番無難で手頃であった。

「へえ、ゴルベルという国では山羊を好んで食べるの。フェザリスにも山羊を食べる文化はあるわよ」

「そうなんだ。北の大陸だとゴルベルほど積極的な地域は他にあまり聞かないなぁ。山羊の乳のチーズは、山沿いの地方なんかで結構食べられているけどね」

ロアの見識はルルリアから見ても驚くほどに広い。各地の食文化や風土に精通しており、まるで、大陸を旅してきたような臨場感があり、老練な商人と会話しているような気分になる。

見たところ年もルルリアとさして変わらない。それも外交官でもない、王都勤務の人間としては些か異常な知識量と言える。

以前一度興味のままに「なぜそこまで博識なのかしら？」と聞いてみたが、「書物で読んだだけだよ」と濁されてしまった。これはルデクを離れるにあたって、唯一と言って良い心残りとなっている。

「ロア、レイズ様がお呼びだ」

くつろいでいた最中、廊下を守っていた兵士から、ロアに呼び出しがかかる。

「あ、分かりました。ルルリア、悪いけど席を外すね」

「お気遣いなく」

「では、私も」と立ち上がったウィックハルトを、ロアが止めた。

「僕の方は大丈夫だから、ルファと一緒にルルリアの方を頼むよ」

「……畏まりました」

少々不満げながら、ウィックハルトは部屋に残る。そうしてロアが出て行ったところで、ルルリアは改めて聞いてみた。

「ねえ、ウィックハルト、ロアはどうしてあんなに色々な事を知っているの？」

ルルリアの問いに、ウィックハルトは少し微笑んで、

「以前にロア殿の言った通りだと思いますよ。実際にあの方はとても多くの書に目を通しておられますから」

「……そう。それにしても……凄いわね」

「全くです」

我が事のように胸を張りながら頷くウィックハルト。

「ウィックハルトは長くロアの側近をされているの？」

ルルリアとしては当然そうなのだろうなと思っていたから、ゲードランドに滞在中は聞いた事がなかった。質問もさして意味のあるものではなかったのだが、ウィックハルトの返事は意外なもの。

「いいえ。出会ったのもつい最近です」

「え？　そうなの？　とてもロアを信頼しているように見えたのに……」

「ええ。信頼はしております。経緯は詳しく話す事はできませんが」

その辺りは仕方がない事だ。

「ロア殿はレイズ様が弟子として認めたお方ですからね。いずれレイズ様と共に、ルデクを背負う存在だと思っておりますよ」

ルルリアから見て、ウィックハルトも一角《ひとかど》の人物だと感じている。そしてレイズ＝シュタインは

南の大陸でも有名な存在だ。そんな2人が認める人材。

ますます不思議で、ロアに対する興味は尽きない。

グリードルに行っても、また会えないかしら？

あと僅かなルデク滞在を少し惜しく思いながら、ぼんやりとそんな事を思った。

◇◇◇

ルルリアを帝国に送り届ける道中は、恐ろしくスムーズに進む。

それもそのはず。ルルリア達を守っているのは第10騎士団だけではない。先に連絡を受けていた第五騎士団が露払いをしていたためだ。

第五騎士団はヨーロース回廊近隣を持ち場としている騎士団である。

対帝国が主な任務で、実際に何度も迫り来る脅威を凌いできた。ゆえに帝国へ嫁ぐルルリアに対する感情は、はっきり言って第10騎士団よりも複雑だ。

万が一暴走する部下が出る可能性に備えて、第五騎士団の団長より直接的な護衛は遠慮したいとの申し出があった程。

その代わり、道中やヨーロース回廊までの道は、第五騎士団によって一時的に人の流れが止められ、僕らの隊列以外は全く人気がない徹底ぶりで守られていた。

「もう少しで帝国ですね」

僕の隣を並んで進むウィックハルトが言う。

帝国に行くのは久しぶりだなぁと思いながら、「そうだね」と返した僕の言葉に、ウィックハルトは少し不思議そうな顔をする。

「ロア殿、なんというか随分と落ち着いておりますね。もしかして帝国は初めてではないとか？」

しまった。僕が帝国に行ったのは、国が滅んだ後の事だ。この時代、普通の文官は帝国に行く機会などない。

「……行くのは初めてだけど、書物の中では散々目にした国だからね。初めてという気がしないんだ」

「……なるほど。ロア殿の博識を考えれば、当然ですね」

無駄に僕への評価が高いウィックハルトは、簡単に納得してくれる。

「そろそろ着くのかしら」と、馬車からひょっこりと顔を出したルルリア。

危ないから馬車の中で大人しくしていて欲しいと願ったところで、大人しくする姫様ではない。自分も馬で進みたいなどと言い出さないだけましとして、レイズ様もうるさく言う事はなかった。

「この辺りは道が悪いから、馬車も揺れるでしょ？」と僕が返事を返すと「そうね。道は南の大陸の方が良いわ」と言う。

「南の大陸って、どんな道なの？」

「どんな道？　面白い質問ね。……ちゃんとした街道なら、一度掘り返して、一番下に砕いた石を並べて、その上に細かい砂を敷き詰めて、その上から土を乗せて押し固めるわ。それから表面を滑らかにするためにタールで整えたりして、歩き易くするの」

「タール？」

「知らない？　ねばねばしていて上手く使えば色々な事に使える黒い土よ」

「へえ、初めて聞いた。詳しいね」

「それはそうよ、タールはフェザリスの特産品の一つなの。王女として自国の特産品の使い方くらいは知っておかないとね」

「タール……タールか……それ、北の大陸では取れないのかな？　ウィックハルト、知ってる？」

「すみません。聞いた事はないですね」

「うーん。後でレイズ様に聞いてみようかな……」

タールというものがあれば、街道整備も進むかもしれない。僕がどうしたものかと考えていたら、ルルリアが面白そうに聞いてきた。

「何、ロアは街道に興味があるの？」

「興味があるというか、ちょうど今、広い道を作れないかって話し合っているんだよ」

「それは良い事ね。道が広くなれば人も集まってくる。物流が活性化すれば国は活気づくわ」

「でもなかなか難しくてね……その、タールっていうのも簡単に手に入らないかもしれないし」

「……何言ってるの？　ないなら買えばいいじゃない。私の国から」

「え？　いいの？　君は帝国に嫁ぐのに」

「それとこれとは話は別。フェザリスが潤うなら普通に売るわよ？　帝国に着いてからになるけれど、祖国の大臣に取引希望の手紙を書いてあげる。購入する気があるなら、その手紙を港にいるフェザリス人に渡せばいいわ」

「それは助かるなぁ。許可が降りるかは分からないけれど、是非、頼むよ」

「こちらこそ。良い商売になるように祈っているわ」

……意外なところで街道拡張の話になったな。王都に帰ったらドリューに相談してみよう。ドリューなら費用面について考えてくれるはずだ。

そんな風に僕が街道整備について思いを巡らせている間も、一団は粛々と進んでゆく。

「国境が見えてきました！」

先頭を進む兵士の声。ついに、帝国領の目前までやってきたのだ。

ルルリア達の引き渡し場所は、ヨーロース回廊を抜けた先にあるグラデリオという砦の前。

砦の前で既に帝国の部隊が整列して待っているのが、遠くから見ても分かった。

「紺の旗色に四つ星の刺繍………」

「ロア、何処の部隊か分かるか？」

後ろから声をかけられた。声の主はレイズ様だ。

「あの旗印は分かりますよ。ガフォル、大剣のガフォル将軍ですよね」

「そうだ。まさかガフォルが出てくるとは……いや、その可能性は充分あったか……」

少し面倒そうなレイズ様。それもそのはず。ガフォル将軍とは並々ならぬ因縁がある。

近年の帝国は北の強国ツァナデフォルとの戦いが本格化しており、ルデクへの攻勢はそれほどではない。

けれど、帝国がルデクへの侵攻に力を入れていた頃、よく一軍を率いていたのがガフォル将軍だ。対して、ルデクで対帝国の部隊を指揮した中心人物こそが、何を隠そうレイズ様。

再三に渡る帝国の侵攻、結果は現在も国境線が変わっていない事実が表す通り。後にヨーロースの大防衛戦と称される戦いは、大きな戦闘になった物だけでも実に7回にも及んだと記されている。

帝国を跳ね除けた一連の戦果によって、それまで無名だったレイズ様は、一躍ルデクの名将として大陸中に勇名を馳せたのである。

つまり、逆を言えば今出迎えているガフォル将軍は、繰り返し煮え湯を飲まされてきた事になる。

今回は帝国の漂流船を助けた事に端を発した入国なので、突然取り囲まれて殲滅されるような心配はないと……多分ないと思うけれど、それでも少し緊張してきた。

そして、対面。

ガフォル将軍はすぐに分かった。本人の背丈くらいの剣を背負っているから。

ガフォル将軍はレイズ様を見ると、少しだけ眉根を寄せたが、黙って微動だにしない。

代わりに、そのガフォル将軍の隣に立っていた青年が、一歩足を踏み出してきた。

「貴殿がレイズ将軍か？　此度は我が民、そして我が妻への厚遇、感謝する。私はグリードルが第四皇子《おうじ》、ツェツェドラである」

ツェツェドラ、その名を聞いた時、僕は密かに息を呑んだ。

それからルルリアの乗る馬車へ視線を走らせる。

ちゃんと確認しておくべきだった。

第四皇子ツェツェドラ。

僕の知る歴史では、彼はこれから半年もせずに、若くしてその命を落とす。

◇◇◇

「ツェツェドラ＝デラッサ様ですな。レイズ＝シュタインです。この度は我が軍を貴領に迎えいれていただいた事、ありがたく存じます」

今、僕の前で表情を固くして、レイズ様の挨拶を受けている帝国の第四皇子、ツェツェドラ。この人は悲劇の皇子として、後世の物語に長く名前を残す人物だ。

レイズ様に深々と一礼されたツェツェドラ皇子は、返礼を少し言い淀んでガフォル将軍を見る。

ガフォル将軍は腰を屈めて皇子に耳打ち。その間レイズ様は決して顔を上げない。

ガフォル将軍が元の体勢に戻ったところで、皇子が小さく咳払いする。

「貴国の義侠心《ぎきょうしん》が我が国の民を救ったのだ。両国間に含むところはあるが、今日はせめて歓待させてほしい……それから、ルデクの第10騎士団が我が国の大地を踏むという歴史的な瞬間に立ち会え、嬉しく思う」

後の言葉を聞いた瞬間、ガフォル将軍が渋い顔をしたので、皇子が付け足したのかな？　つまり最後の言葉は皇子の本音という事かもしれない。

そうか、これはルデクの兵が帝国領に足を踏み入れた初めての出来事なのか。そのように思い至ると鳥肌が立った。皇子が言ったように、まさに歴史の一頁に立ち会っているんだ。

ただ、僕が目にできたルデクの記録の何処を読んでも、こんな記録は残っていなかったと断言できる。多分帝国の記録にも残っていないのだろう。つまり、語られぬ歴史、というやつだ。

ツェツェドラ皇子の言葉が終わるのを待って、ようやくレイズ様が顔を上げる。皇子が言い淀んだ事などなかったかのような対応。

「それでは、姫にお目通りを」

レイズ様が横によけ、ツェツェドラ皇子から馬車までの道が開く。ゾーラさんがゆっくりと馬車の扉を開くと、楚々《そそ》とした女性が馬車から降り立った。

誰だ、あれ？

いや、見た目はルルリアなんだけどね。なるほど、これが姫という職業の人か。なんというか、本気を出すと醸し出す雰囲気が圧倒的だ。最初からこの高貴さを漂わせていたら、僕は絶対に友達口調で話す事はなかったと思う。

あ、思い返せば初対面の一瞬だけそれっぽかった。あまりに一瞬過ぎて忘れていたけれど。

雰囲気に気圧されているのは僕だけではない。ルルリアの性格を知っている第10騎士団の面々は唖然と、帝国の騎士団はほうっとため息をつくように見つめている。

ツェツェドラ皇子もぼんやりとルルリアを見つめていた。その頬は赤い。

もちろん皇子もやんごとなき御仁なのだけど、こう、ルルリアの方が王族としての格が上に見える。心構えの違いなんだろうか？　まぁ、漂流して異国に流れ着いてなお、動じない娘さんだもの。見た感じ育ちが良く、坊ちゃんっぽいツェツェドラ皇子と比較するのは酷かも。

「ああ、ツェツェドラ様。ようやくお会いできましたね。この時を心待ちにしておりました」

「あ……うん。こほん、うむ。この度は大変な目に遭われたが、無事に会えて嬉しく思う。本来であればすぐにでも駆けつけたかったのだが、両国の事情は既に聞き及んでおろう。すまぬ」

「いいえ、わたくし、ルデクの皆様にも大変良くしていただきました。ツェツェドラ様にお会いできないのではと心細くは思っておりましたが……」

心細く？　……嘘だな。チラリと横を見れば、ウィックハルトも嘘だろ？　という顔で2人のやりとりを見つめている。

「そうです、わたくし、ツェツェドラ様とのお手紙、全て持ってきたのですよ」

「な!?　いや、そ……そうか……」

ルルリアの言葉に、皇子が激しく動揺する。

「このお手紙のおかげで、わたくし、ツェツェドラ様とは初対面とは思えませんわ」

「あ……ああ。それは私もだ。貴方から貰った手紙は全て大切に保管している。聡明な女性だとは思っていたが、これほどまでに可憐で美しい人を妻に迎える事ができるのは……本当に嬉しく思う」

「まぁ、うふふ。お上手ですこと。ツェツェドラ様もお手紙の通りお優しそうな方で安心いたしました」

「そ、そうか……」

ルルリアが何処まで猫を被って進めるのかはともかく、第10騎士団の任務はこれで無事終了である。

両国の騎士団の面々から、どこかほっとした空気が漂ってくる中、僕は一人全く別の事を考えていた。


手紙……そうか、手紙か。その手があったか。


第四皇子ツェツェドラが若くして命を失う原因となったのは、よくある身内の権力争いに端を発する。

問題となったのは帝国の第二皇子だ。僕もあくまで物語の中でしか知らないけれど、第二皇子は大臣と共謀して帝国の乗っ取りを企んだ。皇帝の不在をついて一軍を率い、帝都の占領を狙ったのである。

計画は当初上手く行ったものの、皇帝が軍を率いて帰還するとあえなく瓦解。第二皇子は捕らえられる事になる。

この時にツェツェドラも巻き込まれた。

本当に運が悪かったとしか言いようがない。第二皇子が帝都に乗り込んだ時、ツェツェドラはたまた帝都に滞在していた。

ツェツェドラは帝国南部の領土を任されていたので、普段は自領にいるのが基本。皇帝の息子はそれぞれ役割をあてがわれ、国家運営の勉強をするのが帝国流らしい。

なぜツェツェドラがこの時帝都にいたのかはよく分かっていない。父である皇帝に用があって赴いたが不在で、帰還を待っていたとだけ語られている。

結果的にツェツェドラは第二皇子との結託を、つまり、帝都に誘い込んだのではないかという嫌疑をかけられた。

ツェツェドラは否定したものの、第二皇子はそれを認める。

第二皇子がなぜ、そんな事を言ったのか。

劇中では末っ子で皇帝から可愛がられているツェツェドラへの意趣返しと、寵愛を受けるツェツェドラを巻き込めば恩赦があるのではないかと考えたとしていたけれど、真相は分からない。

結果的にツェツェドラの訴えは届かなかった。

こうして激昂した皇帝の命によって、捕らえられてからさして時を置かずして、叛逆《はんぎゃく》の罪で第二皇子と共に斬首されるのだ。

ところがツェツェドラの無実は、そのすぐ後に発覚する。

ツェツェドラの妻から帝都に赴いていた理由が伝えられ、皇帝が自らの短慮を恥じて涙するという場面で物語は終わりを告げるのである。

僕は、ツェツェドラ皇子とは初対面だ。

けれどその妻、つまりルルリアとは、彼女の言葉を借りれば同じ釜の飯を食べた仲だ。

僕はこの、演技上手で奔放な姫の事を気に入っている。

だから、

敵国ではあるけれど、ほんの少しだけ、助言する事に決めた。


ルルリア以下、漂流した船の乗組員の引き渡しが無事に終わり、そのまま第10騎士団は帝国騎士団の歓待を受ける事になった。

「何度貴様をこの手で真っ二つにする夢を見たか、分からんくらいだぞ!!」

と、非常に剣呑《けんのん》な事を笑顔で言っているのはガフォル将軍で、言われているのはレイズ様だ。

「夢で見る分には、ご自由に」

レイズ様がさらりと返すと、ガフォル将軍はいよいよ挑戦的な笑みを見せ、「夢で終わると良いがな！」と、危うい言葉を重ねる。

これには流石にガフォル将軍の部下が顔面蒼白となりながら、慌てて「将軍に悪気はないのです！　普段よりこのような物言いなので！」と必死になってレイズ様に説明。

「特に問題はない」

ガフォル将軍と同じペースで盃《さかずき》を空けているはずなのに、全く顔色が変わらないレイズ様が冷静にそのように答えるのを見て、ガフォル将軍がさらに絡んでいた。

将軍の部下は大変そうだなぁ。

ルデク兵が帝国の兵を保護して引き渡すという両軍ともに初めての出来事で、少なからず張り詰めていた緊張がお酒で解放されたのであろう。ガフォル将軍に限らず、そこここで敵国の兵同士が盃を酌み交わしている光景が見られた。

もちろん、やろうとすれば気の緩んだ第10騎士団の寝首をかく事は容易《たやす》いけれど、人道的な善意を見せたルデクに対してそのような事をすれば、帝国は今後全ての国からの信用を失う事になる。故に、大変危険な帝国領内ながら、今このいっときに限っていえば、非常に安全な場所といえる。

僕は酒宴に程々に付き合って、頃合いを見て席を立つ。一緒に席を立とうとするウィックハルトには疲れたから先に休むと伝えて、その場に留めた。

それからツェツェドラ皇子とルルリアの元へ向かい、簡単に挨拶を交わす。ついでにルルリアに、タールの件の手紙についてお願いする。

「出発前までにご用意させていただきますわ」と言うルルリア。ツェツェドラ皇子がなんの事か聞き、ルルリアがタールについて説明を始めた。

タール自体は戦争に使用するようなものではないので、皇子もうるさくは言わないだろう。そして、僕がわざわざこのタイミングでルルリアにその話をしたのは、皇子に手紙の内容を知ってもらうためだ。

自分の妻が敵国の相手に手紙を渡すというのは、快くは思わないだろうから。先に知らせておいた方がいい。

それから僕は「お礼にポージュやその他の料理の作り方を記した手紙を、明日までに用意しておくよ」と伝える。これが本題。僕からもルルリアに手紙を渡しても不自然でない状況を作っておきたかったのだ。

僕の言葉、特に料理というところに興味を持つ皇子。

「ルルリアは料理をするのか？」

「ええ、ルデク滞在中に、こちらのロア様や、あちらにおられるウィックハルト様、それと同行されておりませんが、ルファという女の子と一緒に料理をして時間を潰していたのです。ツェツェドラ様にもわたくしの手料理を是非お召し上がりいただきたいですわ」

「そうか、楽しみにしておる」

目尻を下げるツェツェドラ皇子。とりあえず僕の目的は達したので、ルルリアがどんな料理を作ったかを皇子に話し始めたのを潮に、その場を離れた。

いくら歓待すると言っても、さすがに敵国の兵を砦に迎え入れるというわけにはいかないので、周辺には帝国の用意した宿泊用の天幕が多数並んでいる。

僕はあてがわれた天幕に滑り込むと、適当な箱を机がわりにして紙とペンを取り出し、うんうんと唸りながら手紙をしたため始めた。

「それではみなさま、本当にお世話になりました。帰路のご無事をお祈りいたします」

◇◇◇

翌朝、僕らは帰国の途に着く。昨日同様に整列した帝国騎士団の前で、ルルリアは主だった第10騎士団の将校それぞれと一言挨拶を交わしてゆく。

最後は僕だ。僕には「お約束した通り」と言って、手紙を渡してくる。事前に話を通しておいたため、ツェツェドラ皇子も黙ってその様子を見ているだけだ。

「2通？」

手紙は2通あった。

「ええ。1通はタールの取引用。もう1通はルファへのお手紙です。ルファに渡していただけますか？」

表書きを見れば、南の大陸の言葉で書かれている。

「分かりました。ルファも喜ぶと思います」

「よろしくお願いいたします。本当に、ロア様にはお世話になりました」

「それじゃあ、僕の方からも、これを」

「2通？」

ルルリアは僕と同じ反応をした。

「1通はレシピです。もう1通は、そうだね……ツェツェドラ皇子と2人きりの時にでも読んでくれば良いです」

「もちろん。ちょっとしたお守りみたいなものです。読んだ後に不要だと思ったなら、捨ててく

ださい」

「2人の時に？　ツェツェドラ様が読んでも問題ないと」

「お守り……ですか」

訝しげにしながらも、ルルリアは2通の手紙を受け取ってくれる。

僕ができるのはここまで。

内容は、第二皇子と大臣の企みについて。ゲードランドに出入りする商人から不穏な噂を聞いた。2人が密かに武器を集めている。近々良くない事が起こるかもしれない。噂の域を出ないけれど、情報筋は確かだ。この情報をどのように扱うかは、君達夫婦に任せる。

といった事柄を書き記した。

ゲードランドの港は第三騎士団が管轄しているから、僕にそんな話が入ってくる訳がない。そもそもゲードランドの港に行ったのも久しぶりだ。

けれど、ルルリアは僕が港周辺の出身だという事実しか知らない。ならば、僕が港を飛び交う情報に精通していると匂わせても素直に信じるだろう。

手紙を読んだルルリア、そしてツェツェドラ皇子がどのような判断を下すかは、分からない。

ここから先は2人の物語だ。

せめて、幸福な結果が待っていますように。

背後に去りゆく帝国の空を見上げながら、僕は密かにそんな風に思っていた。

◇◇◇

無事王都に帰還した僕ら。先に帰還していたルファにルルリアからの手紙を渡し、やれやれと思ったのも束の間。僕は突然王様に呼び出された。

正確には王様の命令を受けたネルフィアに呼び出され、王宮の一室で待機している。

「お待たせして申し訳ありません。王は別件が入ってしまい、私よりご説明するように命じられまして……」

戻ってきたネルフィアは恐縮しながら僕の前に座った。

「や、全然いいけど、何があったの？　ウィックハルトの事とか？」

最初に思い当たるとすれば、ここ。

ウィックハルトが僕の配下になった件について、王がどう思っているのか知らない。

ウィックハルトは大陸の十弓に数えられる程の弓の名手だ。本来であれば僕の部下に甘んじるような人間ではない。人望もあるし、見た目も良い。そして性格もいい。恐るべき男である。

しょぼい文官の下で才能を腐らせておくのは惜しい。王様がそう考えても全く不思議ではないのだ。

けれど、僕の言葉にネルフィアはキョトンとした顔をする。その表情を受けて、僕もキョトンとしてしまい、少しの間、間抜けな時間が過ぎる。

顔を見合わせ、お互いに苦笑してから、ネルフィアが居住まいを正す。

「王よりのお話というのは、瓶詰めの事です。まずははっきりと申し上げます。ロア様、瓶詰めについて、その技術を国が召し上げさせていただきたく思います。つまりロア様の手を離れ、国家規模で運営させていただきたく」

「あ、はい。どうぞ」

正直拍子抜けだ。僕にとって瓶詰めは大した話ではない。ウィックハルトをとられる方が切実だ。瓶詰めはむしろ、僕が携わらなくて良いなら楽でいい。

「えっ!?」

僕の答えを聞いてネルフィアが変な声を出す。

「えっ!?　何か不味かった？」

ネルフィアの反応に驚いて僕も驚く。なんだかちょっと噛み合わない。

ネルフィアは軽く咳払いをしてから、子供を諭すように説明を始めた。

「ロア様が瓶詰めの技術に固執しておられないのは存じております。ですが、この場合、召し上げるという事は貴方様の功績さえも王のものにする、という事ですよ？」

「うん」

「貴方様の名前は歴史に残らないし、今後権利を主張する事もできない。そういうお話をしているのです」

「へえ。別に構わないよ？」

そもそも僕が発明したのではない。好きにすればいいし、国家での運営となればより効率よく美味しい瓶詰めが食べられるだろう。ならばなんの問題もないのでは？

けれど僕の言葉を聞いたネルフィアはむしろ口を尖らせて不満そうにする。

「なぜです？　貴方様の功績を国が奪うと言っているんですよ？　不満を漏らしたり、対価を求めるのが当然ではありませんか？」

「……前にも伝えたと思うけど、瓶詰めにこだわりは無いんだよ。別に対価も……ねぇ。第10騎士団に率先して配備でもしてもらえればそれでいいかな……あ！　そうだ！」

「何かありましたか!?　なんでも言ってみてください。例えば11番目の騎士団を作って団長になりたいとか？」

「え!?　何それ!?　そんな事できるの？」

「瓶詰めがもたらす国の利益を考えれば、できなくはないかもしれませんよ？」

それは魅力的な提案だけど、却下だなぁ。僕にはあまり時間がない。1から騎士団を作っているうちに国が滅んでは笑えない。

「それはまたすごい話だけど……そうじゃなくてね、代わりに街道の話、進められないかな。実はルルリア……フェザリスの姫からタールっていうものを使った街道舗装方法を聞いてね。ついでにフェザリスとタールの交易のための手紙も貰ってきたんだけど」

「は？　あの……ロア様、それは褒賞というよりも新しい功績では……？」

「え？」

どうも今日は話が噛み合わないなぁ。

ネルフィアは下を向いて一度大きくため息をついてから、僕に向き直る。

「とりあえず褒賞の話は保留で、まずは街道のお話をしましょう。まだ公表されてはいませんが、ロア様達が王都を離れている間に、街道の計画は承認されました。ですのでそのタール、というものについては、国にとっては渡りに船です。そのお手紙は後ほどお預かりしても良いですか？　王に渡します」

「え、もう決まったの？　思ったより早かったね。最初は王都とゲードランドを結ぶのかな？」

「ええ。元々ドリューの提案で議題には上がっていた件ですからね。瓶詰めの増産を見込んで、費用も問題ないと王が判断されました。それで話が戻るのですが、瓶詰めの権利を国で引き上げたいという事なのです」

「ああ、なるほど、やっと話が見えてきたよ。国の予算で瓶詰めの工房か何かを作るつもりかな？」

「おっしゃる通りです。すでに敷地は確保し、建物も急ぎ作られています。街道に関しても、試験的に王都と瓶詰め工房まで繋げる予定です。問題が起きなければ、次はゲードランドへ」

工場建設の計画速度が早い。これは瓶詰めの話が王に伝わったかなり序盤の段階で、裏では計画が進んでいたんじゃないかな。やるなぁ。

「あれ、でも街道を作るとなれば、人手はどうするんですか？」

今進んでいるらしい工房建設だってどうしているんだろう？

「第六騎士団を使います」とネルフィア。

「第六騎士団を⁉」

「ええ。第六騎士団はまだ新しい団長も決まっていませんし、このまま王都で遊ばせておくくらいなら街道造成に使おうと。その方が対外的にも聞こえが良いですし」

「確かに」

第六騎士団は街道造成のために王都に留めているとした方が、人々も面白おかしく騒ぎ立てないだろう。

「……ですので、実は瓶詰めの権利をロア様から引き上げるのは、貴方の意見は関係なく決定事項でした。私は王からロア様の説得と、褒賞について聞いてくるように言われたのですが……」

ネルフィアは困ったような表情を見せた。

「そうだ、そういう話なら、僕に工房の指揮を執れ、なんて命令はなかったの？」

それはちょっと困る。瓶詰めに割く時間は無い。なんなら、工房の指揮の辞退を褒美にしてもらいたいのだけど。

「それはありません。レイズ様のお気に入りの方を、王が無理やり召し上げるというのはやはり問題がありますので」

「そう。それなら助かるよ。僕も瓶詰めに関してこれ以上時間を使うつもりはないんで、その、褒賞もいらないのだけど……」

「それではいくらなんでも王の沽券《こけん》に関わります。単純に部下の功績を王が奪い取ったみたいになるじゃないですか」

そんな事言われても、僕の目的は、すでに期限まで1年半を切ろうとしている滅亡の未来を回避する事だ。それに使えるカードなら欲しいけれど……お金？　うーん。大金はなんかおかしな輩を呼びそうだなぁ。他にあるかな……。

「あ！」

「なんですか？　何か思いつきましたか？」

身を乗り出すネルフィア。

「こういうのって不遜に当たるのかな？」

「とりあえず言ってみてください」

「王に直接進言できる権利。あ、もちろん、内容次第で拒否してもらっても構わないんだけど、とにかく、僕の進言を直接聞いてもらえる権利を1回、もらえませんか」

何に使えるか分からない。でも、第一騎士団長ルシファル＝ベラスに握りつぶされないように、王に話を通す事のできる手段があれば大きいかもしれない。ただの思いつきだけど。

「王に直接進言できる権利、ですか……？　すみません。そのような要求が来るとは思っていなかったので、一度持ち帰って王に話してみます。けれど、王に拒否権がないのならともかく、拒否権があったら意味がないのでは？」

「そうでもないですよ？　例えば今回のタールの件みたいに、急いで話を進めたい時にすごく便利だなぁと思って」

「私のような凡人にはロア様の考えは少し理解できませんが、分かりました。貴方様の要望は必ず王にお伝えいたします」

頭を下げたネルフィアは、「しかし」と言葉を続ける。

「本当に貴方は……元々王の命で貴方様のお手伝いをさせていただいておりますが、私は貴方に個人的に興味が湧いてきました」

そんな風に言いながら、彼女が普段見せない中々魅力的な笑顔を見せてくれたので、僕としてはもう十分な褒賞なんじゃないかな、なんて思ったりもした。


ネルフィアとの話し合いの後、僕らはそのまま連れ立ってドリューの元へ向かう。途中で僕の部屋からルルリアの手紙も持ち出してきた。

ルルリアはタールの効果や費用、どのくらいの量でどのくらいの街道に使えるかなどを、丁寧に分かる範囲で書き記してくれていたのである。とても助かる。

手紙を元にドリューにざっくり費用の試算を頼んで、ネルフィアからゼウラシア王に報告してもらうつもり。

「そういえば、ネルフィアとはこれでひとまずお別れなのかな？」

僕のそんな一言に、隣を歩いていたネルフィアが首を傾げ、それから、ああ、と納得する。

「確かに王から命じられた瓶詰めの手伝いはこれで終了ですが……あ、そうでした。ロア様があまりにもあっさりと了承されたので、伝えるのを忘れていましたが、当面の間、瓶詰め工房は私とザビーが面倒を見る事になっています」

「そうなの？」

「はい。それで、私としてはこのままロア様の配下も兼務させていただきたいのですが……」

「いいのかい？　僕はありがたいけれど、瓶詰め工房の面倒も見なくちゃいけないのに大変じゃない？」

なんだかんだ言って、優秀な事務官であるネルフィアがいると色々助かる。王様にも直接話せる人だし。でも仕事を抱えすぎではないだろうか？

「いえ、すでに色々兼務しておりますし、瓶詰めの工程は確立されていますから、流れを知っている私達は助言をするだけです。責任者は別にいます。それに何かあった時、瓶詰めの知識のあるロア様とすぐに連絡が取れるのは私にとっても都合が良いので」

「そう？　それなら異存はないけれど」

「ありがとうございます。では今後ともよろしくお願いします」

「こちらこそよろしくお願いします」

そんな話をしながら、ドリューの部署にたどり着く。この部署にはドリューしかいないので、実質ドリューの部屋のようなものだ。実際彼女はほぼこの部屋で生活しているらしいので、部屋の方が正しい気がする。

「ドリュー、いるかい？」

ノックしても反応がないのは彼女の基本。ゆっくり声をかけながら扉を開く。

がらくたが積み重なった奥の方から「……はぃぃ」虫の声みたいなか細い返事が聞こえ、僕らが慌てて室内に入ると、ドリューが机に突っ伏したまま変な声を出していた。

「ドリュー!?　大丈夫!?」

「あぁ、ちょっと……ご飯を……食べていない…………だけ……です……ので、だい……」

僕とネルフィアは目配せをしてすぐに動き出す。僕は食料の確保に、ネルフィアにはドリューの介護を頼んだ。

ドリューの部屋の近くの部署に駆け込むと、そこの文官は心得たように、消化に良いものを準備してくれるという。よくある事なの？

固形物は任せてミルクだけ持って戻ると、ドリューはネルフィアに介護されながら「ふひひひ」と笑い声を上げている。いよいよもって駄目かもしれない。

とにかく無理やりミルクを流し込むと、ゲフーとゲップをしてから「見てくださいよ、これ」とがらくただらけのテーブルの一角を指し示す。その場所には1つの瓶があった。

ごく普通の瓶……ではない。でも多分、この凄さは大陸中で僕しか分からない物だ。

瓶のフチには螺旋《らせん》の凹凸がある。

そしてその横には、同じように凹凸をつけた蓋。

これはコルクよりも、より確実に瓶の中を密封できる工夫だ。未来で瓶詰めが発明されてから、各国がこぞって人と金を使ってようやく生み出された未来の瓶の形。

僕には作り方が分からなかったので、作ろうとも思わなかった技術。

それをドリューは、たった一人で見つけ出したのか。

まさに天才、ドリュー。

僕は、このボサボサ髪でミルクを嘗《な》めている女性を改めて見る。

「これは……凄いよ、ドリュー。凄い発明だよ」

掛け値なしに心底凄いと思う。

「そですか？」

本人は全く実感のない鈍い反応。視線は食事にしか向いていない。

瓶の事はともかく、ドリューは栄養補給が最優先だ。用意されたスープをドリューががっついている間、僕はこの瓶がどれだけ凄いかネルフィアに説明する。

ネルフィアも最初はピンときていなかったけれど、瓶と蓋がきちんと嚙み合えば、コルクも蠟も不要で、使い回しができると分かると目を丸くしていた。

「これ、下手したら瓶詰めよりも凄い発明ですよ」と話す僕に「さすがロア、分かっておりますな！」と少し顔色の良くなってきたドリューが言う。

「すぐには無理かもしれませんが、この瓶が作れるのであれば、瓶詰めの保存期間が大幅に伸びるのは間違いないです」

僕の補足でネルフィアが納得。それから頬に手を当て少しだけ眉根を寄せる。

「なるほど、理解いたしました。では先々を見据え、この瓶の生産も考えないといけませんね。タールの事といい、貴方方のような人達からは本当に目が離せません……」

大きくため息をつくネルフィアを見て、なんだか少し申し訳ない気持ちになる。僕のは他人の技術を借りただけ。ドリューのような本物の天才ではない。

まあいいや、それよりも今は瓶の話だ。

「それで、ドリュー。作るのはそれほど難しくないのですか？」

「うん？　作り方は教えますです。できるかどうかは知らないです」

なるほど、天才にしか作れないなら意味はない。量産化できるかはまた詰めないとだなぁ。ネルフィアも僕と同じように考えていたようで、ドリューに声をかける。

「ドリュー、食事中に申し訳ないのですが、この瓶の作成方法を急ぎ紙にまとめてもらえますか。タールの件と合わせて王にご報告しますので」

「タール？　タールってなんです？」

知らぬ言葉にドリューが反応。僕はドリューへタールの説明をする。

「へえ。面白いです。それで、この手紙の金額で購入できるのですか……うん。良いと思うのです」

「え？　もう試算したの？」

「うん。この程度の計算ならすぐにできるのでは？」

いや、絶対ドリューしかできないと思うけど？

その才能に呆れる僕の横で、片手でスープをすくって飲みながら、王に提出する報告書にスープを飛ばしつつ、サラサラと書類を書き上げてゆくドリュー。

その書類を受け取ったネルフィアは、丁寧に畳んでドリューに一礼。

「……それでは、私は王に謁見の打診をして参ります。すみませんがお先に失礼いたしますね」

退出してゆくネルフィアを見送りながら、心中で密かに頭をさげる僕。僕とドリューに会っただけで、瓶詰め工場に加えて、新しい瓶の生産、そして街道拡張に使うタール輸入に関する報告と、王の秘書官の仕事を着々と増やしてしまっている。

残ったのは僕と、スープに浸したパンをずるずると啜《すす》っているドリュー。

僕はドリューの様子を見ながら、一つの可能性を考えていた。

これだけの才能があるドリューだ。僕の知る未来の技術を、他にも再現する事ができるかもしれない。それはいずれ、僕の大きな武器になるかも。駄目で元々、試しに頼んでみようか？

「ねえ、ドリュー。もし暇な時間があったら、試しに作ってもらいたいものがあるのだけど」

僕の言葉にドリューは、

「作ってもらいたいもの!?　なんですか!?　なんですか!?」

と、口の中のスープを飛ばしながら話題に食いついた。

◇◇◇

「スールちゃん！　こっちに蜂蜜酒とワイン、追加でよろしく！」

サザビーの注文を満面の笑みで請け負うスールちゃん。今日はイケメンが2人もいるからほくほくである。一人はもちろんサザビー。そしてもう一人は僕……ではなくウィックハルトだ。

ウィックハルトは街の食堂に来る事はあまりないらしく、興味深そうにキョロキョロしている。そういえばゲードランドの港の食堂でもおんなじ反応してたな。

「こちらのお店のように酒場も兼ねていると、先日の食堂とはまた違った雰囲気ですね」と楽しそうなので何より。

ウィックハルトもフレイン同様に良い家柄の出身である。幼少の頃より弓の訓練のために、専属の教師がいたと聞いた時は少し呆れてしまった。

今宵、トランザの宿に集まったのは僕、サザビー、ウィックハルト、ネルフィア、ディックとルファである。つまりチーム瓶詰めにウィックハルトを加えた面々。

本日はチーム瓶詰めの打ち上げなのだ。瓶詰めは国家事業に継承される事になったので、ひとまずお疲れ様という事で集まってもらった。

なお、今回の費用はネルフィアを通じて王に請求できるという、無尽蔵の予算で開催されている。と言っても僕らがこのお店でお腹いっぱい食べて飲んでも、たかが知れてはいるのだけれど。

ちなみに王様の支払いと知っているのは、僕とネルフィアとサザビーだけだ。

元はと言えば、ネルフィアと共にドリューの部屋に行く途中で「お疲れ様会やろうか?」なんて話していた事が、ネルフィアの報告の際にたまたま王の耳に届いた結果、このようになった。

先ほどからメニューを上から順に注文して、ひたすらに平らげているディックに、今日は王様の奢《おご》りだと言ったらどんな反応をするかな? ちょっと愉快な気持ちになる。

「でね、聞いてくださいよウィックハルトさん! このロア殿て人はひどいんですよ! 俺だけ除け者にしようっていうんですから!」

すでにいい感じにお酒が回り始めたサザビーがウィックハルトに絡んでいる。

「いや、違うってば。てっきり僕はネルフィアから話がいくと思っていたんだって!」

そのように僕に言われたネルフィアは「あら、大切な事は自分で聞くべきですよね? サザビー」と涼しげな顔でワインを口にしている。

サザビーが言っているのは今後の所属についての事だ。

ネルフィアは事前に話した通り、僕の部下の立場を兼務すると聞いている。王様と僕の部下を兼務って、言葉にするとちょっと意味が分からないな。

ウィックハルトは言わずもがな。ルファは瓶詰めがなくとも、通常の食料庫や武器庫の管理は僕と行うのでそのまま。

ディックに関してはレイズ様と相談の上、正式に僕の配下という事になった。今後はルファと共に在庫管理の手伝いをしてもらいつつ、戦場にも同行してもらう。

残ったのはサザビーだけど、僕はてっきりネルフィアから話がいっているものとばかり思っていた。

だから、今日の今日までなにも言ってこなかったサザビーは、王の書記官という本来の仕事に戻るのだなと考えていたし、サザビーはサザビーで、ネルフィアも一緒に元の仕事に戻るという認識であったらしい。

今日になって、ネルフィアが引き続き僕の部下としても活動すると聞いたサザビーが「なんで俺は誘ってくれないのですか！」と臍《へそ》を曲げたという経緯。

僕はネルフィアに伝えたのと同じように「忙しい中で僕の面倒まで見てもらうのは申し訳ない」との旨をサザビーにも説明したのだけど、「なにしでかすか分からない、面白そうな職場をみすみす手放すなんてあり得ると思いますか？」と言って、自分も残ると言い張った。

……サザビーもネルフィアも優秀だからありがたい話ではあるけれど、２人の僕の評価に関して若干釈然としないものがあるのはなんでだろう。

「もう、サザビーはお酒飲み過ぎ」

ルファに注意されたサザビーが「そうは言ってもさぁ、ルファちゃ〜ん」と、今度はルファに絡もうとして割と本気で嫌がられている。

ルファもこの数ヶ月で随分と皆に慣れたので、残ってくれる事が本当は嬉しいのだろうけど。

「ところでロア様、今後はどんな予定なのですか？」

全く酔った様子のないネルフィアが聞いてくる。

「今後？　とりあえず街道の話し合いには参加するつもりだけど……」

「他にも何か隠してません？」

探りを入れるようなネルフィアの言葉。隠している事はいくつもあるけれど、今のところ話す予定はないなぁ。

予定と言えば、ここからルデクの滅亡までに第10騎士団は2つの大きな戦いに参加するはずだ。

一つは今年中に。もう一つは年が明け、滅亡の少し前。

その他にも小競り合いや小さな任務はあるだろうけれど、少なくとも2つ目の戦いまでに、レイズ様の信頼を確固たるものにしておきたい。その上で協力を仰ぐのが、現状考えられる対ルシファル＝ベラスの最善策。

それにしてもなんだか不思議な気持ちだ。

騒がしくも穏やかな光景を見ながら、ふと、そう思う。

ルデク王国が滅んだ僕の知る未来。僕は絶望の中で40年間大陸を彷徨《さまよ》っていた。

言葉の通り、定住地を持たず色々な国を渡り歩いた。行く先々で日雇いの仕事をして、ただ漫然と生きた。

どこに行こうと夜になれば悪夢が待っている。繰り返し見た、取り戻せない平穏な日常。それに耐えきれず、逃げるように。

安寧の地を求めてと言うよりは、死に場所を求めていたと言う方が正しいように思う。

なのに今、こうしてみんなと笑えている。僕は、この平和を守りたい。

僕は40年間のうちに様々な体験をした。この国にはない発想、この時代にはない技術。生きるために、あるいは死ぬために。

手段を選んでいる場合ではない。僕の知る知識の全てを使って、滅亡の未来を回避させる。


「ロア様？」

僕の思考がまた未来へ飛びそうだったけれど、ネルフィアに引き戻される。

「あ、ごめんごめん。そういえば、レイズ様が新兵の模擬戦に参加しろって言っていたなぁ」

「ああ、そういえばもうすぐですね。今年は第10騎士団と第六騎士団が新兵訓練を行うとか」

秋の収穫終わりのこの時期は、出会いと別れの季節だ。

年齢で従軍が厳しくなった人、怪我をして兵士を引退する人、或いは戦場から物言わぬ帰還を果たした人……理由は様々あるけれど、騎士団の退団はこの季節にまとめて事務処理が行われる。

代わりに新兵が一斉に入団してくる。

正式登用前に一通りの訓練を受け、無事騎士団への入団が認められた人達の最初の戦闘が、この演習だ。

騎士団加入の洗礼というか、歓迎というか、模擬戦とはいえ初めての大規模な戦闘で最前線を任される恒例行事。

大抵の新兵は先輩兵士に打ちのめされて、晴れて配属先の各騎士団へと旅立ってゆくのである。

例年、第10騎士団と、その時余裕のあるいずれかの騎士団が新兵の模擬戦を指揮する。今年は街道拡張工事のために王都に滞在している第六騎士団が相手だ。

市民が観覧に来るようなイベントで、この時期の王都の風物詩。僕も文官時代は楽しみにしていた。

まさか、見るのではなくて参加するようになるとはね……。

僕は少し複雑な気持ちになりながら、なおもしつこくルファに絡もうとして、ルファのぐーパンチを食らうサザビーを眺めて、少し、笑う。

「ロア様」

不意にネルフィアが僕に話しかけてきた。

「どうしたの？」

ネルフィアもサザビー達のやりとりを目を細めて見つめながら、

「これから色々と大変でしょうが、頑張って参りましょう。私もなるべくお手伝いいたしますので」と言ってくれる。

ネルフィアは瓶詰めやタールの事を言っているのだろうけれど、僕にとって「頑張る」は少し、意味合いが異なる。

ルデクの滅亡回避。そのために、全力を尽くす。

――滅亡国家のやり直しだ――

僕は改めて、一人静かに、未来と戦う覚悟を決めた。

番外編——ルファと玩具

第10騎士団の食料管理に少し慣れてきた頃の事。僕とルファは青空の広がるその日、一仕事終えて自由時間となり、日陰に座ってそよ風を楽しんでいた。

元々レイズ様やグランツ様の指示がないときは、やる事さえやればある程度自由にして良いと言われている。

僕の横ではルファが地面に向かって絵を描いて遊んでおり、僕は持ってきた書物に目を落とす。しばらくそんな穏やかな時間を過ごしていたのだけど、そういえば、と僕はふとルファに聞いてみた。

「ねえルファ、君は年の近い友達はいるの？」

城内には例外を除けば大人しかいない。街に出れば年の近い娘はたくさんいるけれど、ルファは少々訳ありの娘さんのようだ。お使い以外で気軽に街に出かけている様子もない。

不躾な質問かなとは思ったけれど、日々どのように過ごしていたのか気になったのだ。

僕の質問にルファは、小さく首を振る。

「それじゃあ、普段はどんな事して遊んでいるの？」

「……絵を描いてる」

「そうか。ルファは絵を描くのが好きって言っていたものね」

「うん」

こうして時間に余裕がある時は、よく地面に絵を描いているものなぁ。ちゃんと紙に描けば良いのにと思わなくもないけれど、紙もタダではない。第10騎士団に預けられているという特殊な環境を考えれば、何かしらの遠慮があるのかもしれない。

でもなぁ、いつも絵ばかり描いているというのもいかがなものかと思った僕は、余計なお世話かもしれないけれど、何かルファが遊べそうなものを考え始める。

……折角だから、少し珍しい玩具がいいかな？　何か、未来の知識で使えそうなものはあっただろうか？　しばらくうんうんと唸りながら考える僕の横で、ルファは引き続き絵を描く事に熱中。

そのルファが絵を描くために持っていた棒を見て、僕ははたと閃《ひらめ》く。

うん。あれならルファも楽しんでくれるかも。

思い立ったら吉日だ。

「ねえルファ、ちょっと面白い玩具作ろうかと思うのだけど、手伝ってくれる？」

「うん。いいよ」

「それじゃあ手分けして準備を進めようか。必要な材料はね……」

こうして集められたのは籠などを編むときに使う、成長しきったササールの端材や糸、そして紙。

「まずはこうやって紙を貼り合わせて、そこに絵を描く。ルファにお願いできるかい」

「うん。分かった。何を描けばいいの？」

「好きな絵を描いてくれればいいよ」

僕の言葉を受けて早速作業に取り掛かるルファ。

僕はその間に骨組みを作り始める。しなやかで弾力性があり、加工も容易な成長後のササールは、こういった工作にはおあつらえ向きだ。

2人してしばし黙々と作業。

「できた」

ルファの宣言を受けて、貼り合わせた紙を受け取る。紙にはこのあたりでは見慣れない動物の絵が描かれていた。ルファの故郷の生き物だろうか？

詮索はさておき、受け取った紙を準備した骨組みに糸で縛り付けてゆく。

最後に骨組みに縛った糸をまとめて一つにしたら完成。

「よし。完成！」

「何それ？」

興味津々といったふうに、僕の手元を覗き込むルファ。

「これはね、空に飛ばして遊ぶんだ」

「飛ばす？　どうやって？」

「まあ見ていてごらんよ」

今日は程よく風もある。ちょうどいい感じに揚げる事が出来そうだ。

僕が作ったものは「凧《たこ》」という。今から10年ほどのちに海の向こうからやってきた玩具である。

◇◇◇

「うわあ！　すごい！　本当に飛んだ！」

ルファの歓声に後押しされるように、高々と空に舞い上がる凧。うん、良かった。上手くできた。程よい高さまで到達したところで、持っていた糸をルファに渡す。

最初は少しおっかなびっくり。それでもすぐに慣れ、楽しそうに凧で遊び始める。

少しして、僕らの元へ訓練終わりのフレインがやってきた。

「なんだあれは？」

不思議そうに凧を眺めるフレインに、異国の玩具と説明する僕。説明をしているうちに、第10騎士団の他の人達も集まってきて、興味深そうに凧を指さし始める。

「あれ、簡単に作れるのか？」

フレインが聞いてくる。別に隠すような物でもないし、制作もそれほど難しくない。僕は軽い気持ちで教えようかと応えると、我も我もと希望者が増え、その場で急遽、凧の作り方講座が開催される運びに。

こうして第10騎士団内で凧がちょっとした流行となる。

そして僕はレイズ様に呼び出されて、「妙な事をする前にちゃんと報告しろ」と怒られた。

ただレイズ様も凧には興味を持ったようだ。自分でも作ってみたいと言って、レイズ様の執務室で、グランツ様とラピリア様、それにたまたま顔を出したネルフィアも交えて再び凧作り。

ここで終われば良かったのだけど、ネルフィアからゼウラシア王の耳に届き、今度は王様に凧の作り方を教える羽目に……。

結局この凧、じわじわと王都の市民にも広がり、僕の予想を超えた動きを見せ始める。

さらにはレイズ様が狼煙《のろし》の代わりの伝達道具として使用できないか、本格的に研究を始め、実際に実用の運びとなったりもするのだけど、それはまた、別のお話。

番外編――ラピリアとお茶会

リーゼの砦に瓶詰めが届いた翌日の事。僕が一人で砦を探索していると、鼻歌を歌いながら歩くラピリア様を発見する。

随分とご機嫌だなと何の気なしに見ていたら、不意にラピリア様がこちらを振り向いた。

「妙な視線を感じると思ったら、なんだ、ロアだったのね。なにか用かしら？」

「や、たまたまラピリア様を見かけただけで、特に用は……」

そう答える僕に不審げな視線を向けてから、「それでロア、あなたは何をしているの」と聞いてくる。

「特に何も……手が空いたので、砦の探索をしているだけです」

「ふーん……って事は、今、暇なの？」

「ええ、まあ」

「時間があるなら少し付き合わない？　これから紅茶を入れるところだったの」

特に断る理由もないので、お言葉に甘える事にする。

僕らは連れ立って歩き始めた。

「少しは慣れた？」

「リーゼの砦にですか？」

「違うわ。第10騎士団のほう」

「そうですね。フレインやリュゼルが何かと気を配ってくれますし、他の団員の人も親切なので」

「なら良かった」

ラピリア様に連れられた僕は隠し通路のような場所を通る。どこに行くのだろう？　そう思いながらもついてゆくと、突然小さな庭に出た。

「砦の中にこんな場所が？」

僕が思わず呟いてしまうほどに、小さいながらも整えられた庭園だ。周辺の砦との違和感がすごい。なんというか、貴族様の邸宅にでもありそうな感じ。

「あら、ここはまだ見ていなかったのね。王族が視察にいらっしゃった時に、お茶会で使う場所なのよ」

こんな無骨な砦までやってきて、わざわざお茶会などしなくても良いだろうにと思ったけれど、足を蹴られそうなので黙っておく。

庭園の中央には白いテーブルが据えられて、いよいよ別世界だ。

すでにその場所には給仕の人が待ち構えており、僕らが到着すると椅子を引いてくれる。

なんとも慣れない状況に、ぎこちなく座る僕。

しばらく庭の風景を楽しみながら、ラピリア様と取り止めもない会話をしていると、給仕の人が紅茶の入ったポットを持ってきた。焼き菓子も一緒だ。

「きたきた」

楽しげに瓶詰めを取り出すラピリア様。

「あれ、前に食べたジャムとなんか違いますね」

若干色味が違う気がする。僕に指摘されたラピリア様は嬉しそうに「分かる？」と言いながら、慎重な手つきで瓶詰めを開封。

まずは焼き菓子に少し塗って、僕へと手渡してきた。

「いただきます」

焼き菓子の方はしっかりと焼き固められた、軍事用のものだ。菓子というけれど甘味は少ない。ジャムと共にざくりと噛み切ると、濃厚な甘みと共に仄《ほの》かな酸味が舌で踊る。

「サモウの皮をジャムに入れてみたの。少し酸味がするでしょう？」

「はい。美味しいです」

僕の言葉に満足げなラピリア様。

「紅茶に入れても美味しいはずよ」

と、少し多めにジャムを入れたカップを渡してくれる。

口にすると、なんだか落ち着く味だ。

「ね、美味しいでしょ」

「はい」

紅茶を楽しむ僕をしばらく眺めていたラピリア様。

「少しは元気、出た？」

「え？」

「ライマルの事。まだ気にしているのでしょう？」

図星だ。一人になると、ついあの時の後悔が心をよぎる。もしかしてラピリア様、僕に気を遣ってお茶に誘ってくれたのか。

「……ありがとうございます。気持ちの整理はつかないとは思いますが、それでも乗り越えないとダメなんだろうなとは思っています」

「そうね。でも、乗り越えるって言っても、ライマルの事を忘れる必要はないのよ」

それは少し意外な一言。正直「戦で人が死ぬなんて日常茶飯事だから、さっさと忘れなさい」とか言うと思っていた。

「どういう意味です？」

「倒れていった仲間達の思いを背負って、前に進むの。その方がずっと強くなるし、死ねない理由が増える」

「……心に刻んでおきます」

「それがいいわ。さ、紅茶、おかわりはどうかしら？」

言いながら自らも紅茶を楽しむラピリア様と、その日はなんだか穏やかな時間を過ごしたのであった。

Second Chance to Save My Fallen Nation

滅亡国家のやり直し

今日から始める軍師生活

［キャラクター設定図］

ロア

ラピリア

レイズ

グランツ

ビックヒルト

フレイン

ルファ

ゼウラシア

ルシファル

ウィックハルト

ネルフィア

サザビー

リュゼル

ディック

デリク

ヨルド

あとがき

この度は「滅亡国家のやり直し　今日から始める軍師生活」をお手に取っていただきありがとうございます。作者のひろしたよだかと申します。

書籍としては初めてのあとがきです。こうして改まって向かい合うと、何を書いて良いのか悩みますね。個人的には似鳥鶏先生や時雨沢恵一先生のように、あとがきだけで別の作品になるような振り切ったものを書いてみたい気持ちもありますが、その辺りはいずれ機会があればと致しましょう。

本作は小説家になろう様のサイト上で公開しております物語です。ご縁があって、SQEXノベル様が開催された「第1回SQEXノベル大賞」で栄えある大賞を賜り、書籍化が決定した次第でございます。

第1回という、SQEXノベル様の歴史の中でも非常に重要な回に、本作を大賞に選んでいただきましたこと、身の引き締まる思いです。

本当に様々な皆様の、温かいお言葉やご支援によって、こうして書籍化という夢が叶いました。

この場を借りてお礼申し上げます。

まずはSQEXノベル編集部の皆様、素晴らしい賞をありがとうございました。担当のMさん。右も左もわからぬ素人へ、的確な修正提案や情報提供、スケジューリング、大変助かりました。おかげさまで書籍版も納得できるものとなりました。今後ともよろしくお願い致します。

その他営業部の皆様や、本書を販売するにあたりご尽力いただきました方々にも感謝を申し上げたいと思います。

本書を刊行するにあたり、キャラクターデザインは森沢晴行先生に手掛けていただきました。早々に多くのキャラクターに命を吹き込んでくださり、プロの方はすごいなぁと感心しきりでございました。どのキャラクターも素晴らしかったのですが、特にレイズ様は最初から完璧にイメージ通りでした。ありがとうございました。

ただでさえ登場キャラの多い本作ですが、また是非お力をお借りできればと思います。

改稿修正の中で、的確な文字校正をしていただきました鴎来堂様。表記揺れもままあり大変だったと思いますが、丁寧にご確認いただきありがとうございました。とても勉強になりました。

表紙のデザインはragtime様に仕立てていただきました。ロゴを初めて見た時は、もう素直に「格好良い」と感激しきりでございました。また素敵なデザインをよろしくお願い致します。

他にも、印刷会社様や取次様、全国書店の店員様などなど、作者の知らぬところで本書のために奔走していただきました皆様にも心より感謝です。

プライベートの面では、本作の受賞にあたり家族でお祝いしてくれた、友人のK家夫妻、さわちゃん、ゆいちゃん、ありがとう。すごく嬉しかったですよ！

最後に、小説家になろうで応援してくださった沢山の、とてもとても沢山の皆様。そして本書を手に取っていただきました読者様。皆様のおかげで、ロア達は今、この場所に立っています。全ての読者の皆様に、精一杯のありがとうを！

ロア達の物語はまだ始まったばかりです。滅亡の未来を回避するための、ほんのわずかなきっかけを掴んだに過ぎません。

彼らがどのように動き、運命を切り開いてゆくのか、引き続き見守っていただければ嬉しいです。

本作の続きのお話で、また皆様とお会いできることを楽しみにしております。

ひろした　よだか

Second Chance to Save My Fallen Nation
滅亡国家のやり直し
今日から始める軍師生活
著 ひろしたよだか イラスト 森沢晴行
祖国の滅亡を阻止し、
仲間たちを守るため、
ひとりの文官が
滅びのさだめをくつがえす！
第1回
SQEXノベル大賞
大賞
受賞作品
第1巻、
好評発売中！

SQEX ノベル

滅亡国家のやり直し 今日から始める軍師生活 I

著者
ひろしたよだか

イラストレーター
森沢晴行

2024年4月6日　初版発行

発行人
松浦克義

発行所
株式会社スクウェア・エニックス
〒160−8430
東京都新宿区新宿6−27−30　新宿イーストサイドスクエア
（お問い合わせ）スクウェア・エニックス　サポートセンター
https://sqex.to/PUB

印刷所
図書印刷株式会社

担当編集
増田 翼

装幀
大野虹太郎（ragtime）

ISBN978-4-7575-9146-2 C0093　　Printed in Japan